MAGDALENA'S DROOM

ANDER WERK VAN PAULA STERN

Corinnes toekomst

Sarahs vertrouwen

PAULA STERN

MAGDALENA'S DROOM

Vertaling Jeannet Dekker

HarperCollins

MIX
Paper from responsible sources
FSC® C021394
FSC www.fsc.org

Voor het papieren boek is papier gebruikt dat onafhankelijk is gecertificeerd door FSC®
om verantwoord bosbeheer te waarborgen.
Kijk voor meer informatie op www.harpercollins.co.uk/green.

HarperCollins is een imprint van Uitgeverij HarperCollins Holland, Amsterdam.

Oorspronkelijke titel: *Jahre des Neubeginns*

Vertaling: Jeannet Dekker
Omslagontwerp: Zero Media
Omslagbeeld: © Lee Avison / Arcangel (huis) ; © FinePic® (lucht en kist met koffiepotten);
© Getty Images / Akbar Ibragimov (Aken)
Zetwerk: Crius Group, Hulshout
Druk: ScandBook UAB, Lithuania, met gebruik van 100% groene stroom

ISBN 978 94 027 0946 9
ISBN 978 94 027 6438 3 (e-book)
NUR 302
Eerste druk april 2022

Originele uitgave verschenen bij HarperCollins Germany GmbH, Hamburg, Duitsland.

HarperCollins Holland is een divisie van Harlequin Enterprises ULC.

www.harpercollins.nl

Voor mijn moeder

Personen en plaatsen

Euweiler

Een fictief plaatsje in de Eifel in de buurt van Aken, waar Eberhard Ahrensberg zijn kindertijd en jeugd doorbrengt, in de oorlog en in de periode daarna.

Aken

Villa Ahrensberg ligt aan de Preusweg. Het bedrijfspand van Ahrensberg Koffie is gevestigd aan de Lütticher Straße. In de loop van de decennia zijn er diverse vleugels aangebouwd: bedrijfsruimtes waar koffie wordt opgeslagen, gebrand en verpakt voor de detailhandel. Öcher Boontje, de branderij van Corinne, ligt in de binnenstad van Aken, in de buurt van de dom.

Brazilië

De verpachte koffieplantage va7 maart 2022, 11:49n de familie Ahrensberg ligt in São Paolo. Daar in de buurt is het eerste project van de stichting.

Zwitserland • Bottwil (Aargau)

Een klein verzonnen plaatsje in Zwitserland, waar de Rosenbaums na de oorlog een nieuw thuis vinden.

Familie Ahrensberg

De overgrootouders
August Ahrensberg
Johanna Ahrensberg

Hun kinderen
Eberhard, Marianne, Rudolf en Barbara

De grootouders
Eberhard Ahrensberg, geboren in 1929
Magdalena Ahrensberg, geboren in 1930

Hun zoon
Günther

De ouders
Günther Ahrensberg, geboren in 1950
Esther Ahrensberg, geboren in 1960

Hun kinderen
Alexander Ahrensberg, geboren in 1985
Corinne Ahrensberg, geboren in 1992

Hun kleinkind

Mia Engel

Werknemers bij Ahrensberg Koffie, bij Öcher Boontje en in de villa

Mr. Waldemar Hartmann – bedrijfsjurist
Thomas Feldmann – marketing
Beatrice Breithaupt – directiesecretaresse
Karsten Otto – keurmeester
Karl Lohmeyer – buitendienst
Emil – portier
Kurt – conciërge
Klara – huishoudster in Villa Ahrensberg
Alfred – tuinman
Frieda – verkoopster bij Öcher Boontje

Vrienden

Susan Jones
Sebastian Wagner
Noah Engel
Sarah Rosenbaum
Hans Brudermann

Familie Pelzmann

Bernhard Pelzmann
Charlotte Pelzmann

Hun dochter
Isabella Pelzmann

Familie Rosenbaum

Jacob Rosenbaum, geboren in 1918
Rebecca Rosenbaum, geboren in 1917

Hun dochter
Sarah, geboren in 1941

De bewoners van de koffieplantage

Fernando Oliveira Silva
Luciana Crepaldi Oliveira

Hun dochter
Katalina Oliveira Silva

Proloog

Het was eind mei en de bloeimaand maakte zijn naam op deze bijzondere dag meer dan waar. Na regen en storm stond juist op de dag van de bruiloft de zon te stralen aan de blauwe hemel. Er was zelfs geen klein wolkje te zien. Het park van Villa Ahrensberg was een mengeling van vrolijke zomerse kleuren, vogels kwetterden, dikke hommels vlogen van de ene bloem naar de andere en het water klaterde in de fontein. Het zag er allemaal erg idyllisch uit, als een oord uit een sprookje.

Een dag eerder was er nog een zwaar onweer met hagel en harde wind over Aken getrokken, waardoor de bruiloft in het park van de villa bijna letterlijk in het water dreigde te vallen. Met man en macht was voorkomen dat de tenten die al waren opgezet omver werden geblazen. Vandaag speelde alleen een zacht voorjaarsbriesje met de blaadjes van de uitbundig bloeiende sering, die gisteren door de harde rukwinden nog woest op en neer hadden gedanst. Het leek wel alsof de wereld er nog even flink de bezem door had gehaald om het bruidspaar vandaag een stralende dag vol sprankelende kleuren te kunnen bieden.

In de vroege ochtenduren hadden al talloze helpende handen de laatste sporen van het noodweer uitgewist. Tuinlieden hadden geknakte takjes gesnoeid en lieten dankzij een paar laatste ingrepen de weelderig bloeiende tuin weer tot zijn recht komen. Het personeel van de cateraar had de meubels afgedroogd en alles met talrijke verse bloemen verder versierd.

Het was een hele toer geweest om een keuze te maken tussen ton sur ton, alleen maar witte bloemen of een mengeling van kleuren. Thomas, Alexander, Noah en Corinne hadden er lang over gediscussieerd, want elke variant had zijn eigen unieke charme. Corinne was in eerste instantie voorstander van louter wit geweest, maar nu ze haar blik over de bonte zomerse pracht liet gaan, was ze blij dat ze het onderspit had gedolven. De kakelbonte kleuren vormden een levendige tegenstelling met het toch wel overheersende spierwit. Dit was stijlvol, zonder dat het deftig of stijf oogde.

Nadat ze het eens waren geworden over de kleuren, hadden hun vrienden de rest van de planning overgenomen. Het hele feest moest een grote verrassing worden, en ook de aankleding van de feestelijke ceremonie hadden de bruidsparen vol vertrouwen aan hun getuigen overgelaten.

Een week eerder waren Alexander en Thomas en Corinne en Noah al voor de burgerlijke stand getrouwd. Heel stilletjes, in uiterst kleine kring, en natuurlijk was ook Sarah Rosenbaum aanwezig geweest. Ze was twee weken eerder vanuit Zwitserland naar Aken gekomen. Voor hen was ze familie, geen gast.

Sarah, die inmiddels tachtig was, speelde een belangrijke rol in het leven van Corinne. Ze kenden elkaar nog niet zo lang, maar tijdens de Tweede Wereldoorlog had het lot hun families op tragische wijze bij elkaar gebracht en de invloed daarvan was vandaag de dag nog steeds voelbaar. De hechte band tussen Sarah en Corinne was een teken van verzoening.

De huwelijkssluiting voor de burgerlijke stand was feestelijk geweest, maar zonder franje. Simpelweg gelukkige paartjes die samen een bureaucratische handeling uitvoerden. Natuurlijk hadden ze ook in de fraaie witte zaal van het Akense stadhuis kunnen trouwen, maar ze wilden liever een persoonlijke ceremonie.

Na dat sobere jawoord op het stadhuis waren ze met hun allen teruggegaan naar de villa, waar Klara, de kokkin, haar kans had gegrepen om het kleine gezelschap met sekt welkom te heten.

Vandaag gingen ze hun geluk met de rest van de wereld delen en hun huwelijk vieren met al hun dierbare vrienden en kennissen.

Het ontging Corinne niet dat haar polsslag veel sneller ging toen ze naast haar broer Alexander naar de grote feesttent liep. Het gazon lag als een tapijt van groene zijde voor hen en het pad van broer en zus werd geflankeerd door terracottapotten vol bonte bloemen. Corinne had bijna het idee dat de bloemen hun toeknikten. Ze grinnikte even om haar eigen fantasie en begon van pure opwinding en vreugde naast Alexander te huppelen.

'Rustig aan, krullenkop,' raadde hij zijn zus lachend aan. Corinne zag aan zijn gezicht dat hij dit net zo spannend vond als zij. 'Hou je in, anders moet ik ook lachen en dan kunnen we onze feestelijke entree wel vergeten.'

'Ik wil het liefst huppelen van geluk, maar je hebt gelijk.' Corinne slaakte een zucht. 'Rustig aan.' Ze trok een niet bepaald damesachtig gezicht, maar rechtte toen haar schouders en probeerde zich in te houden. Dat lukte. Bijna. Ze flapte er nog even een welgemeend 'O, ik heb er zo'n zin in' uit, want het voelde alsof ze uit elkaar zou barsten als ze dat niet deed. Enthousiast kneep ze haar broer in zijn arm.

'Hé, laat je me wel heel?' zei Alexander onmiddellijk. 'Ik heb vandaag nog het een en ander te doen.'

'Sorry. Ik zal me van nu af aan gedragen.'

Dankzij hun plagende opmerkingen kwam Corinne wel weer tot

bedaren. Alexander had gelijk, ze moest dit feestelijke moment niet verstoren met allerlei gekkigheid, of in elk geval niet voor het oog van de talloze camera's, en al helemaal niet voor de lens van de speciaal ingehuurde bruidsfilmer.

Corinne had altijd al gedroomd van een zomerse bruiloft in het park van de villa. Als klein meisje had ze haar sprookjesbruiloft ontelbaar vaak tot in detail gepland, maar in haar fantasie was ze altijd aan de arm van haar vader naar haar toekomstige echtgenoot gelopen. In haar verbeelding had de koffiebaron, zijn borst opgezet van pure trots, de hand van zijn dochter in die van haar aanstaande gelegd en haar aan diens zorg overgedragen.

Helaas hield het leven zich niet altijd aan de wensen van kleine meisjes en waren er vandaag twee dingen heel anders dan in haar dromen. Haar vader leefde niet meer en Corinne was vandaag niet de enige die haar jawoord ging geven aan de man van haar dromen, met wie ze de rest van haar leven wilde delen. Dit was een dubbele bruiloft, voor haar en Alexander. Daarom begeleidden broer en zus elkaar. Ook de bloemen waren anders dan ze zich altijd had voorgesteld: ze had vroeger van een sneeuwwitte bruiloft gedroomd. Verder kwam de werkelijkheid, met bloemenslingers en stralend witte tenten, heel dicht in de buurt van Corinnes kinderdromen.

Nu ze heel even aan haar vader dacht, kwam er een zekere weemoed in haar op. Er schoot een brok haar keel in die ze niet kon wegslikken. Ze ademde diep in, in de hoop dat ze het beklemmende gevoel zo kon verdrijven. In en weer uit. De koffiebaron kon dit feest weliswaar niet samen met hen vieren, maar ze droeg hem in haar hart mee. Die gedachte bood haar de troost die ze nodig had.

Om het treurige gevoel af te schudden concentreerde Corinne zich weer op het hier-en-nu, op dit bijzondere moment en op wat hun dadelijk te wachten stond. Ze dacht aan al die liefde die vandaag in de lucht hing en aan al die bijzondere mensen aan haar zijde. Dankbaar stelde ze vast dat het drukkende gevoel verdween.

Toen ze merkte hoe snel kinderlijke ondeugd en weemoedig verdriet elkaar afwisselden, moest ze bijna weer giechelen. Ze was gewoon te opgetogen om rustig te kunnen blijven.

Om zichzelf nog verder af te leiden liet ze haar blik in het rond gaan. Al die vlijtige handen hadden het park in een waar sprookjesland omgetoverd. Ze was diep onder de indruk van de prachtige versieringen en ontdekte telkens nieuwe liefdevolle details. De bomen en struiken waren versierd met gekleurde linten, hartjes en ballons. Een ouderwetse kleine draaimolen stond klaar om te worden aangezet en Corinne verheugde zich nu al op het eerste rondje. De boom naast de draaimolen was opgetuigd met kleine cadeautjes en snoepjes. Na de ceremonie mochten de jongste gasten met een schepnet de schatten uit de boom halen, zodat ze zich niet hoefden te vervelen. Corinne zag ook een tafel met knutselspullen staan.

Aan de grote feesttent waren een paar kleinere tenten vastgezet. Vanwege het mooie weer waren de zijflappen van alle tenten opgetrokken, en de metalen stangen waren omwikkeld met wit crêpepapier en versierd met bloemen. Het geheel oogde licht en luchtig.

Corinnes blik viel op een wand met foto's, maar voordat ze goed kon zien wat erop stond, waren ze al bij de grote tent. Nu werd het menens. Een paar meter verderop stond haar geliefde, over een paar minuten begon ze aan een nieuwe fase in haar leven.

De ingang werd geflankeerd door twee borden met de namen van de bruid en de bruidegoms. Boven de borden deinde een versierd lint, voorzien van een spreuk, zachtjes op en neer in de bries. Corinne en Alexander bleven staan. Ze namen even de tijd om tot zichzelf te komen, om het lint en alles om hen heen in zich op te nemen en de gasten de gelegenheid te geven om hun stoelen op te zoeken.

Corinnes hart zwol van blijdschap toen ze die woorden las. Die uitspraak was haar levensmotto en zeker nu, op dit moment, was alles goed. En het werd allemaal nog veel beter, dat wist ze zeker. Nog een paar minuten, dan zouden ze hun geluk nogmaals bezegelen, nu ten overstaan van al hun gasten. De ceremonie was erg belangrijk voor hen. Vandaag werden zowel Corinne en Noah als Alexander en Thomas eindelijk in de echt verbonden. Voor Corinne was het jawoord bij de burgerlijke stand lang niet zo belangrijk als de persoonlijke plechtigheid van vandaag.

Ze had hier zo naar uitgekeken en nu huiverde ze van blije opwinding. Al sinds vanmorgen vroeg liep ze rond met vlinders in haar buik, een gekriebel dat bij elke stap heviger werd.

Onder het dak van de grote feesttent zat de stemming er al goed in. De gasten stonden in groepjes rondom statafels of hadden een stoel rond een van de grote eettafels uitgezocht. Iedereen had zich vanwege deze bijzondere dag zomers uitgedost. Er gingen glazen champagne en cocktails in het rond en er stond al het nodige fingerfood klaar als voorafje. Ook in de tent was alles heel mooi en vol aandacht versierd. Onwillekeurig verscheen er een dankbaar lachje rond Corinnes lippen. Wat waren hun vrienden toch geweldig.

Ze had geen tijd meer om alles beter te bekijken, want Alexander leidde haar al naar voren. Ze liepen langs de zee van gasten naar het podium, waar Thomas en Noah op hun geliefden stonden te wachten.

Er waren ongeveer honderdvijftig mensen aanwezig om dit moment met hen te vieren en die hadden allemaal een plek gekozen vanaf waar ze goed konden zien wat er op het podium gebeurde.

Corinnes hart bonkte achter haar ribben. Vlak voor het podium zag ze Sebastian, Frieda, Susan, Julius en Finn staan. De getuigen stonden net zo te stralen als de bruidegoms op de verhoging. Het vijftal was wekenlang bezig geweest om het feest van vandaag te plannen. Ze hadden een aantal zaken met de bruidsparen besproken, maar Corinne was er zeker van dat hun nog wel een verrassing te wachten stond. Ze wilde dolgraag weten wat hun vrienden voor hen in petto hadden.

De zwerm vlinders in haar buik ging inmiddels woest tekeer en de zenuwen gierden door haar lijf. Alexander merkte blijkbaar dat zijn zus stond te beven, want hij gaf haar een kneepje in haar hand en glimlachte even naar haar. Zijn ogen fonkelden veelbetekenend. Corinne zag dat hij net zo nerveus was als zij. Ze kneep ook hem in zijn hand en lachte terug. Dat korte, innige moment tussen broer en zus was voldoende om haar zenuwen wat tot bedaren te brengen.

Er leek geen einde te komen aan de weg langs al die gasten, maar ten slotte bereikten ze het trapje naar het podium. Toen ze de drie treden op liepen, streek de zachte stof van Corinnes bruidsjurk als een streling langs de huid van haar knieën. Ze had gekozen voor een nostalgische japon van roomwitte kant, die nauw rond haar lijf sloot en waarin haar rondingen fraai uitkwamen. Het strakke lijfje had korte mouwen en een boothals die laag genoeg was om niet te stijfjes te zijn, maar die ook niet te veel liet zien. De wijde, asymmetrische rok viel aan de voorkant tot op haar knieën en aan de achterkant tot halverwege haar kuiten. De brede ruche van de klokvormige rok danste bij elke stap op en neer.

Rond haar schouders en armen droeg ze een bijpassende ajourstola. Die was van haar lievelingsmerk, Camila, dat in Aken gevestigd was. De ontwerpster had de omslagdoek van verfijnd kantwerk speciaal voor Corinne gemaakt en daarvoor inspiratie opgedaan bij de ragdunne bruidsstola's van de Shetlandeilanden en uit Orenburg. Het kunstzinnige breiwerk omhulde Corinne als een zachte sluier en de mengeling van wol en zijde voelde heerlijk aan op haar huid.

Om de vederlichte bruidslook af te maken had ze voor een gevlochten kapsel gekozen. Gabriele, haar kapster, was die ochtend naar de villa gekomen om Corinnes haar te doen. Een deel van haar bruine haardos zat in een Franse vlecht die Gabriele met een wit lint had versierd, maar de rest viel in losse krullen tot op haar schouders.

Nadat ze haar bruidsjurk had aangetrokken en Gabriele haar haar had gedaan, had Corinne voor de spiegel in haar vroegere meisjeskamer in de villa een rondje gedraaid en van pure blijdschap in haar handen geklapt. Het was perfect. Meisje, prinses, moderne vrouw – een combinatie die honderd procent Corinne was, precies zoals ze het zich altijd had voorgesteld.

Corinne stelde tevreden vast dat Noahs korenblauwe ogen fonkelden toen ze naar hem toe liep. Blijkbaar beviel haar uiterlijk hem ook. Maar zij was niet de enige die zich fraai had uitgedost. Corinne liet haar blik bewonderend over Noah gaan. Wauw. Hij zag er bijzonder goed uit. Het blauw van zijn pak paste perfect bij de kleur van zijn ogen en de zilvergrijze glans van zijn vest gaf het geheel een chic tintje. Haar geliefde moest vaker een pak aantrekken, stelde ze vast, het gaf hem een natuurlijke, ontspannen uitstraling.

Corinne wist met moeite haar blik van haar bruidegom los te rukken, maar ze was ook erg nieuwsgierig naar wat Thomas droeg. Ook hij mocht er zijn. Hij en Alexander hadden gekozen voor respectievelijk een duifgrijs en een nachtblauw pak met een vest in de kleur van het pak van de ander. Samen met het korenblauwe pak van Noah vormden al deze kleren een afwisselend maar toch harmonieus geheel. De outfits werden bekroond door witte overhemden en vlinderdasjes in de kleur van de vesten.

Corinne, die nog altijd arm in arm met Alexander stond, voelde dat ook haar broer stond te beven. Of was zij het zelf? Dat kon ze niet met zekerheid zeggen. Ze keek haar broer nogmaals snel aan. In

Alexanders ogen zag ze liefde, aandacht en heel veel vertrouwen. De hartelijke blik die ze uitwisselden, bevestigde voor haar de belofte dat ze er altijd voor de ander zouden zijn. Ze zou nooit meer toestaan dat er iets of iemand tussen haar en haar broer kwam.

Alexander wendde zich tot Noah. 'Pas goed op mijn krullenkop, hoor je me?' zei hij, terwijl hij Corinnes hand in die van zijn toekomstige zwager legde.

Noah knikte en gaf er een liefdevol kneepje in. 'Dat beloof ik je,' antwoordde hij.

Na nog een korte blik liep Alexander in twee stappen naar Thomas toe om hem hartelijk te omhelzen. Tranen van ontroering sprongen in Corinnes ogen. Ze knipperde ze snel weg en zei tegen zichzelf dat ze zich moest vermannen. Dit was niet het juiste moment om te testen of haar mascara echt waterproof was.

'Blijf jullie liefde voeden en pas goed op elkaar,' zei Corinne tegen Thomas.

Net als Noah eerder knikte hij nu ook. 'Dat doe ik, Corinne,' beloofde hij. Ook in zijn ogen was een verdachte glans te zien. Ze moesten oppassen, anders veranderde deze bruiloft nog in een vloed van tranen, zij het tranen van geluk. Corinne wilde zich later vooral gelach herinneren, geen gehuil.

Nu was het zover.

Sebastian ging achter de microfoon staan. Hij schraapte zijn keel, wachtte een paar tellen totdat de laatste gesprekken waren verstomd en begroette toen de gasten en de bruidsparen.

'Het is vandaag een heel bijzondere dag, waarop koffie en liefde bij elkaar komen om voortaan met elkaar door het leven te gaan. Hier staan twee bruidsparen, klaar om hun geluk met ons allemaal te delen. Natuurlijk hebben wij...' Sebastian draaide zich met een gebaar om naar de getuigen, '...ons uiterste best gedaan om er een onvergetelijke dag van te maken, maar...' Hij wendde zich weer tot de bruidsparen, '...jullie zijn natuurlijk degenen die er iets bijzonders van maken. Zonder jullie was het niks geworden. Ik hou het kort en wil Corinne en Noah en Alexander en Thomas vragen om het woord te nemen. Wat de toekomst brengt, is koffiedik kijken, maar ik weet zeker dat jullie een prachtig leven samen wacht.'

Sebastian klapte in zijn handen en lachte net als de gasten en de bruidsparen om zijn woordgrapje. Onder bijval van alle gasten liepen Corinne en Noah als eersten naar voren.

Er viel een stilte. Corinne was tot nu toe bang geweest dat ze door al dat gefladder in haar buik en het gebonk van haar hart flauw zou vallen, maar nu was ze opeens de rust zelve. Ze sloot zich af voor alles om haar heen. Alleen Noah en zij bestonden, dit was hun moment. Ze gingen hand in hand tegenover elkaar staan en keken elkaar indringend aan, alsof ze door elkaars ogen rechtstreeks in de ziel van de ander konden kijken.

'Met koffie en liefde komt alles goed,' begon Corinne als eerste. Ze glimlachte en slikte krachtig de ontroering weg die haar van haar stem dreigde te beroven. 'En met jou aan mijn zijde, Noah, heb ik allebei. Voor altijd. Daar reken ik op en daar kijk ik naar uit. Ik zal de rest van mijn leven dankbaar zijn dat jij bestaat. En ik ga mijn uiterste best doen om ervoor te zorgen dat jij ook dankbaar bent dat je mij aan jouw zijde hebt. Ik weet dat de zon niet altijd kan schijnen, maar ik ben niet bang voor storm, regen of hagel, want samen met jou kan ik alles aan. En ik beloof je, Noah Engel, dat ik altijd van je zal blijven houden, tot aan mijn allerlaatste snik. Ik leg mijn hart in jouw handen en weet dat jij het zult beschermen.'

Het korenblauw van zijn ogen kleurde donkerder, en in zijn blik zag ze al die liefde die ze op dit moment ook zelf voelde. Ook hij moest slikken. Corinne zag hem diep ademhalen. Ze voelde zich zo geborgen met haar handen in die van hem.

Nu was Noah aan de buurt. 'Ik schenk je mijn hart, Corinne, want je bent mijn alles. Al vanaf het allereerste moment dat je bij mij de branderij binnenstapte, was je het middelpunt van mijn bestaan. Ik ben elke dag dolblij dat ik met je samen mag zijn, voor nu en altijd. Ik weet niet wat het leven voor ons in petto heeft, maar ik begin samen met jou aan de toekomst. Mijn jawoord aan jou betekent: ik overwin mijn angst dat ik word gekwetst en heb er alle vertrouwen in dat jouw liefde mijn verdriet kan verzachten. Mijn jawoord betekent: ik zal van je houden en op je liefde vertrouwen, al kan ik je niet beloven dat je niet af en toe heel erg boos op me wordt. Het is heel goed mogelijk dat we elkaar soms flink in de haren zullen vliegen, of dat we juist samen ten strijde moeten trekken. Maar ik beloof je dat mijn jawoord ook betekent dat onze liefde alleen maar sterker zal worden en dat je hart bij mij voor altijd in veilige handen is. Ik hou van je, Corinne, en je kunt altijd op mijn liefde vertrouwen. Dat beloof ik met heel mijn hart.'

Na die woorden was Corinne het liefst nog dichter naar hem toe gestapt. Noah stak zijn hand uit en streelde haar wang, heel teder en voorzichtig. Daarna haalde hij de ringen uit de zak van zijn jasje en legde die van hem in haar hand. Toen pakte hij haar ring en haar hand. Ze beefde.

Toen Noah de gouden ring aan haar vinger schoof, leek het wel alsof twee delen die voor elkaar waren bestemd nu één geheel werden. Als het juiste stukje van een puzzel dat op de goede plaats werd gelegd.

'Ik hou van je, Corinne,' zei Noah.

Hun ringen waren aan de buitenkant gematteerd en die van Corinne was versierd met drie prachtige, in het metaal verzonken diamantjes. Ze draaide haar hand om en om en bewonderde het sieraad.

Nu moest ze hem zijn ring omdoen, waarbij ze wat kracht moest zetten om hem over zijn middelste knokkel te schuiven, maar ten slotte het lukte het. Ze keek eerst naar zijn hand en toen naar hem. 'Ik hou van je,' zei ze.

Corinne en Noah gaven elkaar hun eerste zoen als man en vrouw, of zo voelde het in elk geval voor haar. Na deze belofte waren ze pas echt getrouwd.

Noahs lippen waren warm en vertrouwd, en door die fijne aanraking borrelde het geluk als ontelbare champagnebubbels in haar op.

Applaus barstte los. Het pasgehuwde paar kon zich maar met moeite van elkaar losmaken, maar ten slotte stapten ze na een buiging opzij, zodat Alexander en Thomas hun plaats vooraan op het podium konden innemen.

Dicht tegen elkaar aan hoorden Corinne en Noah dat ook die twee elkaar eeuwige trouw beloofden.

'Liefde en geluk worden alleen maar meer als je ze kunt delen,' zei Thomas, terwijl Corinne dromerig de hand en de ring van Noah streelde.

Man en vrouw. Ze kon het bijna niet geloven. Het leek wel alsof Noah haar gisteren voor het eerst had gezoend, maar tegelijkertijd had ze het gevoel dat ze deze man al haar leven lang kende.

Weer klonk er applaus. Alexander en Thomas kusten elkaar en Corinne besefte dat ze door haar gemijmer een deel van de ceremonie had gemist. Het moest indrukwekkend zijn geweest, want de beide bruidegoms stonden, net als zij en Noah eerder, met tranen in hun ogen te stralen.

'Van harte gefeliciteerd, lieve, geweldige en bijzondere mensen,' sprak Sebastian, die opnieuw de microfoon had gepakt. Hij liep naar hen toe en omhelsde eerst de bruidegoms en toen Corinne. 'Je ziet er schitterend uit, Corinne. Ik wens je heel veel geluk.' Hij zette de microfoon aan voordat hij al te sentimenteel kon worden en wendde zich weer tot de gasten. 'En hiermee zijn we aangekomen bij het eerste onderdeel van ons programma, waarop ik me al wekenlang heb verheugd. Het doet me een groot plezier om onze eregasten van vandaag welkom te heten. Ze hebben een heel bijzonder cadeau voor onze bruidsparen meegebracht. Dames en heren, graag een warm welkom voor Sarah en Steffen, beter bekend als Mrs. Greenbird.'

'Wat?' Corinnes mond viel open en haar ogen werden groot. Had ze dat goed gehoord en had Sebastian haar favoriete muzikale duo aangekondigd?

Er was geen tijd voor vragen, want de twee muzikanten kwamen begeleid door een luid applaus al het podium op.

'Van harte gefeliciteerd,' zeiden ze zodra ze hun plaatsen hadden ingenomen. Ze keken elkaar even aan en begonnen meteen te spelen.

Zodra Corinne de eerste zachte klanken van de gitaar hoorde, wist ze welk nummer het was, en toen de eerste woorden van de tekst haar oren streelden, huiverde ze van blijdschap.

'*I can't promise there'll...*' zong Steffen, en vlak daarna viel Sarah in. 'Love You to the Bone!' Het nummer dat ze voor hun eigen bruiloft hadden geschreven.

Corinne wierp Sebastian, die haar vol verwachting aankeek, een kushandje toe. Hij deed haar hiermee een enorm plezier en ze wist dat dit het perfecte moment was waarvan ze altijd al had gedroomd. Noah sloeg van achteren zijn armen om haar heen. Ze wiegde zachtjes op de maat heen en weer, dicht tegen hem aan, en liet zich meevoeren door de muziek.

Na 'Love You to the Bone' zong Mrs. Greenbird ook nog 'Learn How to Love You', en daarna stapte Sebastian weer naar voren voor een korte, geestige toespraak. Die was feestelijk, maar zeker niet te stijf of te lang. Hij trof precies de juiste toon en eindigde met: 'En ik wens onze bruidsparen een toekomst vol liefde en koffie, want we weten allemaal dat daarmee alles goed komt. Laten we het leven vieren en genieten van de prachtige muziek van Mrs. Greenbird.' Sebastian liep naar hen toe. 'Tijd voor een knuffel!' riep hij uit. 'En met twee bruidsparen betekent dat ook twee keer zoveel omhelzingen.'

Zo gezegd, zo gedaan. Eerst werden Alexander en Thomas gefeliciteerd en omhelsd, daarna Noah en ten slotte heel hartelijk Corinne. 'Ik wens je zoveel liefde toe, vanuit de grond van mijn hart,' zei Sebastian, en ook zijn ogen glansden van de tranen.

Terwijl Mrs. Greenbird een volgend nummer inzette, stapten de anderen van het podium. De gasten stonden al in de rij om hen te feliciteren. Vooraan stonden natuurlijk Corinnes moeder, Esther Ahrensberg, de ouders van Noah en Thomas en Sarah Rosenbaum.

De bruidsparen lieten zich omhelzen en kussen, ze schudden handen en bedankten iedereen. Zeepbellen dwarrelden vanuit talloze bellenblazers op hen neer en Mrs. Greenbird zette 'Shooting Stars & Fairy Tales' in. Corinne pakte Noahs hand en trok hem mee naar de dansvloer. Alexander en Thomas volgden meteen haar voorbeeld en met hun vieren openden ze het feest pas echt. Al snel stroomden meer paartjes de dansvloer op.

Noah draaide Corinne woest in het rond en ze legde lachend haar hoofd in haar nek.

Duizelig van geluk, dacht ze, dat ben ik.

Hoofdstuk 1

Het telefoontje

Aken • Aachen • Oche • Aix-la-Chapelle • Aquae Granni

Heden: april

Het verleidelijke aroma van vers gezette koffie drong langzaam tot Corinne door. Met haar ogen nog dicht snuffelde ze even, en ze ving een zweem van chocolade en donkere bessen op. Door die geur ademde ze als vanzelf dieper in, gevolgd door een weldadige zucht. Lachend deed ze haar ogen open. Het eerste wat ze zag, was Noah. Hij lag naast haar, steunend op zijn elleboog, en keek haar vol liefde aan. In zijn hand had hij het kopje waaruit die heerlijke geur opsteeg. Voorzichtig blies hij de kringelende damp van de koffie haar kant op.

'Goedemorgen, slaapkop,' zei hij.

Noahs warme stem was als een streling. En hoewel ze inmiddels al twee jaar getrouwd waren, kon Corinne zich nog altijd niets mooiers voorstellen dan naast haar man wakker worden, omringd door zijn liefde en geborgenheid.

'O, je bent een engel,' mompelde ze nog altijd een tikje slaperig. Ze wilde het kopje aanpakken, maar Noah hield het vlug buiten haar bereik.

'Niet zo snel,' zei hij met een ondeugend lachje. 'Dat van die engel klopt, dat staat zelfs in mijn paspoort. Maar dat betekent niet dat ik zomaar van alles weggeef. In ruil voor deze kop koffie wil ik eerst een zoen.'

'Chanteur,' zei Corinne zogenaamd ontstemd, maar ze keek met een lachje naar haar geliefde op. Natuurlijk hoefde hij geen twee keer om een zoen te vragen. Ze gaf hem meteen wat hij wilde en reikte weer naar het kopje, maar Noah hield zijn arm nu een stuk hoger. De koffie was nog altijd buiten haar bereik.

'Hé,' protesteerde ze lachend. Ze stak haar arm uit, in de hoop dat ze toch het kopje te pakken kon krijgen. 'Geef hier, daar heb ik net voor betaald.'

'Nog eentje,' drong Noah aan. 'Dit is immers erg goede koffie van een bijzondere branderij.' Hij tuitte zijn lippen.

'Afzetter,' kaatste Corinne terug. 'Wat een woekerprijs. Toevallig weet ik wie deze bonen heeft gebrand en die vrouw hanteert in haar Öcher Boontje heel schappelijke prijzen.' Ze besloot mee te doen met zijn gekkigheid.

Natuurlijk wist ze wie deze bonen had gebrand, want dat was zij zelf geweest, in haar eigen zaak. De caturra die Noah net voor haar had gezet, had ze hoogstpersoonlijk gebrand en mee naar huis genomen. Noah ging echter niet op haar argumenten in. Hij trok veelzeggend zijn wenkbrauwen op en bleef zijn lippen vol verwachting tuiten.

'Ook goed,' zei Corinne snuivend. 'Je wilde dit zelf.' Giechelend kwam ze overeind en ze boog zich over hem heen om hem niet één, maar heel veel zoenen te geven. Noah werd bestookt met een hoos aan kusjes. Op zijn wangen, zijn oogleden, zijn voorhoofd en het puntje van zijn neus, totdat Corinne ten slotte bij zijn mond eindigde en vol warmte door zijn zachte lippen werd begroet. En dat kusje veranderde al snel in een veel innigere zoen.

Toen Corinne Noahs zachte lippen op die van haar voelde en merkte dat haar lichaam hem onwillekeurig opzocht, stak ze snel haar rechterhand uit naar het kopje. De buit was binnen.

'Hé!' protesteerde Noah.

Corinne knipoogde triomfantelijk naar hem, leunde achterover tegen haar kussen en hield haar neus vlak boven het kopje. Ze ademde de geur van de koffie diep in en genoot een paar tellen van het aroma voordat ze bedachtzaam haar eerste slok nam. Wat lekker! Ze liet de koffie over haar tong gaan, proefde hem op haar gehemelte en slaakte een tevreden zucht. Na een tweede en daarna een derde slok zette ze het kopje op het tafeltje naast het bed en draaide ze zich weer om naar Noah, die haar fijntjes lachend aankeek.

'Je ziet er zo lief uit wanneer je je koffiedorst lest,' merkte hij op.

'Over lief gesproken,' antwoordde Corinne, 'waar waren we gebleven?'

Voordat Noah antwoord kon geven, had ze zijn mond al in bezit genomen.

Noah liet zijn handen onder Corinnes pyjamatopje verdwijnen en streelde eerst teder haar rug en daarna de zijkant van haar borsten. Net toen ze hem van zijn broek wilde bevrijden, begon de babyfoon te kraken en vlak daarna hoorden ze dat Mia vrolijk begon te brabbelen, zoals ze elke ochtend deed zodra ze wakker werd. Ze vertelde kwetterend hele verhalen, maar opeens rammelde er iets. Blijkbaar had ze haar speelgoedklokje uit haar bedje gegooid. Het gebrabbel klonk steeds energieker en Corinne herkende de toon die aangaf dat een huilbui van haar dochter niet lang op zich zou laten wachten.

'Ik ga wel,' zei Noah, 'geniet jij maar van je koffie.'

Noah was niet alleen een fantastische echtgenoot, maar ook een erg goede vader. Corinne had alleen niet langer de rust om te blijven liggen. Na nog een slok koffie kwam ze uit bed, en nadat ze snel had gedoucht, draafde ze naar beneden om het ontbijt klaar te maken.

Mia zat in haar kinderstoel te smullen van de boterham met aardbeienjam die Noah in kleine stukjes had gesneden en voor haar op het plankje had neergezet. De jam kleefde nu al aan haar blonde krullen en ook haar gezichtje zat onder, maar Mia smakte tevreden verder en nam tussendoor slokjes van de lauwe chocolademelk in haar tuitbeker. Zelf mogen eten en drinken, dat was voor haar het mooiste wat er bestond. Ze kraaide tevreden en schopte met haar babybeentjes. Aan haar voetjes droeg ze roze sokjes met een rij witte hartjes, die Klara voor haar had gebreid.

Sinds de geboorte van Mia liet de huishoudster van Villa Ahrensberg geen gelegenheid voorbijgaan om de breinaalden te laten tikken. Slofjes, broekjes, babydekentjes en piepkleine kroeldoekjes: Klara was niet te stuiten. Ze aanbad de kleine Mia, en ze was niet de enige. Ook Frieda, Corinnes vriendin en werkneemster, had zich over Mia's garderobe ontfermd. Ze naaide jurkjes, slofjes, hoedjes en dekentjes. Ter gelegenheid van Mia's doop had ze haar een prachtige lappendeken gegeven waarvan ze elk lapje prachtig had versierd met lieveheersbeestjes, bloemetjes, vrolijke dikke hommels en regenbogen. Frieda moest er wekenlang aan hebben gewerkt, maar het resultaat was beslist al die moeite waard. Het was Mia's lievelingsdeken. Ze lag er vaak bovenop en keek dan vol verwondering naar al die versieringen. Het was net een prentenboek, maar dan in de vorm van een deken.

Corinne glimlachte tevreden naar haar dochtertje en Mia beantwoordde haar lach met een stralende blik. Ze stak haar moeder een stukje brood toe waar ze net de jam vanaf had gelikt en zei op bevelende toon: 'Njam!'

'Lieverdje, eet dat zelf maar op,' zei Corinne hoofdschuddend. 'Ik heb al een boterham met kaas, zie je wel?' Ze nam een hapje van haar brood en kauwde overdreven.

Mia keek haar moeder aandachtig aan en draaide zich toen om naar Noah, zodat ze hem het afgelikte stukje kon aanbieden. 'Njam,' zei ze weer.

Ook Noah voelde niet veel voor Mia's aanbod. Hij zei vriendelijk nee en stak zijn lepel in zijn zachtgekookte ei.

'Als je mama straks naar de branderij gaat, dan doen we jou eerst in bad, Mia. Volgens mij zit er zelfs aardbeienjam in je oor,' zei hij lachend.

Mia greep meteen naar haar oor. 'O,' bracht ze uit. 'Wah?' zei ze vragend tegen Noah, en toen hield ze kraaiend haar hoofdje scheef.

Hij knikte. 'Ja, je mag straks het water in.'

Corinne wierp een blik op de keukenklok en dronk haar laatste slok koffie op. 'Trouwens,' merkte ze op, 'nu je het er toch over hebt: ik wil vanmorgen een paar zakken bonen branden en me daarna over de aanvragen voor de stichting buigen. Dat begint een aardige stapel te worden. En ik moet ook nog...'

Haar opsomming van haar volle ochtendagenda werd onderbroken door het gerinkel van haar mobieltje.

Ze nam op. 'Corinne Ahrensberg.' Ze had ervoor gekozen om haar meisjesnaam te blijven gebruiken, hoewel ze sinds haar trouwen officieel Ahrensberg-Engel heette. De naam Ahrensberg stond nu eenmaal voor koffie, dus op deze manier zette ze de traditie voort en bewees ze eer aan haar grootvader. Noah vond dat helemaal geen probleem. 'Als je maar mijn engel bent,' had hij gezegd, en daarmee was de kous af geweest.

'*Olá*, Corinne, met Fernando. Heb je even?' klonk het door de luidspreker van haar telefoon. De verbinding kraakte.

‘Olá, Fernando, ik wilde jou ook al bellen, maar je bent me voor. Is het bij jullie niet midden in de nacht? Kun je soms niet slapen?’ Fernando werkte vaak ’s nachts, die had aan vijf uur slaap genoeg en koos er liever voor om ’s middags een siësta te houden. Daarom schrok Corinne niet dat hij op dit vroege uur belde. ‘Hoe gaat het met de bouw? Schiet het al op? Kunnen we de school binnenkort openen?’

Ze hoopte dat Fernando goed nieuws voor haar had. Volgens haar berekeningen moest de ruwbouw intussen klaar zijn en konden ze hopelijk verdergaan met de volgende belangrijke fase.

Het werk voor de stichting schonk haar heel veel voldoening. Corinne wilde niet alleen de kwaliteit van de koffie verbeteren, maar ook het leven van de mensen die op de plantages werkten. Ze had de indruk dat ze met haar projecten echt iets kon bereiken, al kostte alles heel veel tijd en was het soms ook zenuwslopend, zeker wanneer West-Europese precisie in aanvaring kwam met de Zuid-Amerikaanse houding van ‘rustig aan’. Corinne zat soms letterlijk met de handen in het haar.

Maar hoewel het haar de nodige inspanning kostte en die nonchalante manier van doen haar soms tot waanzin dreef, was ze tegelijkertijd ook dol op de zonnige instelling van de Zuid-Amerikanen en nam ze af en toe graag een slapeloze nacht op de koop toe. Misschien wel omdat de samenwerking haar er bij tijd en wijle aan herinnerde dat ze het leven niet te serieus moest nemen en de magie van het moment niet door een te sterk plichtbewustzijn moest laten bederven.

En ze had samen met Fernando inmiddels al het nodige op poten gezet. Momenteel waren ze bezig een coöperatie voor vrouwen op te richten. Ze wilden de vrouwen een eigen plantage geven waar ze zelf de baas waren, maar ook de samenwerking met andere plantages aanmoedigen, zodat iedereen er beter van zou worden. Het ging er niet alleen om dat de vrouwen tijdens workshops de werktuigen en vooral de kennis in handen kregen om hun eigen zaken te bestieren en een eerlijke prijs voor hun product te vragen. Dat zou op zich al een behoorlijke uitdaging zijn geweest, maar dat was niet voldoende. Als ze van zo'n coöperatie een succes wilden maken, dan mochten ze de huisvesting en scholing van de kinderen niet vergeten. Het nieuwe schoolgebouw was dan ook bedoeld voor de kersverse coöperatie. Ook hadden ze plannen voor woonruimte voor alleenstaande vrouwen en nieuwe huizen voor complete gezinnen. De planning werd bepaald door wat er ter plaatse nodig was.

Sinds Corinne de leiding had over de Stichting Ahrensberg-Rosenbaum, had ze naast de verbetering van de arbeidsomstandigheden ook de rechten van vrouwen hoog op de agenda gezet. Ze wilde iedere vrouw de regie over haar eigen leven geven, maar er waren afgezien van de bureaucratie ook de nodige andere hindernissen te overwinnen. Bepaalde opvattingen die al heel lang in de samenleving verankerd zaten, waren niet van de ene op de andere dag verdwenen.

Allereerst moesten ze de vrouwen duidelijk maken dat ze niet van hun mannen afhankelijk hoefden te zijn, maar er was geduld nodig om uit te leggen hoe belangrijk economische zelfstandigheid voor hen was en welke rol onderwijs voor hun kinderen daarbij speelde. Als ze die eerste horde eenmaal hadden genomen, dan was de ijdelheid van de mannen vaak het volgende obstakel. Veel macho's voelden zich bedreigd door sterke vrouwen en zagen hun macht en aanzien gevaar lopen.

Corinne was weliswaar in een heel andere samenleving opgegroeid, maar ze begreep de zorgen van deze mensen. Ze kenden vaak alleen de traditionele rolpatronen en waren, deels terecht, bang voor nieuwigheden. De mannen hadden liever een volgzame echtgenote dan een zelfstandige vrouw, en Corinne moest duidelijk zien te maken dat dat niet altijd het beste was. Als ze het leven van iedereen wilden verbeteren, dan moesten ook de mannen veranderen.

Het was duidelijk: om hun doel te bereiken moesten de kinderen de plantage verruilen voor de schoolbanken en moesten de vrouwen zelfstandig leren werken om meer zelfvertrouwen te krijgen.

Sinds de oprichting van de stichting werkte Corinne samen met Fernando en zijn vrouw Luciana keihard om haar visioen werkelijkheid te laten worden en dat lukte, langzaam maar gestaag.

De school was een belangrijke mijlpaal. Als die er eenmaal stond en de kinderen op school zaten, dan konden de vrouwen zich volledig op hun werk richten. En dankzij de maaltijden die de kinderen op school zouden krijgen, hadden de vrouwen nog meer tijd voor zichzelf.

Corinne kon in dit project niet alleen haar passie voor koffie kwijt en haar steentje bijdragen aan de strijd tegen klimaatverandering, maar kon ook de voor haar als Europese vanzelfsprekende opvatting overbrengen dat vrouwen zelfstandig konden zijn. Die kans wilde ze ook de vrouwen in Brazilië geven, en met dit werk handelde ze volledig in de geest van haar vriendin Sarah Rosenbaum, die de stichting had opgericht. Telkens als ze met Sarah over het vrouwenproject sprak, reageerde haar vriendin vol enthousiasme. Ze hadden elkaar eerder vanmorgen nog gebeld en toen had Corinne Sarah beloofd om het haar meteen te laten weten als het schoolgebouw klaar was.

'Toen ik de stichting oprichtte, hoopte ik al dat het ooit zover zou komen, Corinne,' had Sarah gezegd. 'Ik wilde niet alleen de omstandigheden voor de arbeiders in het algemeen verbeteren, maar ook dit soort veranderingen doorvoeren. Wanneer de vrouwen eenmaal op vaste basis koffie verbouwen en daarvoor een goede prijs krijgen, zodat ze hun kinderen naar school kunnen sturen, dan hebben we het doel bereikt waarvan je opa al droomde. Hij zou zo trots op je zijn geweest, Corinne, en dat ben ik ook. Ik wist gewoon dat jij hiervoor de juiste persoon was en ik wil je bedanken voor al je inzet.'

Op haar beurt bedankte Corinne Sarah ook, uit de grond van haar hart, omdat die haar de kans had gegeven om deze geweldige stichting te leiden. En omdat ze zulke goede vriendinnen waren.

Door een plotseling luid gekraak schrok Corinne op uit haar overpeinzingen.

'...probleem, Corinne... bouwmateriaal. Ik denk dat...'

'Fernando? Hallo? Sorry, ik versta je bijna niet.' Ze haalde de telefoon van haar oor en keek er een tikje radeloos naar. Toen schudde ze haar hoofd. Dit had niet veel zin.

'Fernando, ik ga nu naar kantoor en bel je daar straks terug.' Daarna hing ze op. Ze veegde vastberaden haar mond af met het servetje en stond op.

'Problemen?' wilde Noah weten.

'Geen idee, maar het lijkt er wel op. De verbinding was waardeloos, dat kon je zelf horen. Ik bel hem straks wel terug vanuit Öcher Boontje en hoor dan hopelijk wat er aan de hand is.'

Dit was niet het eerste probleem en het zou ook zeker niet het laatste zijn, dus Corinne liet zich hierdoor niet echt van haar stuk brengen. Wat er ook was, ze konden samen vast een oplossing bedenken.

Ze gaf Mia een kusje op haar kleverige wang en omhelsde daarna Noah, die haar liefdevol tegen zich aan drukte.

'Zien we elkaar later vanmiddag bij Susan? Ze klaagt dat ze Mia veel te weinig ziet,' zei hij.

'Goed idee,' was Corinne het meteen met hem eens. Ze waren al twee weken niet meer bij Susan in haar koffietentje Emotion geweest. 'Reserveer jij een tafeltje voor ons? Dan zeg ik het ook tegen Sebastian en vraag ik Frieda of ze zin heeft om mee te gaan.'

Haar beste vriend en haar werkneemster, die inmiddels ook een goede vriendin van haar was geworden, draaiden al een tijdje om elkaar heen. Ze gingen samen uit, kwamen vaak bij elkaar over de vloer en waren goede vrienden van elkaar geworden. 'Vrienden met een beetje extra,' zei Frieda altijd. Geen verplichtingen, lekker losjes. Maar er was wel degelijk meer tussen die twee, dat was even duidelijk als het rammelen van de koffiebonen die Corinne in de brander gooide.

'Perfect, dan zie ik je later.'

Na een laatste zoen maakte Corinne zich los van Noah. Ze pakte haar dunne jas en haar handtas en liep naar buiten.

Goedgehumeurd liep ze met grote stappen over de Preusweg naar de binnenstad. Ze had op de fiets kunnen gaan, maar ze wandelde graag en het was een prachtige lenteochtend. De vogels kwetterden en vlogen uitgelaten van de ene boom naar de andere. In een voortuin zag Corinne een mussenmannetje om zijn uitverkoren dame heen dansen. Hij had zijn verenkleed gepoetst, hield zijn staart als een waaier uitgevouwen en fladderde met zijn vleugels, terwijl hij ondertussen zong alsof zijn leven ervan afhing. Hij trippelde, tsjilpte en draaide al buigend nog eens een rondje om het vrouwtje heen. Mevrouw mus was er echter niet van onder de indruk en liet meneer behoorlijk spartelen.

Corinne had allang in de branderij willen zijn, maar het tafereel was zo vertederend dat ze even naar die twee bleef kijken. Na nog een paar rondjes van meneer gaf mevrouw zich toch gewonnen. Het zou niet lang duren voordat er in deze voortuin jonge musjes zo gretig om eten vroegen dat hun ouders voortdurend in touw zouden zijn. Net zoals Mia en wij, dacht Corinne.

Hoewel ze het jammer vond dat ze eerder die ochtend in bed waren gestoord, zwol haar hart op toen ze aan haar kleine zonnestraaltje dacht. En ze mocht niet klagen, want Noah en zij konden op heel veel hulp van vrienden en familie rekenen. Er was altijd wel iemand die stond te popelen om op te passen en dus hadden Corinne en Noah genoeg tijd voor elkaar. Misschien wel meer dan ze strikt genomen nodig hadden, want ze vonden het allebei heerlijk om ouder te zijn en brachten graag veel tijd door met hun dochter.

Soms was Corinne bijna jaloers op Noah, die de rol van huisman op zich had genomen en dus sowieso meer tijd met Mia kon doorbrengen. Voor Corinne was het niet altijd even eenvoudig om haar tijd te verdelen tussen de branderij en haar werk als voorzitster van de Stichting Ahrensberg-Rosenbaum.

Nu ze aan de stichting dacht, werd ze ook weer herinnerd aan het telefoontje van Fernando. Wat voor problemen had hij willen bespreken? Het had geen zin om daar nu over te piekeren, dat kwam later wel. Vastberaden liep ze verder en nog geen tien minuten later duwde ze de deur van de winkel open.

'Goedemorgen, Frieda,' zei Corinne zodra ze Öcher Boontje binnenstapte.

Frieda was net de koopwaar op de planken aan het afstoffen. Ze was dol op haar werk en even betrokken bij de winkel als haar werkgeefster. Corinne kon blind op haar vertrouwen.

'Hoi, Corinne, daar ben je dan. Hoe gaat het? Hoe is het met mijn kleine lieve Mia?'

'Die zit nu waarschijnlijk in bad om de aardbeienjam uit haar oren te wassen,' antwoordde Corinne, waar Frieda hartelijk om moest lachen.

'Dat komt goed uit, want ik wil je laten zien wat ik voor haar heb gemaakt.' Ze stofte snel de laatste koffiemolen af. 'Ben zo terug.'

Terwijl Corinne op Frieda wachtte keek ze om zich heen. Ze slaakte een tevreden zucht. Ze was zo dol op dit winkeltje. Als Sarah er niet was geweest, dan was ze dit pand kwijtgeraakt, en ze wist niet of ze dan nog de moed en de energie had gehad om opnieuw te beginnen. Ze had op het punt gestaan om de handdoek in de ring te gooien, maar het tij was gekeerd en nu was dit allemaal van haar. Ze prees zich elke dag weer gelukkig.

'Tada!' riep Frieda. Ze zette een klein zonnehoedje op en draaide een rondje. 'Ik hoop dat het past.'

'Wat schattig!' riep Corinne uit. Ze pakte het hoedje van Frieda's hoofd. Frieda had gekozen voor roze katoen met een dessin van aardbeien. Het hoofddeksel was versierd met een randje en had aan beide kanten een rood lint waarmee het onder Mia's kin kon worden vastgestrikt om te voorkomen dat het bij de eerste de beste windvlaag van haar hoofd woei. 'Dat zal Mia geweldig vinden, ze zit midden in haar aardbeienfase.'

'O, zal ik dan ook een jurkje van deze stof voor haar maken? Lijkt je dat wat?'

'Ja, dat vind ik een heel goed idee, maar denk ook aan jezelf, hoor. Je naait voortdurend van alles voor Mia en Öcher Boontje, maar maak ook eens iets voor jezelf, en vooral: ga leuke dingen doen.'

Frieda trok een gezicht. 'Dat doe ik toch al? Ik vind kleren maken echt het allerleukste.'

'Nu we het toch over leuke dingen hebben...' bedacht Corinne. 'Heb je zin om tussen de middag mee te gaan naar Susan? Noah en Mia komen ook. En ik... Ach, wil je Sebastian een berichtje sturen en hem vragen of hij zin heeft om ook te komen?'

'Ja, goed idee. Ik ben van de partij en ik denk dat Sebastian er ook wel voor te porren is. Ik vraag het hem meteen. Moet ik een tafel reserveren?' vroeg Frieda.

Corinne schudde haar hoofd. 'Nee, dat doet Noah al.'

Er kwam een klant de winkel in en Frieda liep meteen glimlachend naar de vrouw toe. 'Goedendag, kan ik u misschien helpen?'

'Ik kom straks wel naar u toe, jongedame,' antwoordde de bejaarde dame. 'Ik wil eerst nog wat rondkijken.'

'Dat is prima. Als ik iets voor u kan doen, dan hoor ik het graag.' Frieda was de ideale verkoopster. 'Wat denk je, ga je straks meteen branden? Als ik naar het magazijn kijk, is het de hoogste tijd,' zei ze terwijl ze de klant geen moment uit het oog verloor.

'Ik moet eerst even Fernando bellen, maar daarna ga ik aan de slag. Als er iets is, dan ben ik boven.'

Corinne liep door de winkel naar de deur met PRIVÉ erop. Daarachter lagen het magazijn, een pauzeruimte en de trap naar het kantoor van de stichting.

Ze had het kantoor op de eerste verdieping gezellig ingericht met witgelakte houten meubels. Vooral het boekenrek met minstens honderd titels over koffie en de teelt ervan maakte haar blij. Er stond ook een archiefkast met ruimte voor paperassen en ordners, en het speciaal voor haar vervaardigde bureau was in hoogte verstelbaar, zodat ze afwisselend zittend en staand kon werken. Dat was een idee van Noah geweest waar Corinne eerst weinig voor had gevoeld, want waarom al die moeite als ze toch nooit last van haar rug had? 'Ja, en dat moet dus zo blijven,' waren de woorden waarmee Noah haar ten slotte had overgehaald. Inmiddels was ze blij dat ze deze keuze had, want ze bracht meer tijd door op kantoor dan ze aanvankelijk had gedacht.

Aan de muur tegenover het bureau hing een grote ingelijste foto van de koffieplantage in Brazilië. Corinne keek graag naar de glooiende heuvels, het weelderige groen en de blauwe hemel. Bij het zien van die foto kwam ze meteen tot rust en dacht ze terug aan haar korte verblijf in Brazilië. Dan voelde ze bijna weer het warme briesje op haar huid en hoorde ze het gekwetter van de jacu's en het gelach en gezang van de arbeiders op de plantage. Nu ze zelf had ervaren hoe zwaar het oogsten van de bonen kon zijn, had ze nog meer waardering voor dit geschenk van de natuur. En deze foto was haar oase.

Aan de muur achter haar had ze foto's van vrienden en familie opgehangen. Vooral de foto van haar opa naast zijn trommelbrander, die inmiddels het kloppend hart van haar eigen branderij was, was haar erg dierbaar. Ze had die laten vergroten en alle andere foto's eromheen gehangen. Nu was ze omringd door haar vader de koffiebaron, haar moeder, haar broer Alexander met zijn man Thomas, Noah en Mia, Susan, Sebastian, Frieda en natuurlijk ook Sarah.

Nadat Corinne haar laptop had opgestart, pakte ze haar telefoon om Fernando te bellen.

'Olá,' hoorde ze al aan de andere kant van de lijn toen het toestel nog maar één keer was overgegaan. 'Corinne, ik ben blij dat je belt.'

De verbinding was uitstekend en ze hoorde Fernando luid en duidelijk. En nu viel haar ook meteen de spanning in zijn stem op. Ze ademde diep in. Ze kende Fernando goed genoeg om te weten dat iets hem ernstig zorgen baarde.

'Wat is er aan de hand?' Ze kwam meteen ter zake.

'Een bedorven boon. Iemand steelt ons materiaal.'

'Dieven?' Verdraaid, dat was foute boel. Ze moest met het geld van de stichting zo veel mogelijk voor elkaar zien te krijgen en het was lang niet altijd eenvoudig om aan het benodigde materiaal te komen. Vaak moesten ze lang op een bestelling wachten, met de nodige gevolgen voor hun planning.

'Niet zomaar dieven. Een bedorven boon in het team.'

Corinne kon Fernando niet goed volgen. 'Een bedorven boon?' herhaalde ze.

'Ja. Het moet een van onze eigen mensen zijn. Je weet dat we erg op veiligheid letten. We hebben bewakers die regelmatig hun ronde doen en daarbij kiezen we telkens voor een ander tijdstip, zodat we niet te voorspelbaar worden. Een vreemde komt niet zomaar in de buurt van onze spullen. Het moet iemand zijn die weet hoe laat de bewakers langskomen.'

'En heb je een verdachte op het oog?'

‘Ik ben ermee bezig. Maar Corinne, ik moet hout bestellen, en schroeven, anders kunnen we niet…’

‘Dat snap ik,’ viel ze hem in de rede. ‘Fernando, probeer het zo snel mogelijk op te lossen. Heb je de politie al ingeschakeld?’

‘Wat denk je dat die gaat doen?’ zei Fernando. ‘Dat heeft geen zin, Corinne, ik moet de dief zelf in de kraag zien te vatten, maar je kunt op me rekenen.’

‘Hoe is het verder met de planning?’ vroeg ze. ‘Zorgt dit voor vertraging?’

‘Dat niet, ik heb alles onder de controle. Het levert alleen extra werk en de nodige ergernis op.’

Corinne slaakte een zucht. Op dit moment kon ze niet veel anders doen dan dit aan Fernando overlaten.

Haar laptop gaf aan dat er een binnenkomend Skype-gesprek was. Sarah. Omdat Corinne inmiddels alles met Fernando had doorgenomen, besloot ze de oproep van Sarah aan te nemen.

‘Fernando, sorry, ik moet ophangen. Sarah belt net. Ik neem morgen weer contact met je op, dan heb je hopelijk meer informatie voor me. En wees voorzichtig.’

‘Komt voor elkaar. Dag, Corinne.’

‘Dag, Fernando,’ zei ze, en ze klikte al op het scherm om het gesprek met Sarah te starten.

Terwijl ze wachtte totdat de verbinding tot stand kwam, besloot ze om Sarah niks over deze problemen te vertellen. Het was haar taak om dit soort dingen op te lossen, ze stond niet voor niets aan het hoofd van hun stichting. Sarah vond het fijn als Corinne haar van het reilen en zeilen op de hoogte hield, maar ze hoefde niet het naadje van de kous te weten. De details liet ze graag aan Corinne over. En Corinne wilde op haar beurt haar tachtigjarige vriendin niet met allerlei problemen lastigvallen.

Ze ademde snel in en kon nog net een vrolijke glimlach tevoorschijn toveren toen het venster voor het videobellen werd geopend, maar tot haar verbazing zag ze een onbekende man zitten die knipperend naar de camera keek.

'Corinne?' vroeg hij.

'Ja, dat ben ik.' Ze rechtte onwillekeurig haar rug. 'En wie bent u? Wat doet u aan de computer van mevrouw Rosenbaum?'

De man haalde verlegen een hand door zijn haar. 'Ik ben Thomas,' zei hij. 'De buurman van Sarah. Sarah heeft me gevraagd om contact met u op te nemen als er iets was.'

'Op die manier,' zei Corinne. Ze voelde dat haar hart sneller begon te kloppen en durfde het eigenlijk niet te vragen, maar ze moest wel. 'En wat is er dan? Waarom belt Sarah me zelf niet?'

Hoofdstuk 2

Afscheid

Aken • Aachen • Oche • Aix-la-Chapelle • Aquae Granni

Zwitserland • Suisse • Svizzera • Helvetia

Heden: april/mei

Met trillende handen draaide Corinne haar voordeur van het slot. Normaal gesproken vond ze het heerlijk om thuis te komen. Vaak nam ze even de tijd om te blijven staan en van haar kasteeltje te genieten. Want dat hadden Noah en zij van het voormalige personeelshuis gemaakt: een sprookjesachtig slot. Ze hadden de gevel opnieuw laten bepleisteren en wit laten verven, en de aanbouw waarvoor ze tijdens Corinnes zwangerschap hadden gekozen, paste perfect bij het bestaande gedeelte. De luiken voor de ramen waren net zo korenblauw als Noahs ogen, een wens van Corinne. Het voortuintje was dankzij de vele bloemen en kruiden een paradijs voor vlinders en in de achtertuin hadden ze een speelweide met een zandbak, glijbaan en wigwam aangelegd.

Vandaag stond Corinnes hoofd echter niet naar al die dingen die haar blij maakten. Ze wilde zo snel mogelijk naar binnen. Al bij de voordeur hoorde ze de hoge lach van Mia en de lage van Noah. De geluiden kwamen uit de kinderkamer. Heel even wist Corinne niet wat ze moest doen. Het liefst was ze ongezien de slaapkamer in geglipt om zich onder de deken te verstoppen, maar dat ging niet. Ze moest Noah op de hoogte stellen, hem vertellen wat er was gebeurd.

Het kostte Corinne de grootste moeite om de tranen te beteugelen die al sinds het gesprek met de buurman van Sarah over haar wangen liepen.

Sarah was dood.

Haar geweldige, kwieke, levenslustige en vrolijke Sarah was er niet meer. Weg, zomaar, van het ene op het andere moment. Corinne schudde haar hoofd. Ze kon het nog steeds niet bevatten.

Als in trance had ze met de buurman gesproken, maar zodra het gesprek voorbij was, wist ze al niet meer waarover ze het hadden gehad. Er was maar één ding dat tot Corinnes bewustzijn was doorgedrongen.

Sarah was dood.

Die zin schalde keer op keer door haar hoofd, die reet haar hart aan stukken en beroofde haar van haar kalmte. Een tijdlang had ze alleen maar aan haar bureau voor zich uit zitten staren. Ze had niet eens de kracht gehad om op te staan.

Op een bepaald moment had ze zich toch weten te vermannen. Blijven zitten had geen zin, ze moest iets doen. En dus was ze terug naar de winkel gelopen, had ze Frieda verteld wat er was gebeurd en haar gevraagd de zaak voor vandaag over te nemen. Ze was zo snel naar huis gegaan dat het leek alsof ze door een monster werd achtervolgd. En nu stond ze hier, en ze had geen idee hoe ze dit aan Noah moest vertellen.

De deur van de kinderkamer ging open en Noah kwam naar buiten, met Mia op zijn arm. Corinne probeerde uit alle macht haar tranen in te houden en veegde haastig haar vochtige wangen droog. Ze wilde haar dochtertje niet laten schrikken.

'Corinne,' riep Noah verrast. 'Wat doe jij hier? Ben je iets vergeten?'

Aan zijn vragende blik kon ze zijn bezorgdheid zien, want hij begreep meteen dat het niet goed met haar ging. Corinne kon zich niet langer inhouden en begon te snikken. Haar laatste restje zelfbeheersing verdween als sneeuw voor de zon nu ze opnieuw door heftige gevoelens werd overvallen. Noah liep meteen naar haar toe en trok haar tegen zich aan, met Mia nog steeds op zijn arm. Corinne klampte zich vast aan de twee mensen die haar het dierbaarst waren en wist Sarahs naam zo duidelijk uit te spreken dat Noah snapte dat het om haar ging.

'Sarah? Is er iets met haar gebeurd?' vroeg hij geschrokken, maar toen Corinne hulpeloos haar hoofd schudde, was het hem meteen duidelijk. 'Kom mee,' zei hij snel.

Mia keek geschrokken naar haar huilende mama en duwde haar trillende onderlip naar voren. Ook in haar ogen verschenen tranen. Dat ging Corinne aan het hart, want juist dat had ze willen voorkomen, maar haar verdriet was simpelweg te hevig. Het bericht van Sarahs overlijden had haar zo overvallen, dat had ze echt niet zien aankomen.

Gelukkig bleef Noah kalm en hij wist Mia tot bedaren te brengen. 'Niet huilen, lieverd,' zei hij sussend. 'Mama heeft zich pijn gedaan, maar het gaat weer goed. Wees maar niet bang. We moeten nu heel lief voor mama zijn, dan is het zo weer over. Kom mee,' zei hij opnieuw tegen Corinne. Hij pakte haar hand vast.

Mia kalmeerde inderdaad. Noah liep met hun dochtertje op zijn arm de trap op en trok Corinne achter zich aan. Ze volgde hem gedwee. Ze had geen kracht om tegen hem in te gaan.

'Ga maar even liggen,' zei Noah toen ze boven waren.

Corinne liet zich gehoorzaam op het bed vallen, met haar blauwe broek nog aan. Noah legde Mia naast haar neer. 'Mag ik haar even hier laten? Ik ben zo terug.'

Corinne knikte en probeerde tevergeefs op te houden met huilen.

'Mama au?' vroeg Mia bedeesd. Ze kroop tegen Corinne aan en streelde zachtjes de arm van haar moeder. Lachend en vragend keek ze haar aan. 'Au...' zei ze langzaam, en weer wreef ze over de arm die ze als bron van de pijn zag. Precies zoals Noah en Corinne ook altijd bij haar deden wanneer ze zich had bezeerd.

Met liefde en koffie komt alles weer goed, dacht Corinne, maar ze had nu geen koffie en dit kwam beslist niet goed. Toch voelde al die liefde waardoor ze nu werd overspoeld als een geweldig geneesmiddel. Corinne was heel erg dankbaar dat ze in elk geval haar dochtertje had. Vastberaden wreef ze over haar met tranen besmeurde wangen.

'Dank je wel, lieverd, dat helpt. Nu voel ik me al veel en veel beter.' Dat was ook zo. Mia's troost had in elk geval het scherpste randje van de pijn gehaald. Het verdriet was nog steeds bijna niet te verdragen, maar dankzij Mia had ze ook weer een beetje hoop. Sarah was dood, dat was verschrikkelijk, dat was onvoorstelbaar, maar Mia was het heden en de toekomst, zij stond nog aan het begin van het leven. Dat was mooi.

Corinne ging haar over Sarah Rosenbaum vertellen, en over haar overgrootvader Eberhard Ahrensberg. En later, over heel veel jaren, wilde ze samen met Mia ook de dagboeken lezen die ze van haar opa had geërfd. Ze ging haar dochter over die tijd vertellen, over de dapperheid en de moed, maar ook over de angst die de mensen had verblind.

Corinne merkte dat Mia haar nog steeds verwachtingsvol aankeek. Ze lachte even naar haar dochtertje en boog zich toen voorover om haar een kusje op haar voorhoofd te geven. Zachtjes streek ze met haar duimen over die roze wangetjes. Ze ademde de geur van het kind diep in en rook baby, onschuld en hoop.

Mia was duidelijk blij dat haar mama niet meer zo verdrietig was en legde haar hoofdje tegen Corinnes borst. Nadat ze het puntje van haar kroeldoekje in haar mond had gestoken, duurde het niet lang voordat de ogen van het kleintje dichtvielen. Dankbaar streek Corinne Mia over haar rug. Ondertussen dwaalden haar gedachten af naar Sarah.

De deur van de slaapkamer ging zachtjes open. Noah liep met een dienblad in zijn handen naar het bed en zette het op het nachtkastje. Hij had een beker warme chocolademelk voor haar gemaakt en er een schoteltje met koekjes bij gedaan.

'Ik leg ons muisje nu in bed, dan kunnen we praten,' fluisterde hij. Hij ging op zijn hurken zitten, schoof voorzichtig zijn armen onder Mia's lijfje en tilde haar zachtjes op. Corinne kon niet anders dan haar baby even over haar bolletje aaien.

Toen Noah Mia naar haar kamer bracht, stond Corinne op van het bed. Met het dienblad liep ze naar haar kleine bankje. Ze ging zitten, trok haar benen op en pakte de warme beker. De geur van chocolade was een balsem voor haar ziel. Door de babyfoon hoorde ze hun prinsesje zachtjes brabbelen. Noah neuriede zachtjes: '*You're beautiful, just...*' Dat kwam uit 'Everyone's the Same', een vrolijk, hartverwarmend nummer van Mrs. Greenbird dat vertelde dat alle mensen ondanks hun verschillen vooral heel veel met elkaar gemeen hadden en dat iedereen op zijn of haar eigen manier mooi en bijzonder was. Dat nummer was sinds de geboorte van Mia haar liedje geworden. Noah had het, tot grote vreugde van alle verpleegkundigen, op de kraamafdeling voor de eerste keer voor haar gezongen.

Corinne hoorde dat Noah de deur van de kinderkamer dichtdeed. Even later was hij er weer. Hij ging naast haar op het bankje zitten en Corinne legde haar benen op zijn schoot. Noah liet zijn handen er strelend overheen gaan.

'Mia slaapt nu, Klara gaat straks met haar wandelen. Ik heb haar net gebeld en gevraagd of ze dat wilde doen, zodat wij tijd voor elkaar hebben. Wil je me vertellen wat er is gebeurd?' vroeg Noah zacht.

'Weet je wat zo gek is?' Corinne had een slok chocolademelk genomen en zette de beker weer neer. 'Ik moest net aan de geboorte van Mia denken. Het begin en het einde.'

'Ik ben heel blij dat Sarah Mia nog heeft gekend,' zei Noah nadenkend.

Corinne knikte en kroop dichter tegen hem aan. Hij gaf haar zoveel tijd als ze nodig had.

'Ze zat bij haar rozen,' begon Corinne na een tijdje. 'Je weet hoe dol ze daarop was. Elk jaar wachtte ze ongeduldig totdat de eerste bloem verscheen.'

Noah lachte zacht. 'Ja, dat is zo. Ze kon zo bedachtzaam en geduldig zijn, behalve als er rozen in het spel waren. Dan kon ze niet wachten.'

'Ze is gewoon in elkaar gezakt. Thomas zag het vanuit zijn raam gebeuren en heeft meteen hulp gehaald, maar ze konden niets meer voor haar doen. Haar hart hield simpelweg op met kloppen. Ik heb haar gisteren nog gesproken, toen was ze zo monter en opgewekt. Ze had reisplannen en wilde op weg naar Zweden nog hier in Aken langskomen. Ik heb nog niet eens de tijd gehad om je dat te vertellen.'

'Weet je nog wat ze laatst zei? "Ik kan net zo goed naar Aken verhuizen, zo vaak zit ik bij jullie." ' Noah lachte bij de herinnering.

'Dat had ik geweldig gevonden,' ging Corinne erop in. 'En Sarah vond het fijn dat ik zo enthousiast op haar plan reageerde. Weet je wat ze zei? "We zien wel wat het leven voor ons in petto heeft." En nu is ze dood? Dan kan ik me gewoon niet voorstellen. Ik heb het gevoel dat ze er nog steeds is.'

Noah trok haar weer tegen zich aan. 'En weet je wat Sarah zou zeggen als ze dat kon horen? "Ik ben er ook nog, Corinne, ik leef verder in je herinneringen. En ik ben blij dat wij samen zoveel moois hebben meegemaakt." '

Daarmee wist Noah haar een lachje te ontlokken. 'Ja, daar heb je denk ik wel gelijk in. En die gedachte helpt. Ik ben heel erg dankbaar dat ik Sarah heb gekend. Die vrouw was een en al goedheid, ze was zo vergevingsgezind en had zo'n plezier in het leven. Ze heeft als klein meisje in een concentratiekamp gezeten, haar vader is doodgemarteld en haar moeder ging altijd gebukt onder de last van dat verleden. En toch koesterde Sarah geen enkele wrok. Ze was een en al liefde. Ze heeft ons leven zoveel mooier gemaakt, zowel persoonlijk als qua werk. Ik heb heel veel aan haar te danken.'

'We zijn maar heel even op aarde, Corinne, dus laten we daarvan genieten,' herhaalde Noah de woorden die Sarah zo vaak had gezegd. Daardoor kreeg Corinne opnieuw tranen in haar ogen, maar het waren niet alleen tranen van verdriet. De herinnering maakte haar ook blij. Sarah had met die woorden nooit op haar eigen lot gezinspeeld, maar op alle verrassingen die het leven te bieden had. Volgens Sarah moest iedereen ervan genieten, niet alleen de oudjes. Want wie wist wat er ging gebeuren.

Corinne nam zich voor om in de toekomst beslist bewuster van de dingen te genieten. Nu ze de warmte van haar geliefde voelde, liet ze zowel het geluk als het verdriet toe. Haar droefenis werd daardoor niet minder, maar dit maakte het moment wel bitterzoet. Ze bleven een hele tijd zo zitten, terwijl Corinne huilde in Noahs armen.

'Weet je wat ik zo erg vind?' zei ze ten slotte. Ze veegde haar wangen af en snoot haar neus.

'Dat er nog geen rozen in bloei staan?' vroeg Noah. Hij knikte toen hij zag dat ze verrast haar wenkbrauwen optrok. 'Daar moest ik ook aan denken. Ze heeft die geur niet meer kunnen ruiken.'

Corinne kroop snotterend tegen hem aan. 'Dat vind ik zo jammer,' zei ze.

'We kunnen een rozenstruik op haar graf planten,' stelde Noah voor. 'Dan kan ze elk jaar van die geur genieten.'

'Dank je,' mompelde Corinne. Opeens was ze zo moe van alle gebeurtenissen en al het huilen dat haar ogen dichtvielen.

Het landschap schoot aan hen voorbij. Corinne zat op de passagiersstoel en liet haar voorhoofd tegen het koele glas van het raampje rusten. Morgen was de begrafenis. Het voelde nog altijd als een slechte film.

Natuurlijk was Sarah al tachtig geweest, maar haar overlijden kwam nog altijd veel te vroeg. Ze had nog zoveel mooie jaren kunnen hebben. Er was nog zoveel waarover Corinne graag met haar verstandige vriendin had willen praten. Haar dood had een gat geslagen. Waar vroeger haar zorgzaamheid, wijsheid en liefdevolle manier van doen waren geweest, gaapte nu een donkere leegte.

'Ik mis haar,' zei Corinne zacht.

Alexander zat aan het stuur. Ze hadden bij Karlsruhe een hele tijd in de file gestaan en reden nu langs de afrit Freiburg-Nord. Het was vrij druk op de weg. Nadat Alexander een rij vrachtwagens had ingehaald, zette hij zijn richtingaanwijzer aan en zocht hij de rechterbaan op. Heel even keek hij opzij naar Corinne, maar na een kort knikje keek hij weer naar de snelweg voor hen.

'Ze straalde altijd zo,' zei hij. 'Alsof er een zonnetje in haar zat. En dat met haar verleden. Daar kon je alleen maar bewondering voor hebben. En ze hoorde echt bij onze familie. Jullie tweeën hadden een heel bijzondere vriendschap en waren dankzij opa met elkaar verbonden. Ik weet zeker dat opa en Sarah trots op je zijn, krullenkop. Wie weet zitten ze nu naast elkaar op een wolk naar je te kijken en zien ze dat je de wereld elke dag weer een beetje beter maakt.'

Dat idee beviel Corinne wel. Ze zag het zo voor zich, haar opa en Sarah die samen op het witte dons, hun benen bungelend over de rand van de wolk, met een kop koffie erbij, al het gedoe beneden bekeken. Wat had ze er veel voor over om die twee nog één keer te kunnen spreken. Haar grootvader was al jaren dood, maar ze miste hem nog steeds. En Sarah ging ze net zo erg missen.

Er was geen weg terug. 'We zijn hier maar even, Corinne,' hoorde ze Sarah in gedachten zeggen. Haar vriendin had het altijd heel belangrijk gevonden om bewust te genieten van het leven en alle mooie dingen die er gebeurden. Dat was voor Sarah de sleutel tot geluk geweest.

Corinne was blij dat ze tijdens het moeilijke moment van het definitieve afscheid niet in haar eentje hoefde te zijn. Zes dagen geleden had ze gehoord dat Sarah overleden was en nu waren ze met hun zessen op weg naar Bottwil in Zwitserland. Sarahs buurman Thomas had de begrafenis geregeld, Corinne had heel vaak contact met hem gehad.

Hartmann, hun bedrijfsjurist, was bereid om tijdens Alexanders afwezigheid de leiding van Ahrensberg Koffie op zich te nemen, maar hun moeder kon er op deze korte termijn helaas niet bij zijn. Ze was met vrienden in de buurt van Tenerife aan het zeilen. Esther Ahrensberg was sinds de dood van de koffiebaron besmet met het reisvirus. Ook Frieda en Sebastian waren er niet bij. Ze waren graag meegegaan, maar ze waren in Aken nodig. Frieda had de leiding over de branderij, geholpen door Sebastian, en ze hielden ook een oogje op Villa Ahrensberg en het huis van Corinne en Noah. Thomas, Noah, Klara en Mia waren wel mee, die zaten achterin.

Het was maar goed dat Noah na de geboorte van Mia een grote auto met een tweede achterbank had gekocht. Corinne had in eerste instantie niet staan te springen om de reuzenkoets, zoals ze de Santa Fe in het begin had genoemd. 'We krijgen één kind, Noah, geen voetbalelftal,' had ze gezegd. Noah liet zich echter niet ompraten.

‘Het blijft waarschijnlijk bij één kind, maar we hebben veel vrienden,’ luidde zijn verweer. ‘Dat kun je met een groot gezin vergelijken.’ Bij dat ‘waarschijnlijk’ had hij Corinne een schalkse knipoog gegeven. Dat was hun vaste toespeling op de kans op een tweeling. Corinne had meteen zuchtend haar ogen ten hemel geslagen, maar ze had haar lachen niet kunnen inhouden.

Inmiddels stond de auto bij iedereen bekend als de koffiefee. Niet alleen omdat Noah voor koffiebruine lak had gekozen, maar ook omdat er de nodige zakken koffie in werden vervoerd. Zo’n grote auto was niet alleen handig voor een groot gezin.

‘Ik vind het wel genoeg, tijd voor een pauze,’ besloot Alexander, die richting aangaf en een parkeerplaats op reed. Iedereen stapte uit om de benen te strekken. Klara tilde een grote picknickmand achter uit de auto en ze gingen allemaal rond een picknicktafel zitten om te genieten van het lekkers dat Klara tevoorschijn toverde.

Daarna stapten ze tevreden en met een volle buik weer in. Deze keer met Noah achter het stuur, die de laatste etappe voor zijn rekening nam.

Op de begrafenis waren verder alleen Sarahs vriendin Ingeborg, haar buurman Thomas en een paar kennissen aanwezig. Precies zoals Sarah het zou hebben gewild. Ze had heel nauwkeurige aanwijzingen achtergelaten voor wat er na haar dood moest gebeuren en aan haar buurman Thomas gevraagd of die alles wilde regelen. Ze wilde geen gedoe, slechts een begrafenis met haar dierbaarste vrienden, zonder toespraken. Het moest allemaal heel ongemerkt en stilletjes plaatsvinden, en in plaats van bloemen had ze om een donatie voor de stichting gevraagd.

Corinne en Noah liepen hand in hand over het pad van de begraafplaats naar het gedolven graf dat Sarahs laatste rustplaats zou zijn. Klara was een stukje gaan wandelen met Mia, zodat Corinne zich helemaal op het afscheid kon richten. Ze klampte zich vast aan Noah terwijl een medewerker van de begraafplaats alles voorbereidde en zich daarna terugtrok om de aanwezigen de kans te geven om een laatste groet te brengen.

Nu stonden ze hier allemaal, amper in staat om te geloven dat dit echt gebeurde. Ten slotte had Noah de moed om naar voren te stappen. Corinne had hem gevraagd of hij voor Sarah dezelfde woorden wilde zeggen als hij aan het graf van de koffiebaron had gesproken. Die waren toen een grote troost geweest en zouden dat vandaag vast weer zijn.

Noah nam het woord.

'De dood is helemaal niets:
ik ben slechts weggegleden naar de volgende kamer.
Ik ben ik en jullie zijn jullie.
Waarom zou ik uit jullie hart zijn,
omdat ik uit het oog ben?
Wat we voor elkaar waren,
dat zijn we nog.
Speel, glimlach, denk aan me.
Leven betekent alles
wat het ooit betekende.
Er is niets veranderd,
ik wacht op jullie,
ergens
heel dicht bij jullie.
Alles is goed.'

Alexander en Sarahs vriendin Ingeborg stonden allebei te snotteren en bij Corinne liepen de tranen over haar gezicht, maar ze glimlachte wel. Alles was veranderd, maar tegelijkertijd ook niet, want Sarah zou in zekere zin altijd bij hen zijn.

Nu was het Corinnes beurt om iets te zeggen. Ze haalde een briefje uit haar zak en vouwde het open. Voor de zekerheid had ze een paar steekwoorden opgeschreven, bang dat ze anders door alle emoties vergat wat ze wilde zeggen.

'Mijn opa en jij, jullie hebben elkaar nooit echt gekend. Je was nog heel klein toen jullie door het lot wreed van elkaar werden gescheiden. Maar hij droeg je zijn leven lang in zijn hart met zich mee, Sarah. Hij is je nooit vergeten. Het is een troost dat jullie nu in een andere wereld bij elkaar kunnen zijn. Omdat zijn dagboek me naar jou toe heeft geleid, wil ik daar nu graag een stukje uit voorlezen. Het zijn gedachten die mijn opa tot aan zijn dood hebben vergezeld. Hij heeft er telkens weer over geschreven, maar hij heeft nooit de moed gehad om uit te zoeken wat er van je ouders was geworden. Hij schaamde zich te veel voor zijn eigen vader, die zo blind was geweest. Hij wilde liever de hoop blijven koesteren dat het goed met jullie ging, hoe klein die kans ook was.' Ze slikte en keek Noah even aan. De genegenheid die ze bij hem zag, gaf haar de kracht om verder te gaan.

'Dit fragment dateert uit de tijd dat hij krijgsgevangene was. "Ik ben moe en hongerig, hoewel het gezien de omstandigheden redelijk met me gaat. Ik voel me ellendiger dan ik me ooit had kunnen voorstellen. En dan die verhalen die hier in het kamp rondgaan. Het lijkt wel alsof de duivel de wereld in zijn greep heeft. Als ik af moet gaan op wat ik tot nu toe heb gehoord, hebben de mensen in de concentratiekampen het nog veel zwaarder gehad dan wij hier in krijgsgevangenschap. Ik kan me dat niet eens voorstellen, dat maakt me kapot. Ik word gek van het idee dat ik niet weet wat er met Isabella en met de Rosenbaums is gebeurd. Die hadden een kindje, dat was nog zo klein. Dankzij dat kleine meisje heb ik nog een sprankje hoop. Misschien... Het klinkt krankzinnig, ik weet het, maar toch, misschien... In mijn verbeelding zie ik dat meisje in een weide vol bloemen, ze heeft haar armen uitgestoken en draait lachend rondjes. Ik klamp me aan dat beeld vast, zelfs wanneer mijn verstand me duidelijk maakt dat ik een dromer ben." '

Ze viel even stil en ging toen weer verder.

'Het was zo mooi geweest als jullie elkaar in dit leven hadden gekend. Dat was jullie niet gegund, maar nu zijn jullie toch bij elkaar. En lieve Sarah, ik had nog zoveel met je willen bespreken. Ik had nog zo graag met je willen lachen en je om goede raad willen vragen. Nu is het tijd om afscheid te nemen en dat valt me ongelooflijk zwaar. Je bent niet meer bij ons en ik mis je heel erg. Maar ondanks al mijn verdriet weet ik dat je liefde er nog steeds is. De herinnering aan jou is net een schatkist vol kostbare momenten. Die ga ik koesteren, die zal ik keer op keer vol dankbaarheid opendoen om te genieten van die bijzondere herinneringen. Dank je wel voor je goedheid. Dank je wel voor je lach, die deel van mijn ziel is geworden en die me optimistisch stemt. Dank je dat je, zij het veel te kort, een deel van mijn leven bent geweest. Door mijn vriendschap met jou ben ik een beter mens geworden. Tot ziens, lieve Sarah.'

Corinne wierp een roos en een handjevol aarde in het graf. Het doffe plofje waarmee de aarde op de urn neerkwam, was als een stomp in haar maag.

Ze kromp even in elkaar van de lichamelijke pijn die het verlies opwekte, maar op hetzelfde moment voelde ze de handen van degenen die haar vasthielden. Noah en Alexander drukten haar tegen zich aan.

Ook de anderen namen afscheid, en ten slotte, na een laatste moment van bezinning, kwam het kleine groepje rouwenden langzaam in beweging.

Corinne liep, in gedachten verzonken, net arm in arm met Noah weg toen Sarahs buurman Thomas hen inhaalde. 'Dat waren erg mooie woorden, dank je dat je die met ons wilde delen,' zei hij. 'Het was duidelijk dat jullie een erg goede band hadden. Ik denk dat Sarah dit ook wel mooi had gevonden. Ze sprak vaak vol genegenheid over je, elke dag wel een keer.'

Op de parkeerplaats voor de kleine kapel van de begraafplaats bleven ze even staan. Thomas haalde een envelop uit zijn zak en stak die Corinne toe. 'Sarah heeft me gevraagd om dit na de begrafenis aan je te geven.'

'Dank je.' Corinne draaide de envelop verbaasd om.

'En ook deze sleutels,' ging Thomas verder. Hij gaf haar een bos sleutels aan. 'Als je het niet erg vindt, wil ik haar huissleutel nog even houden, dan kan ik alles in de gaten houden en de planten water geven. Dat lijkt me handig, in elk geval totdat je weet wat er met de villa en alle andere bezittingen moet gebeuren.'

Het ging Corinne allemaal een beetje te snel. 'Hoe bedoel je?' vroeg ze. 'Waarom ik? Waarom geef je de sleutels niet aan haar erfgenamen? Ik neem aan dat er een testament is.'

'Ik weet alleen wat Sarah me heeft verteld. Misschien geeft die brief antwoord op je vragen.' Thomas glimlachte. 'Willen jullie me nu excuseren? Ik moet er echt vandoor, maar als er nog iets is, dan weten jullie waar ik woon. En je hebt mijn nummer.'

Thomas gaf iedereen een hand en zei gedag. Ingeborg, de vriendin van Sarah, volgde zijn voorbeeld.

'We kunnen even op dat bankje daar gaan zitten om bij te komen. En als je wilt, kun je die brief lezen,' stelde Noah voor. Hij wees naar een bankje vlak onder een dikke eik, met uitzicht op het plantsoen dat zich onder de begraafplaats uitstrekte.

'Goed idee,' vond Alexander. 'Ik haal even iets te drinken uit de koffiefee.'

Corinne knikte ook en liep achter Noah aan. Even later zat ze met de brief in haar hand en begon ze te lezen.

Lieve Corinne,

Ik weet dat je tijdens het lezen van deze brief heel erg verdrietig bent. Ik ben namelijk zo brutaal geweest om dood te gaan. Geloof me, dat had ik ook liever overgeslagen, maar zo is het nu eenmaal.

Na die eerste donkere jaren heb ik gelukkig een heel mooi leven gehad, dat me veel bevrediging schonk. Ik kijk vol dankbaarheid terug op al die mooie dingen die ik mocht meemaken en op al die liefde die me is geschonken. Op het laatste stukje van mijn levensweg bleek het lot nog een heel bijzonder geschenk voor me te hebben: jij.

Wat een zegen dat jij de moed had om in het verleden te duiken, ook al was er een kans dat je op minder fraaie hoofdstukken uit je familiegeschiedenis zou stuiten. Er zijn niet veel mensen die zo'n moed en zo'n kracht hebben, Corinne. Dank je wel dat je mij hebt gevonden en dat je zo'n inspiratie voor me bent geweest. Toen ik jou leerde kennen, was het alsof er een lamp aanging. Alles werd lichter, in mij en om me heen. Corinne, je doet erg goed werk voor de stichting en ik hoop dat je daarmee doorgaat. De wereld heeft mensen zoals jij nodig. Je bent voor mij de dochter die ik nooit heb gekregen.

Daarom wil ik mijn volledige bezit aan jou nalaten.

Op twee kleinigheden na. Wil je ervoor zorgen dat mijn buurman Thomas mijn thuisbioscoop en mijn films krijgt? Hij heeft die voor me ingericht en we hebben samen veel genoeglijke uurtjes in onze eigen filmzaal beleefd. We waren allebei dol op oude zwart-witfilms en ik hoop dat hij nog eens aan me denkt als hij een van onze films kijkt.

En laat mijn vriendin Ingeborg, die je inmiddels vast hebt leren kennen, een paar van mijn sieraden uitzoeken, zodat ze altijd een klein aandenken zal hebben aan onze gezamenlijke wandelingen en onze innige vriendschap.

Dat was alles. De rest is, zodra alle formaliteiten zijn geregeld, van jou. Ik heb alles vooraf geregeld en schriftelijk vastgelegd, dus je krijgt binnenkort beslist bericht van de notaris.

Zit nu niet met je hoofd te schudden, Corinne. Ik weet heel goed wat je denkt en hoe je in een eerste opwelling wilt reageren. Laat het gaan.

Dit is mijn laatste wens en ik wil je vragen om die te respecteren.

Natuurlijk mag je zelf beslissen wat je doet, of je de villa verkoopt of verhuurt of als vakantiehuis gebruikt. Dat is aan jou. En steek alsjeblieft niet al mijn geld in de stichting. Ik weet hoe belangrijk die voor je is, maar zet een deel opzij voor Mia. Gun jezelf tijd voor je gezin of koop een pony voor haar. Leef, Corinne. Vergeet niet: we zijn hier maar heel even. Geniet ervan.

Ik omhels je in gedachten nog een laatste keer en hoop dat je gelukkig bent.

Veel liefs,

Sarah

Met stomheid geslagen liet Corinne de brief zakken. Haar gezicht was nat van de tranen. Alexander, haar zwager Thomas en Klara, die inmiddels naar hen toe was gekomen en zachtjes de kinderwagen met de slapende Mia heen en weer duwde, keken haar vol verwachting aan.

'Sarah heeft mij als haar erfgenaam aangewezen,' zei Corinne zacht. 'Ik erf haar villa en haar hele vermogen.'

Niet-begrijpend schudde ze haar hoofd. Ze kon het nog steeds niet geloven.

Hoofdstuk 3

Pepe

Aken • Aachen • Oche • Aix-la-Chapelle • Aquae Granni

Mei 1948

'Pas op!'

Eberhards waarschuwende kreet schalde van bovenaf door de grote ruimte. Een fractie van een seconde later viel de ijzeren koevoet al naar beneden, rakelings langs de wankelende ladder waarnaast zijn vriend stond. De knal waarmee het gereedschap de vloer raakte, echode tegen de muren van de hal en door de harde klap sprongen de barsten in een van de laatste plavuizen.

Hans, die balancerend op zijn ene been heel zorgvuldig de scheuren en kraters in de muur aan het dichten was, dook van schrik zo snel in elkaar dat een dikke dot mortel van zijn troffel gleed en op de vloer belandde. Dat was nog niet alles. Hij deed zijn best om zijn evenwicht te bewaren, maar hij wankelde op dat ene been zo heen en weer dat zijn inspanning tevergeefs was.

Eberhard was zijn vriend graag te hulp geschoten, maar hij kon niet zo snel de ladder af en moest werkeloos toezien dat Hans onderuitging. Hans probeerde nog naar de kruk te reiken die tegen de muur leunde, maar die stond te ver weg. Hij had hem er zelf neergezet om allebei zijn handen vrij te hebben, dat deed hij wel vaker tijdens klusjes waarbij hij niet al te vaak hoefde te bewegen. Vaak zocht de oorlogsinvalide tussendoor ook nog even steun bij een ladder, een meubel of de muur, maar daar was het nu te laat voor.

Er ontsnapte hem een flinke vloek toen hij naast het gevallen gereedschap op zijn achterste neerkwam. Ontstemd keek hij op naar Eberhard.

'Van je vrienden moet je het hebben,' mopperde hij. 'Je bent niet alleen een stoethaspel, maar ook nog dom. Kun je niet even wachten totdat ik hiermee klaar ben voordat je van alles naar mijn hoofd smijt?'

De blik waarmee Hans Eberhard aankeek, was een mengeling van woede en opluchting. Hij zag bleek om zijn neus van schrik en had alle reden om te schelden, want het had niet veel gescheeld. Zelfs voor iemand met twee benen was dit een hachelijke situatie geweest.

Eberhard stond nog altijd op de bovenste sport van de gammele ladder en was zelf ook nog niet van de schrik bekomen. 'Het spijt me, Hans, dat was echt niet de bedoeling. Je weet dat ik niet bepaald een goede klusser ben en die verrekte spijker werkte niet mee. Hij zat zo diep in de muur dat ik al mijn kracht moest gebruiken om hem los te wrikken, en toen schoot hij er opeens uit. Die koevoet vloog gewoon uit mijn handen. Je mag van geluk spreken dat je die niet op je kop hebt gekregen en dat ik niet boven op je ben gevallen. Ik was dat ding bijna achternagegaan. Stel je dat eens voor, jongen, dan was het beslist niet goed afgelopen.'

Hans bromde wat en begon de mortel van de vloer te scheppen, want er mocht niets worden verspild.

'Ik denk dat ik ons geluk voor vandaag genoeg op de proef heb gesteld,' merkte hij op. 'Ik kan misschien beter aan de andere kant verdergaan. Voor de zekerheid. Er zijn nog genoeg gaten te vullen.'

'Daar heb je gelijk in,' beaamde Eberhard met een zucht. Daarmee doelde hij niet alleen op de opmerking van zijn vriend over hun geluk, maar ook op die over de schade aan de muur.

Hans schoof op zijn achterste naar zijn kruk toe, hees zichzelf kreunend overeind en strompelde door de hal. Tijdens de oorlog was hij drie vingers van zijn rechterhand en zijn rechterbeen kwijtgeraakt, maar ondanks zijn toestand was hij nog altijd een veel betere bouwvakker dan Eberhard ooit zou kunnen worden, ook al zou hij nooit meer als metselaar zijn brood kunnen verdienen.

Een tijdje geleden had Hans een kunstbeen gekregen, maar daar had hij niet lang van kunnen genieten. Het stompje was door de druk van de prothese ontstoken geraakt en Hans kon het hulpmiddel op dit moment niet gebruiken.

Hij bleef even voor de muur staan en Eberhard zag hem nadenkend aan zijn oorlelletje frunniken. Dat gebaar maakte hij wel vaker, bijvoorbeeld als hij over zijn notitieboek of schrijfmachine gebogen zat of in gedachten verzonken was. Wanneer Hans niet aan het klussen was, werkte hij aan zijn eerste boek. Eberhard schreef zelf af en toe in een dagboek en wist dat het heilzaam kon zijn om de gebeurtenissen uit de donkerste dagen van het Duitse Rijk en uit hun eigen leven op die manier te verwerken, maar hij had niet de moed om zijn woorden met anderen te delen. Hij had grote bewondering voor Hans omdat die dat wel kon.

Het was goed dat Hans bij hen woonde en daardoor de tijd had om alles wat hem was overkomen te verwerken, maar dat was niet het enige wat hem tot schrijven aanzette. Het was zijn passie, hij schreef omdat hij daartoe werd gedreven, en Eberhard vond alles wat hij tot nu onder ogen had gekregen beslist lezenswaardig. Hij durfde wel te stellen dat zijn vriend talent had.

Toen ze van Euweiler naar Aken waren verhuisd, had Magdalena voorgesteld om hun buurman te vragen of hij mee wilde gaan. Hans had tijdens de oorlog niet alleen lichaamsdelen, maar ook zijn hele familie verloren. Magdalena had hem gevraagd of hij misschien bij hun dagelijkse maaltijden wilde aanschuiven en hij was al snel deel van de familie geworden. Eberhard hoefde dan ook geen moment over het voorstel van zijn vrouw na te denken. Hij kon Hans' hulp goed gebruiken, zijn buurman was immers metselaar van beroep, en Hans bleef op deze manier een droevig en eenzaam bestaan bespaard.

Ongetwijfeld was Hans' besluit om ja te zeggen ook beïnvloed door het vooruitzicht van de smakelijke maaltijden die door de vrouwen van de familie Ahrensberg werden bereid. Als hij bij hen introk en Eberhard in ruil voor kost en inwoning hielp, dan werd er in elk geval voor hem gezorgd. Eberhard had gedreigd om hem flink aan het werk te zetten, want hij wilde niet dat Hans het gevoel had dat ze hem aalmoezen gaven. Hans had niet veel tijd nodig gehad om de knoop door te hakken en zijn schamele bezittingen in te pakken. Hij ging mee.

Eberhard liet zijn blik door de grote ruimte gaan. De muur was slechts een van hun talloze problemen. Het zou zeker nog een paar maanden duren voordat ze de hal af hadden. Ze moesten alles repareren, opnieuw stuken en afwerken, van het plafond tot aan de niet meer geheel aanwezige vloer. Het was niet alleen enorm veel werk, het betekende ook een fikse uitdaging voor Eberhards talent tot onderhandelen.

Een paar keer per week beproefde hij, op zoek naar bouwmateriaal, zijn geluk op de zwarte markt, en inmiddels waren zijn naam en reputatie wijd en zijd bekend. De mensen deden graag zaken met hem, want hij was een harde, maar eerlijke handelspartner. Daar had hij alleen niet zoveel aan nu materiaal nog steeds schaars en dus heel erg duur was.

Dat was de voornaamste reden waarom ze het grote huis en ook het personeelshuis, dat Eberhard als zijn branderij had ingericht, slechts stukje bij beetje konden opknappen. De villa met al zijn kamers, het personeelshuis, de bijgebouwen en het omliggende terrein: dat alles was bij elkaar opgeteld zoveel werk dat Eberhard zich af en toe afvroeg waaraan hij was begonnen. Hun huis en hun leven in Euweiler waren niet eens zo beroerd geweest en daar had hij minder werk aan gehad. Nu moest hij zijn tijd zien te verdelen tussen zijn bedrijf en de renovatie. Zijn koffiehandel liep nog niet zo goed als hij had gehoopt, want die verrekte belasting op koffie speelde hem flink parten.

Hij hoefde maar aan smokkelen te denken of Magdalena gaf hem van katoen. Ze wilde gewoon niet inzien dat hij geen andere mogelijkheid had. Na een hevige ruzie over dat onderwerp had ze hem plechtig laten beloven dat hij tijdens hun eerste halfjaar in Aken zijn uiterste best zou doen om op een eerlijke manier een goedlopend bedrijf op te zetten. Binnenkort zat dat halfjaar erop, maar hij kon niet bepaald zeggen dat Ahrensberg Koffie goed liep.

Eberhard was weloverwogen en vol goede moed aan dit avontuur begonnen, maar er waren dagen waarop hij vreesde dat hij zichzelf had overschat. Zijn gezin onderhouden, zijn bedrijf opbouwen en hun nieuwe huis opknappen – het was allemaal erg veel werk.

Had hij te veel hooi op zijn vork genomen? Soms werd de druk hem bijna te veel, maar er was geen weg terug. Hij had dit nu eenmaal op zich genomen en moest er het beste van zien te maken. Sinds ze bijna een halfjaar geleden samen met Edda en Hans naar Aken waren verhuisd, was hij bijna elke dag samen met Hans bezig om ergens in de villa iets op te kalefateren en het huis stukje bij beetje in de oude luister te herstellen. Elke avond kroop hij doodmoe zijn bed in, steevast met het gevoel dat hij te weinig had gedaan.

Gisteren waren ze aan de entree begonnen. Van Eberhard had de hal nog wel even kunnen wachten, maar de vrouwen in huis hadden gevraagd of ze daar aan de slag wilden gaan. Edda hoopte zo snel mogelijk gasten op de thee te kunnen uitnodigen, en dat ging niet als haar bezoek de al opgeknapte woonkamer alleen kon bereiken via de ravage, zoals zij de hal noemde.

'Wat denk je dat dat voor indruk maakt, Eberhard?' had ze gisteren nog tegen hem gezegd. 'Je moet ook aan je goede naam als keurige ondernemer denken.'

Hij dacht vooral aan Magdalena. Zijn geweldige vrouw, die ook begon te stralen als ze aan uitnodigingen en partijtjes dacht. Eindelijk weer een beetje leven, weer wat plezier, dat was haar grote wens. Die wilde Eberhard maar al te graag voor haar vervullen.

Na haar miskraam had Magdalena maandenlang in de put gezeten, maar sinds ze Euweiler voor Aken hadden verruild, ging het stukken beter. In het begin had ze zich nogal zwijgzaam op het werk gestort en zo was ze langzaamaan weer de oude stijfkop van vroeger geworden. Ze vond het heerlijk om haar man tegengas te geven, en in tegenstelling tot veel andere mannen kon Eberhard dat wel waarderen. Ze was de vrouw van zijn dromen en hij hield elke dag dat ze samen waren weer een beetje meer van haar.

Magdalena had er zelfs voor gezorgd dat ze een koe, twee varkens en een toom kippen hadden aangeschaft, die in de provisorisch gerenoveerde voormalige paardenstal waren ondergebracht. Natuurlijk zorgde zij voor de dieren en de tuin. Dat was net zoveel en even zwaar werk als dat van hem, maar Eberhard kon merken dat ze het graag deed. Ze was dol op de natuur en werkte graag met haar handen in de frisse buitenlucht, maar het allerbelangrijkst voor haar was een eigen moestuin. Daardoor kon ze voorraden aanleggen en hoefde ze nooit meer bang te zijn dat ze honger zouden lijden. Mocht de situatie ooit weer zo erg worden als tijdens die vreselijke eerste winter na de oorlog, toen er aan alles gebrek was geweest, dan waren ze er in elk geval op voorbereid.

Op haar verzoek had Hans naast de stal een rookoven gebouwd. Daarin wilde ze in de herfst, na de slacht van hun eerste varken, de hammen en de worsten roken.

Eberhard stond versteld van wat zijn vrouw allemaal kon. Ze had tijdens haar zwangerschap een tijdje op een boerderij in Euweiler geholpen, omdat de boerin haar been had gebroken. Daar was Eberhard niet blij mee geweest, want hij zag niet graag dat zijn echtgenote uit werken ging, maar Magdalena had niets van zijn bezwaren willen horen. Ze had beweerd dat het geen werk was, maar simpelweg burenhulp. Ten slotte had Eberhard zich gewonnen gegeven, en nu bleek de kennis die ze daar had opgedaan de hele familie goed van pas te komen.

Omdat de dames zo graag een opgeknapte hal wilden, hadden Eberhard en Hans de verbouwing van het magazijn voor de branderij moeten uitstellen. Dat was niet erg, zei hij tegen zichzelf, want door het gebrek aan handel lag het magazijn toch niet vol. Nu had hij in elk geval tijd om de wensen van zijn geweldige vrouw te vervullen en haar een plezier te doen.

Toch zat Eberhard er behoorlijk mee in zijn maag dat de zaken niet zo goed liepen. Voor hem was de verhuizing naar Aken niet alleen een nieuw begin geweest voor zijn bedrijf, maar ook, en dat geloofde hij nog steeds, de kans van zijn leven. Hij hoefde alleen maar te wachten totdat het halfjaar voorbij was. Daarna kon Magdalena zoveel mopperen als ze wilde, maar hij ging dan de gok wagen en smokkelen.

Toen Eberhard merkte dat hij nog steeds in gedachten verzonken op de ladder stond, besloot hij zijn uitkijkpunt te verlaten. Voorzichtig klauterde hij naar beneden en eenmaal naast de ladder raapte hij de koevoet van de vloer. De balken boven in de hal zaten vol spijkers waarvan het nut hem niet duidelijk was, en die moesten allemaal worden verwijderd voordat hij het hout kon schuren. Toen hij zijn voet weer op de ladder zette, hoorde hij een claxon.

Een auto? Eberhard legde zijn gereedschap meteen weer neer en liep naar de voordeur. Wie was dat nu weer? Misschien een klant voor zijn koffie. Voordat hij de deur opendeed, streek hij nog snel zijn haar glad en probeerde hij het stof van zijn broek te vegen. Zonder al te veel resultaat, tenzij hij een stofwolk had willen veroorzaken.

Ook Hans kwam naar de voordeur gestrompeld. 'Verwachten we bezoek?' vroeg hij.

Er werd opnieuw getoeterd. Eberhard haalde zijn schouders op, staakte zijn poging tot fatsoeneren en trok de grote dubbele deur open. Hij bleef als aan de grond genageld staan. 'Nee!' flapte hij eruit.

Voordat hij nog iets kon uitbrengen, stormde zijn moeder Johanna de keuken uit. Ze rende langs hem naar buiten. 'Jezus Maria!' riep ze uit. Ze greep met beide handen naar haar hoofd.

Voor de villa reed een knalrode Volkswagen-cabrio nogmaals een rondje om het ronde perkje. Het was een mooie, zonnige dag, dus de kap was naar beneden. Achter het stuur zat een jongeman en op de stoel naast hem zat Edda, met een brede lach op haar gezicht en een hoofddoekje om haar haar gebonden. Op de achterbank zaten de bakvis Barbara, Eberhards jongere zusje, en zijn vrouw Magdalena. Magdalena zwaaide met allebei haar handen naar hem en Barbara wipte van pure opwinding giechelend op en neer. Ze straalden allebei van plezier.

Na een vierde rondje bracht de jonge bestuurder de auto naast de buitentrap naar de voordeur tot stilstand. Hij stapte uit en liep om de auto heen om heel galant het portier voor Edda open te doen. Ze stak bevallig haar hand naar hem uit en liet zich als een dame uit de hoge kringen helpen bij het uitstappen. Magdalena en Barbara stapten daarentegen zonder hulp vrolijk giechelend achter uit de Volkswagen.

Barbara huppelde met grote sprongen naar de trap. 'Je moet Magdalena haar rijbewijs laten halen, Eberhard. Alsjeblieft. Alsjeblieftalsjeblieftalsjeblieft,' zei ze smekend, en voordat Eberhard doorhad wat er gebeurde, hing ze al aan zijn arm. 'Dan kan ze ook in Pepe rijden. Weet je, dan kan zij me naar ballet brengen. Of van school ophalen. O, dat zou mieters zijn!'

'Rustig aan. Kan iemand me misschien uitleggen wat dit vehikel te betekenen heeft?' vroeg Eberhard met een blik op Edda. Hij vermoedde dat zij hierachter zat.

Ze stak meteen een tikje bokkig haar kin naar voren en haalde haar schouders op. 'Je weet dat we heel erg verlegen zitten om een auto, Eberhard. Daarom heb ik mijn oude sok met spaargeld omgekeerd, en kijk hier eens.' Ze wees naar de auto.

'Hij heet Pepe,' riep Barbara, die bijna buiten zinnen was van opwinding. 'O, ik heb zo'n zin in ons eerste tochtje. Zullen we meteen vanmiddag een stukje gaan rijden?'

Eberhard kneep zijn ogen iets meer toe en bekeek Edda aandachtig. Hij had tegen haar gezegd dat ze haar appeltje voor de dorst achter de hand moest houden. Niemand wist immers wat de toekomst zou brengen. Maar deze vrouw was zo erg: als zij iets in haar hoofd had, dan moest het gebeuren. Strikt genomen waren alle vrouwen in zijn huishouden even erg, stelde Eberhard vast. Misschien moest hij toch maar eens duidelijk maken dat hij hier de baas was.

Nog geen tel later moest hij echter om zichzelf grinniken. Zijn korte vlaag van woede was niet meer dan gekrenkte ijdelheid. Hij wilde zelf ook wel in een nieuwe Volkswagen een ererondje om het perkje rijden, maar zover was het nog niet, nog lang niet. Ahrensberg Koffie moest eerst groeien. Hij was voorlopig nog gebonden aan zijn belofte aan Magdalena en het kon nog wel even duren voordat die situatie ging veranderen. Uitgaven als deze zaten er voor hem voorlopig nog niet in.

Nu pas viel het hem op dat de vrouwen om hem heen waren gaan staan en hem aandachtig aankeken. De jonge man was uitgestapt en wreef met een lapje over de lak, hoewel er geen vlekje te zien was. Hij voelde zich blijkbaar een beetje opgelaten.

Eberhard vermande zich. 'Dit noem ik een geslaagde verrassing,' zei hij met een knikje naar Edda. Toen wendde hij zich tot Magdalena. 'En jij wilt ook in dit ding...'

'Pee-pee!' onderbrak Barbara hem luid. Ze streek verontwaardigd haar pony uit haar gezicht.

'Pepe,' verbeterde Eberhard zichzelf, om een discussie met zijn zusje te vermijden, en hij begon opnieuw. 'Jij wilt ook graag in Pepe rijden? Durf je dat wel? Stel dat je zonder benzine komt te staan? Of als je een lekke band krijgt?'

'Ja, wat doe je dan?' vroeg Barbara brutaal.

Eberhard hield zijn lachen in en wierp zijn zusje een strenge blik toe.

'De Volkswagen is met zijn 25 pk niet bepaald een renpaard,' zei Magdalena bedaard en zonder een spoortje onzekerheid. 'Maar het is een erg betrouwbaar voertuig. Natuurlijk moet je het metertje van de tank goed in de gaten houden en tijdig een tankstation opzoeken. Daar wordt dan ook het koelwater en het oliepeil gecontroleerd. En als ik onderweg met pech kom te staan, dan moet ik om hulp vragen. Maar dat hoeft allemaal geen probleem te zijn. Als ik met de fiets onderweg ben, kan die ook mankementen gaan vertonen.'

'Uw vrouw is een goede chauffeur,' mengde de jongeman zich in het gesprek.

Eberhard fronste. 'O ja?' Hij keek Magdalena recht aan.

Ze zag er een tikje schuldbewust uit, maar haalde toen vastberaden haar schouders op. 'Als we je het hadden verteld, dan was het geen verrassing meer geweest. Maar ik ga ervan uit dat jouw toestemming louter voor de vorm is. Daarom ben ik al voorbereid. Jij hoeft alleen maar te tekenen, dan heb ik mijn rijbewijs.'

Ze kende haar man zo goed. En ze had gelijk. Eberhard had geen enkele goede reden om haar wens niet te vervullen. Hij slaakte een zucht. Het was niet altijd gemakkelijk om zo'n eigenwijze echtgenote te hebben, maar juist dat vond hij zo leuk aan haar. Ze was geen schuw vrouwtje, maar een levensgezellin op wie hij kon bouwen.

'Dat moet dan maar,' zei hij. Barbara slaakte een kreet van vreugde en klapte enthousiast in haar handen.

'Ik ga maar eens de aardappels schillen,' mompelde Edda, maar er blonk een tevreden blik in haar ogen.

De jongeman stond nog altijd naast de auto en leek ergens op te wachten. Hij kuchte even om hen eraan te herinneren dat hij er ook nog was.

'Heb je tijd?' vroeg Magdalena. Eberhard begreep het al, hier werd een uitgekookt spelletje gespeeld. De vrouwen hadden hem voor het blok gezet, het verzoek om zijn toestemming was simpelweg voor de vorm.

'Nou, dan gaan we maar,' gaf Eberhard zich gewonnen. 'Hans, kun jij het fort bewaken? Ik ben zo terug.'

'Niet meteen, hoor,' zei Barbara uitgelaten. 'Misschien rijden we nog even naar de Hoge Venen. Of naar de Rursee. O, dat zou leuk zijn. Gaan we dat doen, Eberhard? Zeg alsjeblieft ja!'

'Hoe zit het met je huiswerk?' luidde Eberhards niet bepaald geliefde wedervraag.

'Spelbreker,' mompelde Barbara beteuterd.

Mijn wraak is zoet, dacht Eberhard vergenoegd. Nu had hij de kans om op zijn beurt de anderen te verrassen. Het was al zo'n tijd geleden dat hij de Rursee had bezocht.

Hoofdstuk 4

Aan de slag voor de stichting

Aken • Aachen • Oche • Aix-la-Chapelle • Aquae Granni

Heden: mei

Corinne zat in het kantoortje boven de branderij met haar werkzaamheden voor de stichting te worstelen. Hoewel ze honderd procent achter het doel ervan stond en heel graag de aanzet tot verandering wilde geven, merkte ze ook dat ze van hele dagen aan een bureau zitten niet bepaald blij werd. Ze was een doener. Ze wilde niet door stapels papier worden omringd, maar met al haar zintuigen van koffie genieten. Ze wilde de bonen horen ritselen, ze wilde pas gebrande koffie ruiken, maar in plaats daarvan jeukte haar neus van het stof dat opsteeg uit dossiers en haar aan het niezen maakte.

Ze was, niet voor het eerst, van plan om haar dagindeling onder de loep te nemen en het een en ander te veranderen. Ze had in ieder geval meer personeel nodig; niet in de branderij, zoals ze eerst had gedacht, maar voor de stichting, die sinds de oprichting alleen maar was gegroeid en steeds bekender werd.

Nu ze daarover nadacht, viel haar opeens de perfecte oplossing voor haar probleem in. Zonder er verder over na te denken pakte ze de telefoon om een nummer te kiezen. Waarom had ze daar niet eerder aan gedacht?

'Hé, krullenkop, hoe gaat het?' nam Alexander vrolijk op nadat het toestel twee keer was overgegaan.

'Ik word bedolven onder papieren,' zei Corinne kermend. 'Zeg, weet je nog dat we het na de dood van papa over het personeel hebben gehad? Jij wilde toen het een en ander veranderen. Kun je je dat nog herinneren?'

Aan de andere kant van de lijn viel een korte stilte, maar Alexander begreep vrij snel waar ze op doelde.

'Beatrice, bedoel je? Ja, dat weet ik nog. Ik wist alleen niet of… het… Momentje, hoe ga je…' Alexander viel even stil en barstte toen in lachen uit. 'Corinne, je wilt toch niet mijn secretaresse van me afpakken?'

'Ligt eraan wat je afpakken noemt. De stichting heet niet voor niets Ahrensberg-Rosenbaum, want Ahrensberg Koffie is er van het begin af aan bij betrokken geweest. Jij hebt een flink bedrag gedoneerd en je laat ons elke maand gebruikmaken van voorzieningen van het bedrijf. Je weet hoe blij ik ben dat jouw mensen die hele logistiek voor hun rekening nemen, Alexander. Zonder jouw hulp had ik de koffie van de stichting nog lang niet rechtstreeks kunnen importeren. En tja, als ik nu Beatrice erbij kan krijgen, dan is dat zeg maar ook een soort donatie.'

Beatrice was al de secretaresse van de koffiebaron geweest voordat die het bedrijf aan zijn kinderen had overgedragen, en toen Corinne een tijdlang had zitten twijfelen of ze als zelfstandige aan de slag moest gaan, was Beatrice haar steun en toeverlaat geweest. En een goede vriendin. Alexander had echter van het begin af aan moeite gehad met het idee dat hij als directeur een secretaresse in het kantoor naast hem had zitten en zich afgevraagd of hij de werkzaamheden anders moest verdelen. Hij had Beatrice echter niet haar baan willen afpakken en de beslissing telkens uitgesteld.

Corinne haalde diep adem en besloot te gaan smeken. 'Ik heb haar dringend nodig, Alexander. Alsjeblieft. Dat zijn weer een paar bonuspunten voor je bedrijfskarma, dat kan nooit kwaad.'

'Straks ga je me nog vertellen dat dit uitsluitend in mijn voordeel is.' Alexander lachte. 'Dat hoeft niet, Corinne. Wat vindt Beatrice ervan?' wilde hij weten.

Corinne juichte even geluidloos, want hij had immers nog geen ja gezegd, al hoorde ze aan de toon van zijn stem dat het haar was gelukt. 'Dat hoor je zodra ik haar heb gesproken. Ik wilde eerst met jou overleggen voordat ik het aan haar vroeg. Dank je, Alexander.'

'Je wordt nog eens mijn ondergang.' Alexander kermde hoorbaar aan de andere kant van de lijn. 'Dat snap je zelf ook wel.'

Corinne antwoordde met een tevreden lachje. 'Mocht Ahrensberg Koffie op de fles gaan, broertje, dan is er bij Öcher Boontje altijd nog een baantje voor je. Dan leren we je wel branden,' zei ze plagend.

'Dat stelt me gerust, want dat heb ik altijd al willen leren,' antwoordde Alexander op even luchtige toon. 'Goed, heb het er maar met Beatrice over. Of wacht even, ik bedenk net iets.' Alexander mompelde even nadenkend in zichzelf en zei een paar seconden later: 'Ik heb een voorstel: ik geef Beatrice een halfjaar verlof, met behoud van haar huidige salaris, en in die tijd kan ze voor de stichting werken. Zie dat ook als een donatie, Corinne. En na een halfjaar bespreken we met ons drieën hoe het verdergaat en leggen we eventueel iets vast.'

'Dank je, Alexander, dat is geweldig. Ik bel Beatrice meteen. Tot later.'

Corinne hing op en koos meteen een volgend nummer, trillend van vreugde en spanning. Natuurlijk had ze gehoopt dat Alexander wilde meewerken, maar dit was nog beter dan wat ze in gedachten had gehad. Nu hoefde ze alleen maar…

'Ahrensberg Koffie, u spreekt met Beatrice Breithaupt. Waarmee kan ik u helpen?'

'Hoi, Beatrice, met Corinne. Wat denk je ervan om een tijdje voor de stichting te komen werken?' flapte Corinne er meteen uit, om vervolgens met ingehouden adem op een antwoord te wachten. Ze hoorde haar eigen hart kloppen in haar oren.

'Corinne, wat leuk om weer eens wat van je te horen. Maar kun je dat even herhalen?'

Corinne lachte verlegen. 'Sorry, ik ben zo blij dat ik het meteen wilde vragen. Goed, de uitgebreide versie. Ik weet dat je al heel lang bij Ahrensberg Koffie werkt en het heel erg naar je zin hebt. Dat snap ik heel goed. Je hebt altijd uitstekend met de koffiebaron samengewerkt en je kunt ook goed met Alexander opschieten. Volgens mij is mijn broer wel een fijne baas. Maar misschien heb je zin in een nieuwe uitdaging? Ik zit dringend verlegen om iemand die me met de stichting kan helpen en daar ben jij geknipt voor.'

'De stichting?' herhaalde Beatrice langzaam.

'Ja. Ik zoek iemand die de voorzitster, mij dus, kan assisteren. We waren bij Ahrensberg Koffie altijd een prima team en ik heb iemand nodig die meer kan dan af en toe een briefje tikken. Jij wordt verantwoordelijk voor het dagelijkse reilen en zeilen, zodat ik meer tijd heb voor andere dingen. De planning, de organisatie, de boekhouding, het aansturen van projecten… Je krijgt veel verschillende taken. En voordat je je afvraagt wat Alexander hiervan vindt: ik heb het al met hem besproken. Hij vindt het goed en is bereid om je een halfjaar lang met behoud van je huidige salaris aan mij uit te lenen. Als zeg maar een donatie voor de stichting. Financieel gaat er voor jou dus niets veranderen. En daarna kunnen we met ons drieën bespreken hoe we het verder aanpakken.'

'In dat geval hoef ik er niet lang over na te denken. Natuurlijk wil ik je helpen, Corinne, graag zelfs. En dank je dat je aan mij hebt gedacht.'

'Ik vind dat vrouwen elkaar moeten bijstaan,' zei Corinne, waarmee ze letterlijk de woorden herhaalde die Beatrice tegen haar had gezegd toen Corinne pardoes in het familiebedrijf had moeten bijspringen. Corinne had toen niet alleen aan haar nieuwe taken moeten wennen, maar had ook een vrij moeizame verhouding met haar broer gehad. Op een bepaald moment was het haar bijna te veel geworden, maar Beatrice was een grote hulp voor haar geweest, een trouwe bondgenoot die talloze problemen voor haar had opgelost.

Corinne huiverde even toen ze terugdacht aan die moeilijke tijd. Gelukkig ging het nu stukken beter. Zij was gelukkig in haar kleine branderij en Alexander was, nadat hij zijn eigen problemen had overwonnen en uit de kast was gekomen, uitgegroeid tot een prima directeur van het familiebedrijf. Wat Corinne echter nog veel belangrijker vond, was dat hij weer de fijne, zorgzame, brutale en hartelijke broer was die ze van vroeger kende en van wie ze altijd zoveel had gehouden. Even was ze bang geweest dat ze hem voor altijd kwijt was.

Beatrice was al snel net zo enthousiast als Corinne. Ze keken allebei uit naar de samenwerking, waarin ze alle vertrouwen hadden, en na nog wat te hebben gebabbeld hingen ze weer op. Beatrice ging met Alexander overleggen wie het komende halfjaar het best haar taken kon overnemen. Ze wilde zo snel mogelijk haar werk overdragen en voor de stichting aan de slag gaan.

Na dit gesprek stortte Corinne zich opgewekt weer op haar werk. Ze bladerde door haar e-mail en klikte een berichtje aan dat haar aandacht trok.

Het was afkomstig van de bedrijfsleider van een koffieplantage in Tolima, een departement in Colombia. Hij had over de stichting gehoord en informeerde naar een mogelijke samenwerking. Corinne wist dat er in Colombia al een aantal koffieboeren waren die kwaliteit belangrijker vonden dan kwantiteit en die positieve ontwikkeling wilde ze graag stimuleren. Ze vond het ook belangrijk dat de arbeiders op de plantage het goed hadden. Hun kinderen moesten toegang hebben tot onderwijs en de vrouwenrechten moesten worden verbeterd en gerespecteerd. Precies zoals ze nu ook al in Brazilië de goede ontwikkelingen steunde.

Uit deze aanvraag bleek dat hun werk ook buiten Brazilië steeds meer aandacht trok en daar was ze blij om. Hoe meer mensen over de Stichting Ahrensberg-Rosenbaum hoorden, des sterker hun netwerk werd. Corinne hoopte dat hun inzet anderen ertoe kon aanzetten om hun voorbeeld te volgen en aandacht te schenken aan duurzaamheid en sociale verantwoording.

Er was nog zoveel te doen. Elk succes was op dit moment nog een druppel op de gloeiende plaat en er waren heel wat druppels nodig voor definitieve verbeteringen, maar veranderingen waren noodzakelijk. Iedereen moest een steentje bijdragen om klimaatverandering een halt toe te roepen en de wereld op adem te laten komen. De opwarming van de aarde zorgde nu al voor een veelvoud aan rampen en Corinne wilde liever niet denken aan wat er kon gebeuren als de mensheid er niet in slaagde om het tij te keren. Ze was vastbesloten om haar ogen niet voor al die problemen te sluiten, maar om te doen wat ze kon om het gevaar af te wenden. Voor de mensheid en voor de planeet waarop ze met hun allen leefden.

Ze las het mailtje nog eens, de inhoud beviel haar wel. De bedrijfsleider maakte een goede indruk en vertelde wat hij tot nu toe had gedaan om een einde te maken aan de monocultuur. Helaas boekte hij in zijn eentje maar langzaam vorderingen, want voor grote veranderingen was geld nodig, dat hij niet had.

Corinnes hersens draaiden inmiddels op volle toeren. Ze had op zich haar handen vol aan de coöperatie voor vrouwen in Brazilië, maar misschien kon de stichting haar werkterrein uitbreiden naar Colombia. Als eerste konden ze dan deze plantage bij de omschakeling ondersteunen en ervoor zorgen dat het financiële plaatje klopte. Het zou al heel erg helpen als de stichting de afzet van de duurdere koffie kon garanderen. En misschien kon ook daar een coöperatie in het leven worden geroepen om de positie van vrouwen te verbeteren en de kinderen toegang tot onderwijs te geven, al was dat meer iets voor de lange termijn. Zoiets lukte niet in een paar jaar, daar was eerder een jaar of tien voor nodig. Duurzame veranderingen kostten tijd, die moesten een gewoonte worden. Maar met betrouwbare medewerkers en de noodzakelijke middelen was het zeker mogelijk.

Ze moest aan Sarahs laatste brief denken. Nee, ze ging niet al haar geld in de stichting steken, maar Sarah had er vast geen bezwaar tegen gehad als ze een deel van het bedrag hiervoor zou gebruiken. Misschien had ze dat zelfs wel verwacht.

Colombia. Waarom ook eigenlijk niet? Het was zeker het overwegen waard. Jammer dat Beatrice hier nog niet zat, dan had ze dit meteen met haar kunnen bespreken. Corinne was opgelucht dat ze zulke belangrijke beslissingen voortaan niet meer alleen hoefde te nemen. De verantwoording was een zware last, vooral omdat ze alles altijd heel serieus nam en het gevoel had dat ze het aan haar opa en Sarah verplicht was om hier een succes van te maken.

Ze ging online op zoek naar meer informatie over deze plantage. Op de website stonden een paar filmpjes die inzicht gaven in de werkwijze. Ook daarin maakte de bedrijfsleider een positieve indruk. Het was een goed teken dat hij iedereen op deze manier een kijkje in de keuken gaf, maar ze zag ook meteen waar het probleem zat.

De plantage was ingericht op oogstmachines, grote, zware apparaten die tussen de rijen koffieplanten door konden rijden en die waren bedoeld voor een monocultuur. Als je zulke machines inzette, kon je de bonen niet aan de tak selecteren. De hele plant werd geplukt, zonder rekening te houden met de rijpheid van de vrucht. Bovendien had een oogstmachine veel ruimte nodig en moesten de rijen kaarsrecht zijn aangeplant. Een gemengde cultuur was niet mogelijk.

Slechts in een klein hoekje van deze plantage werd op dit moment al de schaduwteelt toegepast die voor de koffieplanten en de bodem veel duurzamer en minder belastend was.

Corinne zag gemengde cultuur als de toekomst. Het moest niet langer alleen maar draaien om massaproductie en economische winst. Koffie was een waardevol product, dat moesten ook de consumenten gaan inzien. Een andere kijk erop was nodig, en snel ook, omwille van mens en milieu. En natuurlijk moesten de plantage-eigenaren en hun personeel ook van de oogst kunnen leven.

Door deze eerste indruk begreep Corinne dat de teelt op deze plantage vrijwel volledig op de schop moest. Dat was een langdurig en vooral erg kostbaar proces. Alleen al de aanschaf en het planten van bomen die voor schaduw moesten zorgen, had heel wat voeten in de aarde. Corinne besloot het er met Fernando over te hebben, hij had immers de nodige praktijkervaring. Ze kon samen met hem een plan uitwerken, en wie weet kon hij met de eigenaar van deze plantage contact opnemen. Colombia kon een mooie uitbreiding van de stichtingsportefeuille zijn.

Ze hoorde Frieda beneden vrolijk lachen, en buiten op straat genoten babbelende en lachende voorbijgangers van het zonnige zomerse weer. Heel even liet Corinne haar werk liggen en probeerde ze zich te ontspannen. Door het turen naar het beeldscherm had ze een stijve nek gekregen. Ze tilde haar armen op en strekte afwisselend de linker- en de rechterarm. Nadat ze die oefening een paar keer had herhaald, strekte ze alleen haar rechterarm omhoog, boog hem achter haar hoofd naar achteren en strekte hem nog wat meer. Daarna deed ze hetzelfde met haar andere arm.

Dat deed haar goed. Nu ze haar spieren losmaakte, ontspande ook haar geest. Ze dacht aan haar geliefde. Noah zat ongetwijfeld met Mia in de tuin of had haar meegenomen naar de speeltuin. Nu ze daaraan dacht, werd ze een tikje weemoedig. Soms was ze best wel jaloers, het leek haar fijn om zelf ook meer tijd met haar dochtertje door te brengen. Doe niet zo onredelijk, zei ze tegen zichzelf zodra ze dat soort dingen dacht. Het was haar eigen beslissing geweest om te blijven werken. Noah was omwille van haar met zijn eigen branderij opgehouden, zodat hij voor Mia kon zorgen, en dat was hem zwaar gevallen. Zelf had ze er geen moment over gepiekerd om met Öcher Boontje te stoppen, maar het was wel een besluit dat bepaalde gevolgen had. En Noah kweet zich uitstekend van zijn taak, hij was een erg goede vader.

Met een zucht keek Corinne naar het mandje met binnengekomen post, waar een hele stapel lag die ze nog moest uitzoeken. Net was ze nog opgetogen geweest en had ze vol plannen gezeten, maar nu ze die berg papier zag, voelde ze zich doodmoe en opgebrand. Het was maar goed dat Beatrice haar binnenkort kwam helpen.

Dat was echter niet de enige reden voor haar plotseling zo sombere bui. Ze miste Sarah. Het verdriet om haar vriendin kwam in golven, vaak onverwacht, uit het niets. Corinne kende dat soort plotseling opwellende gevoelens al langer. Na de dood van haar opa en haar vader was het net zo gegaan. Haar verstand vertelde haar dat het in de loop van de tijd vanzelf beter ging, dat de golven minder heftig werden, maar aan die kennis had ze nu niet veel. Die maakte dit moeilijke moment niet gemakkelijker.

In feite was er niets veranderd, en tegelijk was alles anders sinds ze Sarah een week geleden hadden begraven. De wereld voelde kouder aan nu de warmte van Sarahs hart was verdwenen. Minder kleurrijk, omdat haar bonte uitstraling er niet langer was. Stiller, omdat haar gulle lach niet langer klonk. Alleen als Corinne bij Mia was, deed het verlies niet zoveel pijn, maar hier op het kantoor van de stichting kon ze het gapende gat dat na Sarahs dood was ontstaan bijna vastgrijpen.

Telkens weer betrapte ze zichzelf er tijdens het werk op dat ze Sarah wilde bellen, dat ze iets met haar wilde delen wat haar vriendin graag zou willen horen. Of dat ze haar om advies wilde vragen. Ze had zelfs al een keer in gedachten verzonken Skype geopend, om een tel later te beseffen dat er niemand zou antwoorden.

'Geef jezelf de tijd,' had Noah tegen haar gezegd toen ze gisteravond in zijn armen had zitten huilen. 'Je hoeft je niet meteen weer honderd procent in te zetten, lieverd. Neem een paar dagen vrij.'

Dat was een aantrekkelijk idee, maar het ging niet. Fernando zat nog steeds met zijn bedorven boon, zoals hij het noemde, en twee van zijn personeelsleden waren al dagenlang spoorloos verdwenen. Het was nog niet duidelijk of dat iets met de diefstallen te maken had, maar dat was niet het enige probleem met dat project. Ze schoten minder goed op dan Corinne had gehoopt. Ze had Fernando toestemming gegeven om meer personeel in te huren, in de hoop dat ze zich dan aan de planning konden houden, maar nieuwe krachten aantrekken bleek lastiger dan verwacht.

Veel van de betrouwbare werknemers verdienden hun geld met het werk op de plantage en hadden geen zin om ook nog eens op het bouwterrein aan de slag te gaan. En bij het personeel dat Fernando wel wist te vinden, liet het arbeidsethos vaak te wensen over. Van vijf nieuwe mannen waren er doorgaans na een paar dagen nog maar een of twee over. De anderen verschenen niet meer nadat ze hun eerste loon hadden gekregen. Of ze moesten worden ontslagen omdat ze het werk eerder vertraagden dan bespoedigden. Corinne wist niet goed waar het aan lag, aan onvermogen of misschien aan bewust dwarsliggen uit wantrouwen jegens de stichting.

Voor de vrouwencoöperatie had Corinne een groot perceel met een braakliggende plantage gekocht dat grensde aan de grond waarop Fernando voor Ahrensberg de koffie teelde. De vrouwen waren inmiddels al druk bezig om de verwilderde plantage gereed te maken voor de nieuwe aanbouw, en totdat het zover was, konden ze onder toezicht van Fernando meewerken op een deel van zijn bosplantage en daar de fijne kneepjes van het vak leren.

Corinne had daarvoor een contract opgesteld dat bepaalde dat Fernando hiervoor van de stichting een vergoeding kreeg. Het punt was alleen, en dat was voor Corinne een groot probleem, dat de kinderen van de vrouwen meewerkten zolang de school nog niet open was. Nu moest ze dat nog even toestaan, maar het was van het grootste belang dat de kinderen zo snel mogelijk in de schoolbanken konden plaatsnemen.

Fernando probeerde haar altijd gerust te stellen wanneer ze zich daar druk over maakte, maar ze vond het een vreselijk idee dat kinderhandjes de struiken plantten en de bonen oogstten en sorteerden. Daar moest zo snel mogelijk een einde aan komen. Dat had ze Fernando vanmorgen nog op het hart gedrukt en ze zou niet rusten voordat ze hun gezamenlijke doel hadden bereikt.

Nu vroeg echter het werk van de stichting in Europa haar aandacht. Door samenwerking met een aantal branderijen en opleidingsinstituten probeerden ze met behulp van een breed aanbod aan vervolgopleidingen vooral de komende generatie branders te helpen om duurzaam te werken. Corinne had een brief van een brandster uit Freiburg voor zich liggen, die als zelfstandige een branderij voor duurzaam geproduceerde koffie wilde oprichten en vroeg of de stichting haar daarbij kon helpen. Ze wilde ook weten of er opleidingen op dit gebied werden aangeboden.

Er waren zoveel initiatieven die Corinne dolgraag wilde ondersteunen, maar ze moest oppassen dat ze niet te veel hooi op haar vork nam. De stichting beschikte niet over een bodemloze schatkist. Voordat ze aan een nieuw project in Colombia begon, kon ze beter wachten totdat de coöperatie in Brazilië op rolletjes liep. Of totdat de erfenis officieel was geregeld en ze dat geld in handen had.

Steek niet alles in de stichting, schoot het wederom door haar hoofd. Onwillekeurig haalde ze haar handen door haar krullen. Het ging allemaal zo moeizaam, ze kon zich amper concentreren, ze moest telkens aan Sarahs brief denken, vervuld van de gedachte dat ze de erfenis niet had verdiend. Uitgerekend zij, wier voorouders schuldig waren aan het lot dat Sarah had getroffen. Corinne schaamde zich.

'O, Sarah,' mompelde ze. 'Ik weet niet of ik het allemaal wel goed doe.'

Van haar stuk gebracht door haar eigen gepieker voegde ze de papieren weer bij elkaar. Die gingen terug in het mandje met post die ze nog moest uitzoeken. Daar keek ze later wel naar, als ze hopelijk een wat helderder hoofd had.

Corinne trok de la van het bureau open en haalde het dagboek van haar opa tevoorschijn. Misschien kon dat haar helpen om een betere indruk van zijn gedachten en gevoelens te krijgen. Hij was zich zijn hele leven lang blijven schamen, hoewel hij objectief gezien nooit de kans had gekregen om de dingen die waren gebeurd te veranderen. Hij was geen schuldige geweest, maar hij had zich toch tot aan het einde van zijn leven schuldig gevoeld. Net zoals zij zelf vaak met schuldgevoel kampte terwijl haar niets te verwijten viel.

Juni 1948

Wat ben ik naïef geweest. Deze villa had alles moeten veranderen. Ik dacht echt dat alles goed zou komen, als ik maar mijn uiterste best deed, maar er steken telkens weer nieuwe problemen de kop op.

Soms heb ik er zo genoeg van. Ik werk me kapot, iedereen is enthousiast over mijn koffie, maar ik verkoop bijna niks. De mensen gaan voor hun dagelijkse boodschappen naar de zwarte markt, ze kunnen mijn dure bonen niet betalen. En ik kan het me niet permitteren om een zondagsbrander te zijn of mijn producten goedkoper van de hand te doen.

Soms heb ik zin om de handdoek in de ring te gooien en een baan te zoeken, maar dat gaat me niet rijk maken. En al helemaal niet gelukkig. Maar ik heb geen zin meer om tegen al die tegenspoed te vechten.

Nee. Dat is onzin. Mijn droom opgeven, dat gaat niet. En ik schaam me dat ik de bladzijden van mijn dagboek vul met het gejammer van een zwakkeling. Want het gaat goed, zeker als ik mijn lot vergelijk met dat van zoveel anderen. De wereld om me heen lijkt alles te zijn vergeten, maar ik denk er telkens weer aan. Ik word er nog steeds door gekweld.

De ellende en de nood van al die mensen die het slachtoffer van Hitlers kwalijke praktijken zijn geworden. Er zijn er zoveel die met hun leven hebben betaald voor de waanzin van die man en al zijn gruwelijke meelopers. En degenen die het wel hebben overleefd, die zijn alles kwijtgeraakt waarvoor ze zo hard hebben gewerkt. Daarmee vergeleken vallen mijn zorgen in het niet.

Misschien is dat deel van de last die ik moet dragen? Ik kan gewoon niet bevatten hoe gemakkelijk wij 'keurige Duitsers' de draad van het gewone leven weer hebben opgepakt. Kunnen we er zo gemakkelijk overheen stappen? Kunnen we even gemakkelijk de gruwelen van onze zielen kloppen als het stof van onze kleren? Hoe zit het met de slachtoffers?

Ik droom zo vaak van het gezin Rosenbaum. Wat is er van hen geworden? Eigenlijk weet ik dat wel, maar ik koester nog altijd een sprankje hoop. En zolang er geen ander nieuws is, mag ik blijven hopen.

Vandaag kan ik mijn gedachten maar moeilijk op een rijtje zetten. Ik ben kwaad. Op mezelf. Op het leven. Op de god in wiens bestaan in niet langer kan geloven. Hoe kon die dit allemaal laten gebeuren? Ach, ik heb er zo genoeg van.

Het komt vast omdat ik moe ben, zo ontzettend moe. De villa is één grote bouwput, die zuigt me leeg. En die branderij levert amper genoeg op om het hoofd boven water te kunnen houden.

Magdalena zit urenlang de dure zijden kousen van deftige dames te stoppen. Tik, tik, tik, tik. Dat geluid van dat ragdunne haakje dat ze krankzinnig snel maas voor maas op en neer beweegt, dat drijft me tot waanzin. Haar ogen zijn rood van dat lastige, eentonige werk. Ik wil dat niet! Ik wil mijn vrouw niet vragen om zich omwille van mijn dromen kapot te werken.

Toch merk ik, nu ik mijn gedachten op papier zet, de kracht van het schrijven. Want terwijl ik de woorden opschrijf, wordt hun boodschap me duidelijk. Nu is het geen vraag meer. Ik wil het niet. En ik ga het niet langer toestaan. En ik weet ook wat me te doen staat. Dat zal Magdalena maar niks vinden, maar ze snapt het wel. Ik doe het ook voor haar. Een halfjaar, dat heb ik haar beloofd. Dat is nu bijna voorbij. Mijn poging om legaal in koffie te handelen is mislukt. Maar mijn droom leeft voort.

Corinne wist hoeveel moeite haar grootvader had moeten doen om een eerlijke koffieverkoper te zijn. Het was een moeilijke en niet geheel keurige weg geweest die hem letterlijk over grenzen had gevoerd. Hij had het vreselijk gevonden om koffie te moeten smokkelen, maar hij had geen keuze gehad. Alleen op die manier kon hij zijn droom werkelijkheid laten worden. Daarvoor had hij alles op het spel gezet. Zijn huwelijk en zijn leven.

Terwijl Corinne nadacht over de woorden die ze net had gelezen, keek ze uit het raam naar de mensen beneden. Ze hield van die bonte drukte. Haar blik viel op een man die een wandelwagen voortduwde, en op hetzelfde moment herkende ze Noah. Snel keek ze op de klok. Het was inderdaad al middag. Ze had zo zitten tobben dat ze niet eens had gemerkt hoeveel tijd er was verstreken.

Ze rende de trap af naar de winkel. De deur zwaaide net open en Noah liep met Mia naar binnen.

'Ophaalservice,' riep hij.

Ze waren vier dagen geleden uit Zwitserland teruggekomen en kwamen er vandaag eindelijk aan toe om hun vriendin Susan in Emotion op te zoeken.

'Wat fijn dat jullie er al zijn.' Corinne gaf eerst Mia en toen Noah een zoen.

'Dag, Noah,' zei Frieda snel. Ze boog zich al over Mia heen. 'Hoe is het met mijn prinsesje?'

Hoofdstuk 5

De erfenis

Aken • Aachen • Oche • Aix-la-Chapelle • Aquae Granni

Heden: mei

Toen ze bij Emotion naar binnen liepen, bleek het daar een drukte van jewelste. Servies rammelde, de koffiemachine zoemde, gelach en gepraat begroetten hen bij binnenkomst. Bijna alle tafels waren bezet en de bediening had de handen vol.

Ook Susan had het zo druk dat ze hen snel in het voorbijgaan begroette, maar haar hallo was zeker niet minder hartelijk. Ze schonk hun een stralende glimlach en slaagde er ondanks al haar haast in om haar dierbare vrienden te trakteren op haar uitbundige vrolijkheid en haar Engelse accent.

'Ontrouwe nietsnutten,' schold ze lachend. Ze zwaaide even dreigend en omhelsde toen eerst Corinne en daarna Noah. 'Daar zijn jullie eindelijk. Wacht maar af, het is straks niet meer druk en dan geef ik jullie een pak op jullie billen.' Haar ogen fonkelden van vreugde over hun bezoek. Ze boog zich over Mia heen en zei kirrend: '*Hello, my sweetheart*. Wat heerlijk om je weer te zien. Wat ben je groot geworden, *honey*!' Ze gaf het kleintje snel een kus op haar wang en Mia keek stralend terug. Ze was dol op de zangerige toon van Susans stem.

Susan trok echter meteen een heel ander gezicht. Ze werd eerst bleek, toen rood, rechtte vervolgens haar rug en wendde zich tot Corinne. 'O, *dear*, het spijt me, jij hebt het momenteel zo moeilijk en ik neem het je kwalijk dat je nu pas langskomt. Ik ben *really* een enorme stommeling.'

Corinne lachte hartelijk naar haar vriendin en wuifde haar excuses weg. 'Dat geeft niet, Susan. Echt niet. Sarah had niet gewild dat we zitten te somberen. Ze heeft altijd gezegd dat we niet om haar moeten treuren, maar ons de mooie tijd samen moeten herinneren. Ik doe mijn best, maar het valt niet mee.'

'Ze was een erg verstandige vrouw,' merkte Susan knikkend op. Toen keek ze om zich heen en slaakte hoofdschuddend een zucht. '*I'm sorry*, maar ik moet weer verder. Het is vandaag echt *crazy*. Maar ik heb een tafel voor jullie gereserveerd. Die daar, ga maar lekker zitten.'

Hun vriendin stoof er weer vandoor om taart aan te snijden en bij te springen waar de nood aan de vrouw was.

Nu ze elkaar weer zagen, besefte Corinne pas hoe erg ze Susan had gemist. Gezellig bij Susan zitten, die altijd zo levendig en positief was, dat deed haar bijna net zo goed als de geur die op dagen dat ze bonen brandde haar Öcher Boontje vulde.

Ze voelde zich behoorlijk schuldig omdat ze zo lang al niet meer in het koffietentje was geweest. In de afgelopen weken had ze ook telkens andere afspraken moeten verzetten omdat er zoveel andere dingen om haar aandacht hadden gevraagd. Of misschien had ze gedacht dat andere dingen belangrijker waren. Ze moest echt eens aan haar prioriteiten gaan werken. Ze zag aan Noahs gezicht dat hij hetzelfde dacht.

'We maken het wel weer goed,' mompelde ze.

Hij knikte. 'Ja.'

Op weg naar hun tafel maakten ze een omweg langs de vitrine met gebak. Het aanbod was wederom overweldigend. Susan bakte met een paar hulpjes alle taarten, gebakjes, banket en hartige quiches zelf. Ze vond het heerlijk om fruit en groenten van het seizoen te verwerken en dus verbaasde het Corinne niet dat er zoveel gebak met aardbeien was, naast natuurlijk al die andere heerlijkheden als schwarzwalderkirschtaart en chocolade-notencake. Het zag er allemaal zo lekker uit dat ze maar moeilijk een keuze kon maken.

Haar blik ging langzaam over het aanbod. Biscuitdeeg belegd met aardbeien, kleine taartjes van zanddeeg met vanillecrème en aardbeien, aardbeienslagroomtaart met witte chocolade, aardbeienkwarktaart, een schaaltje aardbeiencake met advocaat, aardbeiencrumble, rabarber-aardbeientaart met een schuimlaagje, en aardbeienflappen.

'Ik geloof dat ik in de aardbeienhemel ben beland. Hoe moet ik hier nu uit kiezen?' Corinne zuchtte en moest even slikken, want het water liep haar in de mond.

'Weet je wat, ik heb een idee. Je hoeft niet te kiezen. Kom, dan gaan we zitten.'

Met een zwaar gemoed en een knorrende maag maakte Corinne zich los van de verrukkelijke verleiding. Ze liep achter Noah aan, die de wandelwagen met Mia behendig tussen de tafeltjes door stuurde en hem in een hoekje achter hun tafeltje parkeerde.

'Wat is het hier toch mooi,' liet Corinne zich ontvallen toen ze was gaan zitten. Ze keek nieuwsgierig om zich heen en probeerde te ontdekken wat Susan in de afgelopen paar weken aan de inrichting had veranderd. Haar vriendin vond het heerlijk om telkens weer kleine wijzigingen aan te brengen maar alles toch in dezelfde stijl te houden. Ze was niet alleen dol op alles mooi aankleden, maar had er ook echt gevoel voor. Dankzij een samenspel van kleuren en vormen zette ze een sfeer neer waarin je je al snel thuis voelde.

De tafel bij het raam was inmiddels zo'n beetje hun stamtafel, maar het was altijd al Corinnes favoriete plek hier geweest. Vanaf hier had ze zicht op de prachtige inrichting, vintage met een Engels tintje, maar kon ze ook de voorbijgangers en de bezoekers van de dom bekijken die buiten langsliepen.

Vroeger, nog voor haar relatie met Noah, had Corinne hier vaak bij een kop koffie verhalen bedacht over al die mensen die voorbijkwamen. Daar had ze altijd erg veel plezier in gehad. Soms was Susan bij haar komen zitten en hadden ze samen hele levensverhalen voor de voorbijgangers bedacht, romantisch, dramatisch of avontuurlijk. In hun verbeelding maakten die mensen wereldreizen, deden ze huwelijksaanzoeken, trachtten ze heldhaftig de wereld te redden of hadden ze noodlottige ontmoetingen. Ze zagen in de gezichten van de passanten spionnen, geniën en coureurs. Susan was er zelfs een keer heel zeker van geweest dat een man van in de veertig een beroemde chef-kok was. Dat was niet zo, maar ze hadden toch een heel sterrenrestaurant voor hem bij elkaar gefantaseerd.

Wanneer waren ze eigenlijk opgehouden met die gekkigheid? Toen je iets met Noah kreeg, fluisterde Corinnes slechte geweten haar in. En ze wist dat dat waar was. Als single had ze veel vaker met Susan opgetrokken, maar eenmaal verliefd en later als moeder had ze haar vriendin verwaarloosd. Weer nam ze zich voor om Susan vaker op te zoeken. Dat zou voor hen allebei goed zijn.

Het leek wel alsof Susan voelde dat Corinne aan haar dacht, want ze kwam naar hun tafeltje toe en sloeg een arm rond Corinnes schouder. 'Hoi, ken je me nog? Ik ben Susan, *nice to meet you*,' zei ze met een lach.

Corinne sloeg haar arm om Susans heupen en wist dat haar vriendin niet boos was, maar toch voelde ze zich schuldig. 'Je hebt helemaal gelijk. Steek maar de draak met me, ik heb het verdiend. En ik wil geen smoesjes verzinnen, maar je weet hoe snel de tijd gaat, zeker nu Mia er is.'

'Dat snap ik toch. En Mia is *a lovely little girl*. Goed, *dear*, zand erover, zo heet dat toch? Vertel me nu maar wat jullie willen hebben en geniet ervan dat jullie hier zijn. Het wordt straks wel wat rustiger,' zei ze, 'en dan kom ik *to take a seat for a while*. Goed, wat mag het zijn?' Ze keek Corinne aan, maar Noah gaf antwoord.

'Corinne kan niet kiezen, Susan, en daarom bestel ik maar. Graag twee aspergequiches en een grote salade met feta. Kunnen we voor Mia een leeg bordje krijgen? En water graag. Frieda en Sebastian komen over een halfuurtje, dan bestellen we koffie en nemen er wat van jouw aardbeienspecialiteiten bij. Jij kunt vast wel een mooie selectie voor ons maken. Hou je vooral niet in, want als we niet alles op krijgen, dan nemen we het mee voor Klara. Die vindt het vast fijn om een keer taart te eten die ze niet zelf heeft hoeven bakken.'

'Dat ga ik voor jullie regelen. Een groot bord met van alles een beetje, dan kunnen jullie kiezen.' Susan knikte. 'Perfect. *Good choice*,' voegde ze eraan toe, waarna ze er weer snel vandoor ging.

Mia mocht in de kinderstoel die Susan al had klaargezet en keek vol verbazing naar al die drukte om haar heen. Ze was zo afgeleid dat ze helemaal vergat te brabbelen. Dat gebeurde de laatste tijd niet vaak, want ze had altijd wel iets te vertellen en doorspekte haar uitgebreide monologen met vrolijk gekwetter en het nodige gelach.

Corinne leunde achterover en ademde diep in. Het was zo heerlijk om hier eindelijk weer eens te zitten. In Emotion hing altijd een goede sfeer, en zelfs wanneer het hier een drukte van jewelste was, had het personeel een goed humeur. Dat sloeg bijna als vanzelf over op de gasten. En zeker door de geuren van koffie en gebak was het een echt paradijs.

'Lieveling, dat was ik bijna vergeten. Er zat vandaag een brief voor je bij de post. Uit Zwitserland.' Noah pakte de luiertas die aan de wandelwagen hing en begon erin te woelen. Hij haalde er een witte envelop uit, die hij aan Corinne gaf.

'O.' Meer kon ze niet uitbrengen. Aarzelend pakte ze de envelop aan. Haar hart ging tekeer. Dit was het dus. Hiermee werd de erfenis officieel.

Ze keek nadenkend naar de envelop en merkte helemaal niets meer van wat er om haar heen gebeurde. Haar handen trilden, maar ten slotte vermande ze zich. Ze pakte een mes van de al gedekte tafel en schoof het lemmet in de spleet tussen de voor- en de achterkant van de envelop. In twee bewegingen sneed ze de flap los en kon ze de inhoud tevoorschijn halen.

De letters dansten voor haar ogen toen ze haar blik over de regels liet gaan. Sarahs advocaat deelde haar mee dat zij de rechtmatige erfgename was. En daarna volgde een opsomming van het vermogen, waarvan Corinne een droge mond kreeg.

Zonder iets te zeggen gaf ze de brief aan Noah, die tijdens het lezen steeds grotere ogen opzette.

'Wauw,' zei hij ten slotte. Hij liet de brief zakken. 'Wist jij dit?'

Corinne schudde haar hoofd. 'Hoe had ik dit moeten weten?' vroeg ze. 'Ik had echt geen flauw idee. Dit is echt...' Ze viel stil, want ze had geen idee hoe ze dit moest noemen. Waanzin? Gekkenwerk? Onterecht?

Mia, die langzaam aan de drukte om haar heen gewend was, begon te brabbelen. Nadat ze haar speen een paar keer op het tafeltje van de kinderstoel had laten vallen, gooide ze hem met een grote boog op de vloer. 'O,' zei ze, en daarna reikte ze met haar handje in de richting waarin de speen was verdwenen.

Noah stond op en kroop onder de tafel om het ding op te rapen. 'Ik ben zo terug, ik vraag Susan even of ze hem wil afwassen,' zei hij zodra hij met speen en al weer opdook. Mia stak lachend haar armpjes naar hem uit.

'Wil je mee?' vroeg hij. Hij keek even naar Corinne, die knikte, en tilde het kleintje daarna uit de kinderstoel. 'Kom maar mee, dan gaan we kijken wat er allemaal bij Susan achter de toonbank gebeurt.'

Bij het weglopen keek hij Corinne nog eens vol liefde aan. Ze wist dat hij haar even een moment voor zichzelf wilde geven om een beetje op adem te komen, en daar was ze hem heel erg dankbaar voor. Wat was hij toch een schat.

De brief was een behoorlijke schok. Corinne had wel geweten dat Sarah goed in de slappe was had gezeten, maar deze bedragen had ze nooit verwacht. Langzaam drong het tot haar door dat ze de rechtmatige erfgename was, en daarmee op slag steenrijk.

Dit kan niet kloppen, dacht ze. Dit bestaat niet. Hoe kan ik een dergelijk bedrag aannemen?

Dit heeft Sarah zo gewild, zei een stem in haar hoofd. Dit is haar laatste wens. Moest zij, Corinne, die dan botweg negeren? Als ze de erfenis weigerde, dan ging alles naar de staat en dat kon ze onmogelijk toestaan.

Ze was volkomen van haar stuk gebracht. Ondanks alle argumenten die vóór het aannemen pleitten, gaf het idee haar een erg onbehaaglijk gevoel, maar dit was wat Sarah had beslist. Kon ze de laatste wens van haar overleden vriendin negeren? Dan zou ze alleen maar een nieuwe schuld op zich laden, en dat terwijl ze verzoening zo belangrijk vond. Niet voor haarzelf, maar voor alle mensen. Aan vergeven moet je geen voorwaarden stellen, had Sarah ooit gezegd toen ze het over schuld en vergiffenis hadden gehad.

Daardoor begreep Corinne dat ze de erfenis moest aannemen. Ze had geen keuze. Weigeren was geen optie. Na haar korte innerlijke strijd was dat de enige mogelijke conclusie.

Dit was Sarahs laatste wens, daar mocht ze niet aan twijfelen. Die moest ze respecteren. Langzaam voelde ze zich weer wat beter. Ze ging zich niet verzetten, maar de erfenis aannemen, met alle verantwoordelijkheden die daarbij hoorden. Maar zodra ze die beslissing had genomen, begon ze opnieuw te piekeren.

Sinds ze na Sarahs begrafenis de brief had gelezen, had ze zich al afgevraagd hoe ze met dit royale gebaar moest omgaan en nu moest ze een aantal beslissingen nemen. Hoe zat het met de details? Wat moest ze met het huis doen? Met het andere onroerend goed? Tot Sarahs vermogen behoorden ook een aantal panden en grond. Corinne had sinds het nieuws over de erfenis al nachtenlang liggen tobben, maar ze wist nog altijd niet wat haar volgende stap moest te zijn. En al helemaal niet nu ze besefte hoe groot de erfenis eigenlijk was.

Noah en Mia kwamen terug naar de tafel. Corinne beantwoordde de vragende blik van haar man met een glimlach en een knikje. 'Ik neem de erfenis aan, al weet ik nog niet wat ik met al dat geld en die bezittingen moet doen.'

Noah zette Mia in de kinderstoel, ging zelf ook zitten en nam haar hand in de zijne. 'Ik denk dat dit een goede beslissing is. Sarah was een erg slimme vrouw, ze wist wel dat je er verstandig mee zult omgaan. Maak je niet al te druk, Corinne. Ik weet zeker dat je het goed zult aanpakken. Ga er maar gewoon in mee.'

'Je weet dat ik een hekel heb aan onzekerheid,' antwoordde Corinne. Ze slaakte een zucht en zei toen: 'Je hebt gelijk, het heeft geen zin om me druk te maken. Ik moet geduld hebben en de hulp inroepen van een goede financieel adviseur. Hopelijk komt het dan allemaal in orde.'

'Je trekt een gezicht als een *sour cucumber, honey*,' zei Susan, die hun quiche en salade kwam brengen en alles op de tafel zette. '*Here you go.*' Daarna trok ze een stoel onder de tafel vandaan, zodat ze naast Mia kon gaan zitten.

'Er is niks ergs aan de hand, Susan. Ik moet een paar niet zo eenvoudige beslissingen nemen, maar nu ga ik eerst van mijn quiche en jouw gezelschap genieten.' Corinne lachte dankbaar naar haar vriendin. 'Het eten ruikt verrukkelijk.'

Voordat Noah zelf een hap van zijn quiche nam, sneed hij eerst een paar heel kleine stukjes af, die hij op het extra bordje legde en voor Mia neerzette. Ze dook er enthousiast op af.

'Njam,' zei ze, terwijl ze het eerste stukje in haar mondje stopte. Ze keek Susan al kauwend stralend aan.

'Dat is lekker, hè?'

Susan wendde zich tot Corinne en Noah en vervolgde met veel lagere stem: 'O, ik weet het, zand erover, maar *I should be really mad at you.*' Blijkbaar was het nu tijd voor het pak op hun billen. *'I was longing for Mia. Also for you two, by the way.'*

Wanneer de geboren Engelse emotioneel werd, schakelde ze vaak over op haar moedertaal.

'Je moet niet boos zijn, Susan,' zei Corinne smekend. 'Anders verander ik zo weer in een zure augurk.' Ze knipoogde naar haar vriendin.

Ze kikkerde echt op van dit bezoek aan Emotion met die heerlijke Engelse sfeer. De donkere wolken die net nog om haar heen hadden gehangen, trokken langzaam weg.

'Je aspergequiche is echt geweldig,' merkte Noah op. 'En het spijt ons dat we zo lang zijn weggebleven.'

'O, *well, okay.*' Susan maakte een afwijzend gebaar en snoof. 'Ik kan toch nooit boos op jullie blijven. Maar vertel eens hoe het gaat, daarvoor was ik net te veel *in a hurry. Hard time* in Zwitserland? Ja, vast wel.'

'Inderdaad,' antwoordde Corinne. 'Het was zwaar, maar op een bepaalde manier ook mooi. Ik had altijd nog het plan om Sarah daar op te zoeken en nu vind ik het jammer dat het er nooit van is gekomen en dat ik haar huis pas heb gezien toen zij er niet meer was. Het was een begrafenis in kleine kring, dat wilde ze graag.'

‘Had ze nog familie? Wat gaat er nu met haar huis en zo gebeuren?’

Corinne haalde haar schouders op. ‘Dat is dus de reden van mijn zure gezicht. Sarah heeft mij als erfgename aangewezen, want ze had verder geen familie. Althans niet voor zover ik weet. En ik vind het lastig om die erfenis aan te nemen. Ik denk dat ik er nu wel uit ben, maar simpel is het niet.’

De deur ging open, en voordat Susan Corinne antwoord kon geven, kwamen Frieda en Sebastian binnen.

‘We hebben het er later nog wel over, Corinne. Ik ga nu eerst jullie taart regelen. Eten jullie maar lekker verder.’

‘Dag, allemaal,’ luidde Sebastians groet.

‘Hallo, en eet smakelijk,’ voegde Frieda eraan toe. Nadat ze Mia hadden begroet, gingen ze aan tafel zitten.

‘Willen jullie alleen taart of doen jullie mee met de quiche? Die is verrukkelijk,’ zei Corinne.

‘Voor mij alleen taart,’ antwoordde Frieda. ‘Susan heeft vast wel iets met aardbei.’

Corinne en Noah keken elkaar geamuseerd aan.

‘Die is al besteld,’ meldde Noah. ‘Susan regelt voor ons een groot bord met een selectie van al het gebak van vandaag.’

‘Perfect,’ verklaarde Frieda, die hem lovend op zijn schouder klopte. ‘Dan neem ik totdat jullie zover zijn een glas water. Ik let wel op Mia, Noah, dan kun jij ongestoord eten.’

De bediening kwam langs. ‘Twee water, graag,’ zei Sebastian. ‘De rest van de bestelling heeft Susan al geregeld.’

Terwijl ze van de quiche en de salade zat te smikkelen, vertelde Corinne dat het haar was gelukt om Beatrice bij Alexander weg te kapen. ‘Ik voel me er best wel schuldig over. Misschien moet ik het er nog eens met Alexander over hebben. Een donatie van mijn broer aannemen terwijl ik zelf net...’ Ze viel stil.

Frieda en Sebastian wisten nu wel dat Sarah haar tot erfgename had benoemd, maar nog niet wat dat precies inhield.

'Als de stichting over meer vermogen beschikt, kun je nog meer goed werk doen,' merkte Noah op. 'Alexander had je dit echt niet aangeboden als het Ahrensberg Koffie niet goed was uitgekomen.'

'Bovendien zei je al dat Sarah wilde dat je niet al je geld in de stichting zou steken,' bracht Sebastian Corinne in herinnering.

'Ik ga in elk geval op zoek naar meer projecten die ik kan ondersteunen. Ik wil het geld niet voor mezelf aannemen, dat voelt verkeerd. De schaduw van het oorlogsverleden is een te zware last.'

'Dat snappen we best, Corinne. Het siert je dat je hier zo goed over nadenkt en ik vind dat je volledig gelijk hebt,' mengde Frieda zich in het gesprek. 'Maar die schaduw hebben jij en Sarah allang verdreven. Ik heb het gevoel dat ze dat nogmaals wilde benadrukken door jou als erfgename aan te wijzen. Het is een gebaar van verzoening, van de generatie die door het noodlot is getroffen aan degenen die later zijn geboren. Ga er maar van uit dat Sarah het zo heeft bedoeld.'

Door Frieda's woorden was Corinne tot tranen geroerd. Ze slikte krachtig om te voorkomen dat ze in huilen uitbarstte en pakte een zakdoek uit haar tas om haar neus te snuiten.

Tijdens hun gesprek was Susan opnieuw naar hun tafel gekomen. Ze was stilletjes gaan zitten en had zitten luisteren, en nu zei ze: 'Er is een vereniging hier in Aken, die heeft al eens hier afgesproken. Ik moet even nadenken hoe die ook alweer heet...' Ze kneep haar ogen halfdicht en wreef nadenkend over haar slapen. Iedereen keek haar ingespannen aan, behalve Mia, die wat voor zich uit zat te brabbelen.

'*Got it!*' riep Susan ten slotte opgelucht, vlak voordat Corinne haar geduld dreigde te verliezen. 'Wege gegen das Vergessen, zo heten ze. Ze plaatsen gedenkbordjes, monumenten, struikelsteentjes en nog veel meer, zodat die vreselijke tijd niet wordt vergeten. *Maybe...*'

'Dat is een goed idee, Susan, bedankt voor de tip. Ik ga die vereniging opzoeken en kijken waarmee ze zich allemaal bezighouden.'

'Was Sarahs moeder geen operazangeres?' wilde Frieda weten.

'Ja,' antwoordde Corinne, 'daar heeft Sarah het vaak over gehad. Waarschijnlijk heeft de familie dankzij haar stem het kamp kunnen overleven.'

Susan rilde en wreef met haar handen over haar armen. '*Horrible times*,' zei ze zacht.

'Waarom vraag je dat?' vroeg Corinne nu aan Frieda.

Die had haar telefoon al tevoorschijn gehaald en tikte iets in. 'Momentje,' zei ze. Toen liet ze Corinne het schermpje zien. 'Kijk maar eens.'

Corinne moest haar ogen een beetje toeknijpen om alles goed te kunnen lezen. 'Zurückgeben,' las ze voor, 'is een stichting die joodse vrouwen in de kunst en de wetenschap ondersteunt.' Ze slaakte een kreet van vreugde. 'Frieda, dat is perfect! Naar zoiets ben ik op zoek. O, ik hoop dat Sarah dit meekrijgt, waar ze nu ook is.' Energiek veegde ze haar ogen droog. 'Ik wil dolgraag meteen contact met ze opnemen. Dank jullie wel, schatten van me. Jullie hebben me heel erg goed geholpen.'

'Mooi zo. *Let's start with the cake*,' zei Susan zodra Corinne en Noah hun quiche en salade ophadden. Ze stond op en liep snel naar de keuken om het gebak te halen. Een serveerster ruimde ondertussen hun tafel af en vroeg of iemand nog koffie wilde.

Susan kwam het gebak brengen, gevolgd door een serveerster met bordjes, vorkjes en een mes, zodat ze allemaal hun eigen portie konden afsnijden.

'Dit hebben we wel verdiend,' verklaarde Susan, die ook nog een dienblad met een fles sekt en glazen op tafel zette.

'Njam,' zei Mia, en iedereen schoot in de lach.

‘*Sweetheart*, jij krijgt een sapje, als dat mag van je ouders.’ Ze keek vragend naar Noah en Corinne, en toen die knikten, ging ze meteen een sapje voor haar ‘schatje Mia’ halen.

‘Cheers,’ klonk het een paar minuten later. De glazen tinkelden tegen elkaar toen ze met elkaar toostten.

Corinne had net een eerste slok genomen toen haar telefoon ging. Het was Alexander. ‘Dag broertje,’ zei ze vrolijk. ‘Als je snel bent, is er ook nog een slokje sekt voor jou. We zitten bij Susan in Emotion.’

‘Hoi, Corinne, het spijt me dat ik een einde moet maken aan die gezelligheid, maar ik heb slecht nieuws. We hebben net een levering uit Brazilië gekregen van de stichting. Je weet vast nog wel wat je hebt besteld, daar zaten dure dingen bij. Vooral die jacukoffie.’

‘Alexander, even concreet graag. Wat is er precies aan de hand?’

Met ingehouden adem wachtte ze op Alexanders antwoord.

Hoofdstuk 6

Goede zaken

Aken • Aachen • Oche • Aix-la-Chapelle • Aquae Granni

Juli 1948

Eberhard hield eerst zijn hoofd onder de waterstraal van de pomp en vulde daarna zijn beker, die hij met grote slokken leegdronk. Het verfrissend koele water deed hem goed.

Het was een warme dag en hij had al heel wat bestellingen afgeleverd. Zijn keel was kurkdroog en zijn hemd, dat nat was van het zweet, kleefde aan zijn rug. Herberg In de Betoverde Uil, die een stukje buiten de stad lag, was zijn laatste adres. Nadat Eberhard was opgefrist, liep hij terug naar zijn klant.

Dikke August, zoals de waard met de omvangrijke buik in het geniep door iedereen werd genoemd, controleerde de koopwaar zorgvuldig en Eberhard gebruikte het oponthoud om even op adem te komen. Nadat hij de waard een paar minuten lang had gadegeslagen – de man was uiterst nauwkeurig – liep hij voor de tweede keer naar de pomp om zijn beker te vullen. Daarna ging hij op de bovenste tree van de keldertrap zitten en liet hij zijn hoofd tegen de heerlijk koele metalen leuning rusten.

'Uitstekend,' prees de waard zijn leverancier ten slotte. Tevreden veegde hij zijn handen af aan zijn schort. Hij boog zich voorover en gaf Eberhard een schouderklopje. 'Neem het me niet kwalijk, vriend, maar je kunt het nooit zeker weten. We moeten de rotzooi in kleine hoeveelheden tussen de goede bonen mengen, zo gaan die dingen. Jammer, maar wat doe je ertegen?'

De korte pauze was voorbij en Eberhard stond op. Het oordeel was geen verrassing, sterker nog, hij was verbaasd geweest als de waard tot een andere slotsom was gekomen. De koopwaar die Eberhard afleverde, was prima in orde. De gesmokkelde koffie was van topkwaliteit, daarvoor durfde hij zijn hand in het vuur te steken. Dat was hij aan zichzelf en aan zijn trots en goede naam als aanbevelenswaardige koffiebrander verplicht. Alleen op die manier kon hij zijn droom stukje bij beetje werkelijkheid laten worden en met 'de grote jongens' meedoen. In gedachten zag Eberhard zichzelf al als de directeur van een firma die ertoe deed. Ahrensberg Koffie moest in heel Duitsland een begrip worden, hét merk voor goede koffie, maar totdat het zover was, had hij nog een lange weg vol hindernissen te gaan. Daar twijfelde hij niet aan.

De kwaliteit van de koffie die hij officieel inkocht, was een heel ander verhaal. Die had dikke August niet voor niets zojuist met 'rotzooi' aangeduid. Dat vond Eberhard niet leuk om te horen, maar de waard had wel gelijk. De bonen die legaal te koop waren, hadden lang niet zo'n goede kwaliteit, en die verkocht Eberhard niet graag. Toch moest hij dat doen, om de schijn op te houden. Als handelaar in koffie moest hij de artikelen die hij in zijn boekhouding opvoerde immers ook zelf ergens vandaan halen. En hij moest de omzet wel opgeven, anders kreeg hij binnen de kortste keren allerlei instanties op zijn nek. Er zat dus niks anders op dan veel te dure slechte koffie in te kopen en die in kleine hoeveelheden aan elke bestelling toe te voegen. De uitgaven en inkomsten van deze legale koffie voerde hij, voor het geval hij controle kreeg, keurig op in zijn kasboek. De tactiek werkte, maar Eberhard gruwde van al die rotzooi die hij gedwongen moest verkopen en opvoeren.

Met die minderwaardige en met van alles en nog wat verontreinigde bonen kon zelfs de beste brander weinig beginnen. Tot zijn ongenoegen trof Eberhard in de zakken waardeloze koffiebonen ook vaak brokken aarde, metaal, bladeren en takjes aan. De koffie was vaak onvoldoende gedroogd en rook onaangenaam scherp. Eén keer had hij tussen de bonen zelfs een sigarettenpeuk gevonden. Het was een bezoeking, maar voorlopig moest hij het ermee doen. De markt voor koffie was één grote ramp.

Natuurlijk wisten zijn klanten hiervan en namen ze hem weinig kwalijk, mits de rotzooi binnen de perken bleef en de kwaliteit verder redelijk was. Dat was de prijs die werd betaald voor een enigszins legale handel. Iedereen begreep dat het niet anders ging, en bovendien moesten zijn klanten ook door middel van kwitanties kunnen bewijzen waar zij hun voorraad vandaan haalden. Zo'n kwitantie kon hij alleen op deze manier verstrekken.

Eberhard en dikke August stonden op het achtererf van de herberg, verstopt in een hoekje achter een grote kastanjeboom. Het was beter als niemand de overdracht kon zien. Geen slapende honden wakker maken, zei Eberhard altijd wanneer zijn klanten iets te nonchalant dreigden te worden. Bij August hoefde hij zich echter geen zorgen te maken, die was op zijn hoede en erg gewiekst in deze manier van zakendoen. Hij was niet voor niets zo'n succesvolle gastronoom. Hij had al vóór de geldhervorming schaarse koopwaar aangeboden. Goede verhoudingen met de juiste mensen en het motto 'de ene hand wast de andere' waren een goede strategie gebleken.

‘Sinds jij mijn leverancier bent, is mijn omzet aan koffie verdubbeld,’ zei August Kulbacher. De omvangrijke man wreef lachend in zijn handen bij het vooruitzicht van nog meer goede zaken. ‘Dat spreekt zich rond, dat de mensen hier koffie kunnen krijgen die die naam ook verdient. Je weet dat ik in het begin mijn bedenkingen had bij die beloftes van je. Een mooi verhaal, dat hebben alle vertegenwoordigers. Wie zijn vak verstaat, kan op de noordpool nog ijs verkopen. Maar het is wel duidelijk dat ik er goed aan heb gedaan om ondanks mijn twijfels met jou in zee te gaan.’

‘Dat komt vast omdat ik geen vertegenwoordiger ben, maar handelaar in koffie,’ merkte Eberhard op. Hij vond het niet prettig om als vertegenwoordiger te worden bestempeld.

‘Daar heb je helemaal gelijk in,’ zei dikke August met een joviale lach. ‘Neem me niet kwalijk, ik bedoelde het niet beledigend. Goed, hoe staan de zaken ervoor? Kun je me deze week bij wijze van uitzondering nog eens leveren? En dan meteen twee keer zoveel? Gaat dat lukken?’ De uitbater van drie restaurants hield vragend zijn hoofd scheef en stak zijn hand naar Eberhard uit.

Eberhard was blij met zo’n extra bestelling, al bracht die hem ook in een lastig parket. Hij krabde in zijn nek en nam in gedachten zijn voorraad door. Dikke August was al de derde klant die meer dan gebruikelijk wilde bestellen. Het kon weleens krap worden, maar Eberhard wist dat je zulke kansen moest grijpen als ze zich voordeden.

‘Komt in orde.’ Hij schudde de uitgestoken hand. Deze bestelling liet hij niet aan zijn neus voorbijgaan, ook al zou hij een extra rondje moeten rijden om alles op tijd te kunnen afleveren. Hij wilde vanavond meteen vertrekken.

Eberhard pakte zijn fiets, waarvan de mand nu leeg was, om terug naar huis te gaan. Hij stak zijn hand op bij wijze van groet, slingerde zijn been over het zadel en zette zijn voeten op de pedalen.

Toen hij het erf verliet, zag hij een stukje verderop twee douaniers staan. Hij herkende de ambtenaren meteen aan hun uniformen en verloor bijna zijn evenwicht van de schrik. De mannen stonden echter zo druk met elkaar te praten dat ze hem niet eens zagen toen hij met gebogen hoofd al slingerend langsfietste. Zelfs toen Eberhard al de weg door het bos was ingeslagen, ging zijn hart nog steeds tekeer en was zijn polsslag razendsnel.

Stommeling, zei hij tegen zichzelf toen hij zijn zenuwen weer een beetje tot bedaren had gebracht. Hij perste grimmig zijn lippen op elkaar en schudde zijn hoofd. Wat had hem kunnen gebeuren? Hij was een eenvoudige man die met zijn fiets onderweg was. Hij had niets meer bij zich gehad wat de argwaan van de douaniers had kunnen wekken, en toch gedroeg hij zich als een zware crimineel op de vlucht. Het was veel slimmer geweest om rustig langs te fietsen en de heren te groeten.

Nou ja, nu had hij zijn lesje geleerd. Voortaan zou hij nog voorzichtiger zijn wanneer hij met een volle mand op pad ging om zijn klanten te bevoorraden. Per slot van rekening was het puur geluk geweest dat hij toevallig net zijn laatste bestelling smokkelkoffie had afgeleverd. Als hij de douaniers twee uur eerder was tegengekomen en ze zijn mand hadden doorzocht, dan had hij wel dag kunnen zeggen tegen zijn handel.

Eberhard boog zich over het stuur heen en begon harder te trappen. Het kon hem niet schelen dat hij zat te zweten als een pakpaard. Hij had haast. Hij moest ervoor zorgen dat hij zo snel mogelijk thuiskwam. Als hij vanavond nog nieuwe koopwaar wilde afleveren, dan moest hij de groene bonen die hij op voorraad had zo snel mogelijk branden.

Het branden vond hij het leukste aan zijn werk. Dat was het moment waarop hij de koffie met al zijn zintuigen beleefde: de geur, het knakken van de bonen vlak voordat ze klaar waren, de aanblik van de diepbruine bonen waaraan hij zo'n heerlijk aroma had ontlokt. Hij vond het heerlijk om zijn vingers erdoorheen te halen om de kwaliteit te controleren. En het mooiste moment was het proeven. Het sprak vanzelf dat Eberhard regelmatig koffiezette om geur en smaak te controleren en de brandtijd eventueel aan te passen. Al die dingen bij elkaar vormden voor hem de magie van koffie.

Wat betreft de hoeveelheid bonen die hij kon branden, was hij intussen op zijn eigen grenzen gestuit. Hij werkte nog altijd met zijn houtfornuis en de kleine handbrander. Daarin kon hij telkens kleine beetjes branden, en nu het aantal bestellingen voor gebrande bonen steeds verder opliep, was hij daar uren mee bezig. Uren waarin hij ook nog zoveel andere dingen had kunnen doen waar hij nu niet aan toe kwam.

Sinds hij aan het smokkelen was, gingen de zaken tot zijn vreugde duidelijk beter, precies zoals hij had gehoopt, maar de inspannende ritten, het tijdrovende branden en het afleveren van de bestellingen hielden hem flink bezig. Het opknappen van het huis stond al weken op een laag pitje, daar kwam hij simpelweg niet aan toe. Hans kon een aantal klussen goed in zijn eentje doen, maar het ging allemaal erg langzaam. De entreehal was, net als heel veel andere ruimtes, nog altijd niet af en dat leverde Eberhard steeds meer gemopper van de vrouwen op.

'Wat moet ik dan doen?' had hij tijdens het ontbijt opgemerkt, nadat Magdalena op bijzonder verwijtende toon had gevraagd wanneer hij nu eens verderging met de hal. 'Mijn bedrijf gaat voor, Magdalena. Dat weet je. Zodra het gaat, ga ik verder met opknappen.' Zijn toon was scherper geweest dan hij wilde, maar hij had niets teruggenomen. In plaats daarvan was hij opgestaan, had hij zijn servet op de tafel gegooid en nors opgemerkt: 'En nu ga ik naar de branderij.'

Hij begreep de vrouwen wel, maar hij kon maar op één plek tegelijk zijn. Al dat werk was voor Hans alleen te moeilijk, zeker omdat die arme drommel nog steeds flinke problemen met zijn beenstompje had. De ontsteking vlamde telkens weer op en daarom verbood Eberhard zijn vriend om verder te gaan. 'Ik wil niet dat je onnodig risico neemt, Hans,' had hij gisteren nog heel beslist opgemerkt. 'Daarom wil ik niet dat je je nog inspant. Niet met het opknappen en ook niet in de tuin. Ga lekker in het zonnetje zitten, of werk aan je boek. Ga wat mij betreft de vrouwen helpen met aardappels schillen, maar blijf hier niet rondlopen. Gun je been rust en probeer te voorkomen dat die ontsteking nog erger wordt.' Hij had zijn hand naar hem uitgestoken. 'Beloof dat, Hans. Ik meen het.'

Ten slotte had Hans met tegenzin ingestemd. Eberhard begreep heel goed dat zijn vriend het er moeilijk mee had. Hans voelde zich nutteloos als hij niet kon werken, zo had Eberhard zich in zijn plaats waarschijnlijk ook gevoeld, maar in dit geval kon hij geen rekening met Hans' gevoelens houden. Hij moest hem tegen zichzelf en tegen zijn eigen werklust beschermen.

Magdalena zorgde zo goed als ze kon voor de vriend van de familie. Ze maakte elke dag een vers aftreksel van kamille, lavendel, brandnetel en duizendblad waarin ze zijn zwachtels doopte, en ook had ze een zalf voor hem bereid.

Nu Eberhard al fietsend over de problemen thuis nadacht, werd hij steeds somberder. Hij moest echt snel oplossingen vinden, maar stap voor stap. Eerst moest hij naar huis om meer bonen te branden en de smokkeltocht voor te bereiden. Gelukkig had hij genoeg artikelen verzameld om te ruilen. Magdalena zou er niet blij mee zijn dat hij weer naar België moest, maar hij had geen andere keuze.

Bij de gedachte aan zijn vrouw voelde hij dat zijn maag pijnlijk begon te knorren. Magdalena was het nog altijd niet eens met zijn beslissing om te gaan smokkelen en zou beslist proberen om het hem uit zijn hoofd te praten, zoals ze elke dag wel een keer deed, maar hij was er, zoals hij haar had beloofd, een halfjaar lang mee opgehouden en had zijn best gedaan om op een legale manier handel te drijven. Ze was inmiddels door haar argumenten heen en had beloofd om hem na dat halfjaar niet meer tegen te houden. Hij had zich aan zijn deel van de afspraak gehouden en nu moest zij hetzelfde doen. Toch hield haar dat niet tegen om hem elke keer weer onder de neus te wrijven met welke gevaren en risico's het smokkelen gepaard ging.

Zo langzamerhand had Eberhard er schoon genoeg van. Smokkelen was zijn enige mogelijkheid om als koffiebrander naam te maken en zijn gezin te onderhouden. En dat was zijn taak, dat moest hij in zijn eentje kunnen doen, maar toch werkte zijn vrouw elke dag zo hard dat de blaren op haar handen stonden. In de stal, in de tuin, in het huis en met die verrekte zijden kousen. Er werden regelmatige grote hoeveelheden voor haar afgeleverd en Eberhard werd tot in zijn dromen door de kousen achtervolgd. Of niet zozeer door de kousen zelf, maar door het eeuwige getik-tik-tik-tik van het op en neer gaande haakje waarmee Magdalena de ragdunne draden zo snel door de mazen trok dat Eberhard het amper kon bijhouden. Ze trok kous na kous over een buis op een voetstuk, zodat ze er goed aan kon werken, en zette er een extra felle lamp naast om het fijne breiwerk goed te kunnen zien. Zo zocht ze aandachtig naar de ladders. Zodra ze er eentje had gevonden, trok ze met haar piepkleine haakje de draad omhoog en stopte ze het gat. Het was een nauwkeurig en vermoeiend werkje waar ze niet alleen vermoeide ogen van kreeg, maar door haar voorovergebogen houding ook pijn in haar nek.

En terwijl zij vanwege al dat harde werken steeds magerder werd, moest hij braaf thuisblijven en tevreden zijn met de kleine beetjes die de Duitse koffie hem opleverde? Geen sprake van! Dat was gewoon beschamend. Zo'n man was hij niet en zo'n man wilde hij niet zijn. Dat moest Magdalena eindelijk inzien.

Als er iemand in de familie was die ergens mee moest ophouden, dan was het zijn vrouw. Zodra hij genoeg geld verdiende, zou hij haar duidelijk maken dat het afgelopen was met dat vermaledijde werk. En hoe meer hij verkocht, des te eerder het zover was.

Eberhard zag achter het raam licht flakkeren. Goed zo, Jean-Claude was nog wakker. Zonder aarzelen tikte hij met zijn knokkels op de deur. Twee keer kort, drie keer lang. Dat was hun afgesproken teken. Het duurde niet lang voordat hij sloffende voetstappen in de gang hoorde.

De Belg deed de deur open en keek Eberhard verwonderd aan. 'Vriend, heb je je vergist?' vroeg hij eenmaal hersteld van zijn verbazing. 'Ik heb niet op je gerekend, we hadden toch niet afgesproken?'

'Mag ik toch binnenkomen?' vroeg Eberhard. Dat was niet vanzelfsprekend, want in deze tijd was voorzichtigheid geboden. Elke verandering in hun routine kon nare gevolgen hebben. Toch deed Jean-Claude zonder iets te zeggen de deur verder open en stapte hij opzij om Eberhard binnen te laten. Zijn oog viel op het verband rond de hand van zijn vriend.

'Wat is er gebeurd? Heb je je bezeerd? Of ben je op weg hiernaartoe op problemen gestuit?' Hij stak zijn hoofd buiten de deur en keek snel van rechts naar links. Buiten was het rustig. Het dorpje en zijn bewoners sliepen.

'Geen paniek,' stelde Eberhard hem snel gerust. 'Niemand heeft me gezien en ik ben ook niet gevolgd. Dit is bij het branden gebeurd, door die verrekte handtrommel. Ik had haast en dat kreng was nog heet. Ik heb mijn klauw behoorlijk verbrand.' Zo erg dat hij onderweg in zijn andere hand had gebeten om de kloppende pijn te onderdrukken. Dat had niet veel geholpen.

'Dan moet je eerst een borrel hebben. Ga zitten, Eberhard, dan haal ik het medicijn.'

Eberhard hield niet echt van sterkedrank, maar vandaag nam hij het aanbod graag aan. Die brandwond deed verschrikkelijk veel pijn.

'Weet je wat jouw probleem is, Eberhard?' merkte Jean-Claude na het tweede glas op. Hij veegde met de rug van zijn hand langs zijn mond.

'Mijn onhandigheid?' vroeg Eberhard.

Jean-Claude schudde lachend zijn hoofd en klopte Eberhard op zijn rug. 'Nee, makker. Al kan die ook een probleem vormen. Maar ik bedoelde iets anders. Je denkt veel te klein, Eberhard. Je loopt voor een enkele zak per week de benen uit je lijf. Je brandt in die handtrommel van je veel te kleine porties en droomt er toch van om een handelaar in koffie te worden.'

'Hoe bedoel je, daar droom ik van?' vroeg Eberhard gepikeerd. 'Wat denk je dat ik nu ben?'

Daar ging Jean-Claude niet op in. 'Wat jij moet hebben, is een fatsoenlijke trommelbrander. Reken eens uit hoeveel tijd je kunt besparen als je niet langer urenlang aan dat kleine fornuis hoeft te staan om die handtrommel om te draaien. Dan kun je drie keer per week naar mij toe komen en is dat branden een makkie.'

'Een trommelbrander?' vroeg Eberhard. 'Weet je wel hoe duur zo'n ding is? Waar moet ik dat van betalen?'

'Vraag je liever af hoelang je zonder fatsoenlijke apparatuur kunt blijven werken. Luister naar me, Eberhard, en bouw dat bedrijf op waar je al jarenlang van droomt.'

'Hm,' zei Eberhard. Zijn hart klopte woest. Een trommelbrander.

Natuurlijk had hij daar zelf ook al aan gedacht, maar tot nu toe had hij die gedachte telkens weer uit zijn hoofd gebannen. Dat was veel te duur. Maar misschien had Jean-Claude gelijk. Misschien moest hij deze stap zetten om eindelijk te kunnen groeien.

'Jean-Claude, ik moet er weer vandoor. Bedankt voor je goede advies, ik zal erover denken.'

'Ik zal mijn relaties aanspreken en eens rondvragen wat dit je gaat kosten. Ik heb een vriend in Keulen.'

'Dank je, Jean-Claude,' zei Eberhard, 'maar maak die vriend van je wel duidelijk dat ik niet weet of ik het wel kan betalen. Ik moet eerst eens gaan rekenen en het met de rest van de familie bespreken.'

Hij had intussen het ruilzilver uitgepakt en Jean-Claude had een zak koffie gepakt. Samen bonden ze die vast op de slee die Eberhard speciaal voor dit doel had vervaardigd en die hij met twee banden over zijn schouders achter zich aan trok. In een penibele situatie kon hij de zak compleet met slee in een oogwenk op zijn rug binden en er, zo goed en zo kwaad als dat met zo'n zware last ging, als een haas vandoor gaan. Doordat hij de koopwaar tijdens het grootste deel van de rit niet zelf hoefde te dragen maar alleen maar hoefde voort te trekken, kon hij zijn krachten sparen voor een noodgeval.

Dankzij de slee was hij al aan een paar hachelijke situaties ontsnapt. Hij was ontkomen aan smokkelaars die hem wilden overvallen en hij was uit handen gebleven van de douane en daarmee ook uit de gevangenis.

Op weg naar huis had Eberhard niet eens in de gaten dat hij liep te hijgen en te zweten, zo snel leek het te gaan. Hij voelde de kloppende pijn in zijn hand niet langer, en het drong ook niet tot hem door dat hij zulke vermoeide voeten had. Hij was te veel in gedachten verzonken.

Pas toen hij naast Magdalena in bed kroop, was hij terug in de echte wereld. Hij moest het tegen haar zeggen. Nu.

Voorzichtig tastte hij naar de andere helft van het bed. Nadat hij twee keer aan haar schouder had geschud werd ze wakker.

'Eberhard?' vroeg ze met slaperige stem. Een tel later was ze klaarwakker. Ze schoot overeind en trok de deken op tot aan haar kin. 'Mijn man heeft de hele nacht naast me in bed gelegen,' riep ze uit.

Pas toen keek ze om zich heen, en tot haar verbazing zag ze Eberhard naast zich liggen.

'Ik dacht dat ze je hadden betrapt,' mompelde ze. Eberhard zag dat de tranen over haar wangen liepen. 'Ik heb last van nachtmerries.'

Meteen sloeg hij zijn armen om zijn vrouw heen. Hij leunde achterover tegen het hoofdeinde en streelde haar zacht over haar haar. 'Het is allemaal in orde, lieveling. Het spijt me dat ik je heb laten schrikken, dat was niet de bedoeling. Ik heb een rustige nacht gehad, mijn tocht is geslaagd, en nu ben ik weer gezond en wel bij je. Maar ik heb wel een spannend nieuwtje dat ik met je wil delen.'

Hij haalde net diep adem om haar over de trommelbrander te vertellen toen er in de gang opeens gestommel klonk.

Hoofdstuk 7

De levering

Aken • Aachen • Oche • Aix-la-Chapelle • Aquae Granni

Heden: mei

‘Ik moet er meteen vandoor,’ zei Corinne met een stem die schor klonk van de spanning. Ze had na haar gesprek met Alexander opgehangen en pakte haar glas water voor een snelle slok. ‘Het spijt me, maar ik kan niet met jullie proosten. Ik moet nu meteen weg.’ Trek in een glaasje sekt had ze toch al niet meer, en bovendien moest ze nu helder zijn. Ze wilde meteen opstaan en weglopen, maar Noah pakte haar handen vast om haar tegen te houden.

‘Rustig aan, lieverd,’ zei hij. Hij streek met zijn duimen over haar handen en probeerde haar te kalmeren. ‘Vertel eerst eens wat er aan de hand is. Je lijkt zo overstuur.’

‘Wat? O ja. Natuurlijk, sorry. Ik ben echt in de war.’ Ze schudde haar hoofd en probeerde haar gedachten op een rijtje te zetten. Pas nu drong het tot haar door dat de anderen natuurlijk niet wisten wat er was gebeurd. Gek genoeg had ze gedacht dat iedereen het gesprek had kunnen volgen, wat natuurlijk helemaal niet het geval was geweest. Snel vatte ze de feiten samen.

'Er is vandaag een grote levering uit Brazilië aangekomen waar we al op zaten te wachten, bedoeld voor de stichting. We hebben voor het eerst bij verschillende plantages heel bijzondere bonen besteld. Dat heeft Fernando allemaal voor ons geregeld. Alleen maar zeldzame soorten waarvoor kleine branderijen al bestellingen hebben geplaatst.'

Corinne merkte dat ze de draad van haar verhaal dreigde te verliezen. Ze viel even stil en probeerde zich te vermannen.

'Ik had me er zo op verheugd,' zei ze. Ze nam nog een slok water, alsof ze zo haar teleurstelling kon wegspoelen. 'Natuurlijk zijn de goederen meteen na aankomst gecontroleerd, zoals gebruikelijk,' vervolgde ze. 'Gelukkig maar, moet ik zeggen, want nu kan later niemand beweren dat er bij ons in het magazijn iets mis is gegaan. Alexanders personeel heeft alles goed bijgehouden. Volgens Alexander zijn die bonen allemaal bedorven. Ze zijn beschimmeld en verrot. Er moet vocht in die zakken zijn gekomen, misschien onderweg aan boord. Het is mogelijk dat de container niet goed dichtzat. Ik weet het niet, dit is ons nog niet eerder overkomen. En dan gebeurt het ook nog met zulke dure bonen.'

Ze schudde niet-begrijpend haar hoofd en stond op. 'Ik moet er meteen naartoe, dan kan ik zelf zien hoe erg het is en met Alexander en Beatrice overleggen hoe het nu verder moet. Ik heb geen idee wat je in zo'n geval moet doen. Wie is er verantwoordelijk? Wat ben ik blij dat ik Ahrensberg Koffie heb, want zonder ons familiebedrijf had ik het wel kunnen schudden.'

'Dat klinkt inderdaad erg naar. Kom, ik breng je wel even,' bood Sebastian aan zodra Corinne was uitgepraat. 'Mijn auto staat in de parkeergarage onder het stadhuis, omdat ik vanmorgen naar een klant buiten de stad moest.'

'Komt dat even goed uit,' merkte Frieda op. 'Sebastian kan je brengen en ik blijf de rest van de dag in het Boontje. Maak je maar geen zorgen, Corinne.' Toen voegde ze eraan toe: 'In elk geval niet meer dan nu.'

'Dan blijven Mia en ik nog even hier,' zei Noah. 'Frieda hoeft nog niet meteen terug om de branderij te openen. En daarna wandelen we rustig naar huis. Bel me maar als je meer weet of als ik iets voor je kan doen. Maar als je wilt, kan ik natuurlijk ook meegaan, dan vragen we Klara of ze op Mia wil passen.'

'Dat is lief van je, maar blijf jij maar bij onze kleine meid, dan hoef ik me in elk geval geen zorgen over haar te maken. Ik red me wel, bij Ahrensberg Koffie zitten genoeg mensen met ervaring. En Alexander gaat me beslist met raad en daad bijstaan.'

Noah knikte glimlachend. Heel even had Corinne de indruk dat hij zijn lippen op elkaar perste. Was hij misschien teleurgesteld omdat ze zijn hulp afwees? Daar dacht ze verder niet over na, ze was veel te gespannen om zich nu over dat soort dingen druk te maken. En toen ze opstond om hem en Mia een afscheidszoen te geven, keek Noah haar met een liefdevolle glimlach aan. Ze had het zich vast verbeeld, er was helemaal geen reden om zoiets te denken. Als hij echt mee had willen gaan, dan had hij dat meteen kunnen zeggen.

'Je hoort van me zodra ik Alexander heb gesproken. Dat beloof ik.'

'Hoe kan zoiets nu gebeuren, Alexander?' vroeg Corinne zodra ze de ramp met eigen ogen had kunnen aanschouwen.

Alexander had niet overdreven. De hele levering was verpest, de koffiebonen waren beschimmeld en waren voor een deel al aan het gisten. En dat gold voor alle zakken.

Corinne liet haar blik over de levering gaan, nog altijd niet in staat om te geloven wat er was gebeurd. De tranen stonden in haar ogen. Al dat werk. Al die mensen die hun best hadden gedaan om de koffieplanten te verzorgen, de beste bonen te plukken en die voor te bereiden voor verdere verwerking. Alles kon zo de vuilnisbelt op. Het was niet te bevatten.

'Wat doen we nu?' vroeg ze zodra ze het gevoel had dat ze weer een woord kon uitbrengen. Vertwijfeld beet ze op haar onderlip. De koffie moest worden vernietigd, dat was wel duidelijk. En zo snel mogelijk, om te voorkomen dat de schimmel de rest van het magazijn zou aantasten. 'We kunnen dit niet tot de volgende controle laten liggen. Dit moet hier allemaal weg.'

'Dat regel ik wel, Corinne,' zei Beatrice, die net naar hen toe liep. 'Alexander heeft me al verteld wat er is gebeurd. De douane is geen probleem, maar dit als afval afvoeren kan lastiger worden. We hebben de schimmel en het vocht al gedocumenteerd, maar het kan zijn dat er nader onderzoek nodig is. Totdat we dat zeker weten, kunnen we deze zending nog niet vernietigen. Ik neem contact op met de rederij, maar tenzij we kunnen bewijzen dat de schade het gevolg is van een ondeugdelijke container aan boord hebben we tegenover de reder geen poot om op te staan.'

'Wat?' riep Corinne uit. 'Waar kan dit anders zijn gebeurd? In de vrachtwagen vanaf de haven naar hier soms?'

Beatrice glimlachte begripvol en schudde haar hoofd. 'Nee, dat zeker niet. Maar het is mogelijk dat er al iets aan de bonen mankeerde toen ze op de plantage werden ingepakt. Misschien hebben ze de container niet goed afgesloten.'

Corinne wilde weer iets zeggen, maar Beatrice vervolgde op sussende toon: 'Ik weet het, dat kun je je niet voorstellen, maar we moeten met alles rekening houden en ik weet nu al dat de reder het daarop zal proberen te gooien. In dat geval valt Fernando Oliveira Silva te verwijten dat er iets aan de goederen mankeert. En dan moet hij weer contact opnemen met alle plantage-eigenaren en nagaan of er bij een van hen iets is misgegaan. Het zal duidelijk zijn dat dat lastig is. Natuurlijk zal niemand zijn hand opsteken en zeggen: hé, ik was het, mijn bonen waren niet in orde.'

'Mijn hemel,' zei Corinne, nog steeds behoorlijk ontzet. 'We hebben de plantages samen heel zorgvuldig uitgezocht. Ze hebben allemaal een uitstekende reputatie. En Fernando heeft het hele project in goede banen geleid. Ik vertrouw hem volledig en kan me niet voorstellen dat hij mij een slecht product stuurt. Dat is in al die jaren nog nooit gebeurd, hè, Alexander?' vroeg ze met een hulpeloze blik op haar broer.

Die schudde zoals ze had verwacht zijn hoofd. 'Nee, tot nu toe hebben we nooit problemen gehad. Fernando kun je vertrouwen.' Hij trok een nadenkend gezicht. 'Fernando heeft tot nu toe alleen bonen van zijn eigen plantage gestuurd. Hij had toezicht op het hele traject, van begin tot einde, maar deze keer zijn er ook bonen van andere plantages bij. Ik weet dat jullie die met zorg hebben uitgekozen, Corinne, maar zeg eens eerlijk, ken je al die eigenaren persoonlijk? Kun je garanderen dat die net zo zorgvuldig zijn als Fernando?'

'Nee,' zei Corinne, duizelig van alle spanning. 'Maar er moet wel heel erg veel vocht bij deze bonen zijn gekomen, anders had het nooit zo erg kunnen zijn. Bonen die niet perfect gedroogd zijn, kunnen wel een beetje gaan schimmelen, maar deze partij is zo aangetast dat dit geen restvocht geweest kan zijn. En daarom vermoed ik dat de container tijdens het transport is beschadigd.'

'En dan is de grote vraag,' nam Beatrice weer het woord, 'welke zak als eerste is aangetast. Dat is misschien wel te onderzoeken, maar dat zal een dure aangelegenheid worden, zonder garantie op een duidelijke uitslag. En het is ook nog maar de vraag of we de rederij aansprakelijk zouden kunnen stellen voor schade tijdens het transport. We moeten daarvoor heel veel geld steken in iets wat nu al verlies oplevert, maar wie weet gebeurt er een wonder en wil de rederij meewerken. En we moeten natuurlijk Fernando op de hoogste brengen. Corinne, jij kent hem het best. Wil jij contact met hem opnemen? Leg hem de situatie uit en vraag of hij er iets over kan zeggen. Misschien komen we daar verder mee.'

Corinne keek op haar horloge. In Brazilië was het nu ochtend. Ze knikte. 'Komt voor elkaar. Als ik hier verder niets kan doen, dan bel ik een taxi en ga ik naar mijn kantoor. Kun jij het magazijn voorlopig afsluiten, Alexander?'

Haar broer knikte. 'Op het moment is dat geen probleem, en als het langer duurt, zien we wel verder. En zodra deze bonen zijn vernietigd, vraag ik het personeel om het hele magazijn te desinfecteren.'

'Goed idee,' antwoordde Corinne. 'Je hoort van me zodra ik Fernando heb gesproken. Ik probeer met hem te skypen.'

Ze wilde hem kunnen zien wanneer ze hem het slechte nieuws vertelde. Toen viel haar nog iets anders in. 'Beatrice, ik wil geld van mijn privérekening overmaken naar die van de stichting en de koffie in eerste instantie door de stichting laten betalen. Ik wil beslist niet dat Fernando met deze kosten zit, dat zou een enorme financiële klap voor hem zijn. De plantage is zijn leven, dat kan ik hem niet aandoen,' zei ze. 'Kun jij me helpen om dat te regelen?'

'Ja, natuurlijk,' zei Beatrice zonder aarzelen. 'Alexander, is het goed als ik morgen een dagje bij Corinne ga werken?'

'Goed idee, doe dat maar,' stemde Alexander meteen in.

'Alles?' vroeg Fernando verbijsterd. 'De hele levering? Ook mijn jacu-koffie? Maar Corinne, die zending was een vermogen waard. Dit kan niet waar zijn. Hoe heeft dit kunnen gebeuren?'

Hij trok zo wit weg dat Corinne even bang was dat hij van zijn stoel zou vallen. Snel stelde ze hem gerust door te zeggen dat mocht de verzekering dit niet dekken, de stichting de kosten op zich zou nemen.

'Ik wil ook heel graag weten hoe dit heeft kunnen gebeuren,' bekende ze. 'Het probleem is dat we niet met zekerheid kunnen zeggen waar het mis is gegaan, onderweg aan boord of dat er bij jou op de plantage al vocht in de zakken is gekomen. Ik heb niet de indruk dat één enkele vochtige zak hier de oorzaak van is geweest. Alle zakken zijn even erg aangetast. Het lijkt me eerder omvangrijke waterschade als gevolg van een fout tijdens het laden.' Of sabotage, voegde ze er in gedachten aan toe. Dat zei ze alleen niet hardop. Ze wilde eerst feiten verzamelen voordat ze dat vermoeden met Fernando deelde. Ze verdacht hem persoonlijk immers nergens van en wilde niet dat hij zich nog meer zorgen ging maken dan hij al deed. Het was van het grootste belang dat ze dit bespraken, maar ze moest het wel voorzichtig doen.

Ze moesten de mogelijkheden doornemen en konden hopelijk aanwijzingen vinden die uitsloten dat de oorzaak op zijn plantage lag, maar dat zou niet gemakkelijk zijn. Fernando nam weliswaar steekproeven, maar hij was vanaf de aankomst van de bonen vanaf de andere plantages tot aan het inladen niet voortdurend persoonlijk aanwezig geweest. Hij zou het met zijn personeel moeten bespreken, en met de andere koffieboeren. En stel dat er echt iemand was die het werk van de stichting probeerde te saboteren?

Corinne stelde Fernando nog een paar algemene vragen over het stichtingsproject, maar zijn antwoorden waren niet zo positief. Het o zo belangrijke project leek niet bepaald van een leien dakje te gaan. Er was wederom een paar keer iets gestolen, legde hij uit. Het aanvankelijke enthousiasme van de vrouwen raakte bekoeld en hij had het vermoeden dat een paar van hen ermee wilden stoppen. Of die beslissing uit henzelf kwam of dat hun achterdochtige mannen op hen hadden ingepraat, kon hij niet met zekerheid zeggen.

Zijn echtgenote Luciana bekommerde zich erg om de vrouwen en stond honderd procent achter het project, daar kon Corinne op vertrouwen, maar het moest nog blijken of dat voldoende was. Luciana besprak veel met de vrouwen, beantwoordde hun vragen en legde uit dat het zowel voor hen als voor hun kinderen gunstig was als ze zelf werk hadden en zelfstandig werden. Ze probeerde de vrouwen duidelijk te maken dat de coöperatie eigenlijk alleen maar voordelen bood.

Fernando gaf echter ook toe dat Luciana niet echt gelukkig was met haar taak. Het werd haar allemaal een beetje te veel.

'Mijn vrouw staat net als ik helemaal achter je, Corinne, ze is een moderne vrouw,' zei hij. 'Het probleem is haar ingetogen aard. Het is niet echt iets voor haar om de leiding te nemen. Ze kan niet goed een discussie aangaan, daarvoor is ze veel te zachtaardig en geeft ze te snel toe. Maar ze blijft haar best doen, want ze gelooft in het project.'

Die arme Luciana. Ze was zomaar in het diepe geworpen. Natuurlijk had ze nee kunnen zeggen toen Corinne haar had gevraagd of ze mee wilde doen met het project en de leiding over de vrouwen op zich wilde nemen, maar uit haar ja bleek wel dat ze – dat had Fernando nu weer bevestigd – veel te meegaand was. Corinne had alles op alles gezet om haar over te halen; ze mocht Luciana graag en was er zeker van dat ze uitstekend werk kon leveren zodra ze een zekere routine had opgebouwd. Het was zo jammer dat Corinne haar niet ter plekke kon helpen.

Het was al erg genoeg dat de situatie van de vrouwen zo moeilijk was en dat het met de coöperatie zo moeizaam liep, maar nu dreigde het hele project in gevaar te komen door toedoen van iemand die duidelijk niet aan hun kant stond. Bij de gedachte alleen al werd Corinne niet goed. Dit was zo'n geweldige gelegenheid om anderen te helpen en hun een beter leven te geven, maar de mannen leken maar niet te snappen dat ook zij beter af waren als hun vrouwen hun financiële steentje konden bijdragen en hun kinderen een gedegen opleiding kregen. Ze wilden niks weten van de hulp die Corinne aanbood. Was ze te naïef geweest door te denken dat ze met open armen zou worden ontvangen?

'Goed, Fernando, hou in elk geval je ogen open. Ik kan er niks aan doen, maar ik heb hier geen goed gevoel over. Die diefstallen, dat personeel dat wegblijft en nu die bedorven bonen… Het is nog niet te zeggen of en hoe dat iets met elkaar te maken heeft, maar laten we hopen dat er een einde aan al die narigheid komt. We willen met de stichting het een en ander verbeteren en ons niet meer problemen op de hals halen.'

'Ja, laten we dat hopen, Corinne,' klonk Fernando's vermoeide antwoord. Hij wreef in zijn ogen en zuchtte. 'Je hoort van me zodra ik iedereen heb gesproken. Wie weet ontdek ik nog iets.' Hij stak bij wijze van groet zijn hand op en verbrak de verbinding.

Corinne voelde zich al net zo moe als Fernando had geklonken. Het was duidelijk dat hij niet echt geloofde dat hij iets aan een oplossing kon bijdragen. Nadat ze haar laptop had dichtgeklapt, plantte ze haar ellebogen op de tafel en sloeg haar handen voor haar gezicht.

Een paar minuten lang bleef ze zo zitten om haar gedachten op een rijtje te zetten. Ze was bang dat dit project Fernando boven het hoofd groeide. Het was één ding om een goede koffieboer te zijn, maar het was iets heel anders om in eigen land sociale projecten te starten en mensen nieuwe inzichten te bieden. Het was aan de ene kant natuurlijk heel nuttig dat Fernando eraan meewerkte, want hij kende de mensen en hun manier van denken. Al kon dat juist ook het probleem zijn. Misschien was hij te zeer bij de situatie betrokken en kon hij alles onvoldoende overzien. Corinne wist dat niet zeker. Wat ze wel wist, was dat dit zo niet lekker liep.

Op dit moment kon ze weinig anders doen dan wachten. Ze keek om zich heen en schudde woest haar hoofd. Vandaag ging ze geen administratieve klusjes meer doen. Ze had iets nodig wat haar ziel kon voeden, wat haar kon helpen om haar evenwicht te vinden. Daarom stond ze op en liep ze de trap af naar de winkel, waar Frieda net bezig was om de schappen te vullen.

'Hé, Corinne, hoe ging het? Kon Fernando je nog wat meer vertellen?'

'Fernando is heel erg geschrokken,' legde Corinne uit. 'En hij had me ook niet veel goeds over het werk van de stichting te vertellen. Het loopt allemaal niet zoals we willen. Eerlijk gezegd is het een ramp. Ik heb het gevoel dat ik tegen windmolens vecht en dat is uitermate vermoeiend. Daarom moet ik nu eerst koffie hebben,' voegde ze eraan toe. Ze wilde al om de toonbank heen lopen om een kop te zetten, maar Frieda was sneller. Ze pakte Corinnes schouders vast, draaide haar om en duwde haar naar de hoge kruk. 'Ga zitten, dan zorg ik voor de koffie.'

Frieda was echt een schat. Corinne gehoorzaamde dankbaar en zonder tegenspraak, want het was fijn dat iemand zich om haar bekommerde, zodat ze rustig in Öcher Boontje kon zitten en van de sfeer kon genieten.

Corinne sloeg Frieda gade toen die met vaardige bewegingen aan de slag ging. 'Wat wil je?' vroeg ze. 'Onze eigen melange of iets speciaals?'

'Na een dag als vandaag graag iets speciaals,' antwoordde Corinne. Ze had wel een beloning verdiend, zeker nu haar door al het gedoe een stuk aardbeientaart en een glas sekt door de neus waren geboord. 'Wil je een geisha voor me maken?'

'Okidoki,' antwoordde Frieda, en daardoor moest Corinne onwillekeurig lachen. Dat was een woord dat Sebastian altijd gebruikte.

Terwijl ze op haar koffie zat te wachten, keek ze naar het rek met koffiespreuken. Ze hadden bordjes met uitspraken in allerlei formaten, en Frieda zette elke dag een spreuk die ze toepasselijk vond op een schildersezel. 'Een goede boon, dat is andere koffie' luidde de spreuk voor vandaag. Ze waren niet alleen bedoeld als decoratie, ze verkochten ook kaarten, tassen en theedoeken met passende uitspraken. Corinne en Frieda hadden er veel lol in om het assortiment telkens weer uit te breiden door nieuwe spreuken te bedenken of in hun dagelijks leven inspiratie op te doen. Het was een vermakelijke aanvulling op het aanbod, waar de klanten steevast om moesten grinniken. Dat was alleen maar een voordeel, want een goedgemutste klant kocht vaak meer.

'Alsjeblieft, een geisha voor mevrouw.' Frieda zette het kopje voor Corinne op de toonbank. De heerlijke geur die opsteeg naar Corinnes neus, was net een medicijn. Ze voelde zich meteen een stuk beter. Genietend pakte ze het kopje met beide handen vast, zodat ze het onder haar neus kon houden en een paar keer diep kon inademen. Toen proefde ze voorzichtig, gevolgd door een gelukzalige zucht.

'We moeten het eens filmen als je een slok neemt en dat als reclame gebruiken, Corinne. Als je jou zo ziet genieten, wil je niets anders dan meteen aan de koffie gaan.'

'Je bent gek,' merkte Corinne op, 'maar de geisha is wel heel erg goed. Licht, fruitig en toch veel smaak. Heel veel verschillende aroma's die je smaakpapillen echt aan het werk zetten. Zet eens een kopje voor jezelf, dan mag je me vertellen wat je ruikt en proeft.'

Dat liet Frieda zich geen tweede keer zeggen. Ze vond het heerlijk om koffieles van Corinne te krijgen, al was Corinne van mening dat Frieda allang een volleerd koffiekenner was. Sinds ze in het Boontje was komen werken, had ze geen gelegenheid voorbij laten gaan om haar kennis uit te breiden. Haar hield je niet meer voor de gek als het om koffie ging. Frieda was ook bedreven geworden in het branden en nam daarmee Corinne heel wat werk uit handen.

Nu haalde ze eerst diep adem om het aroma in zich op te nemen en daarna nam ze voorzichtig een slokje. Ze hield de koffie even in haar mond voor een eerste indruk. Na nog een slok knikte ze. 'Een heel bijzondere boon,' beaamde ze. 'Licht gebrand, maar tegelijkertijd heel krachtig. In eerste instantie proef ik fruit, bessen en citrus, maar met een voortdurende ondertoon van vanille. Verrukkelijk!'

Het deed Corinne goed dat Frieda zo enthousiast keek. Ze lachte naar haar en zei: 'Heel goed. Wat nog meer?'

'Deze koffie doet me gek genoeg aan thee denken,' vervolgde Frieda. 'Ik heb hem toch niet te slap gezet?' Ze keek Corinne geschrokken aan. 'Dan moet je het zeggen, hoor.'

'Nee hoor, je hebt precies de juiste hoeveelheid gebruikt. Het komt doordat je bergamot ruikt, daardoor moet je aan thee denken,' legde Corinne uit.

'Ja, dat is het.' Frieda lachte opgelucht. 'Je hebt gelijk, ik proef earl grey. Dat had ik moeten weten.'

Nu dat raadsel was opgelost, nam ze nog een slok, zodat ze verder kon gaan met het ontleden van de smaak. 'Het is spannend. Door die vanille, dat fruit en die bergamot smaakt de koffie bijna zoet, maar ik proef ook een mild zuurtje, dat mijn verhemelte heel aangenaam prikkelt. En voor zo'n lichte koffie blijft de smaak vrij lang hangen.'

'Perfect,' zei Corinne met een instemmend knikje. 'Ik had het zelf niet beter kunnen omschrijven.'

Frieda straalde. 'Dank je, Corinne. Ik vind dit echt heel leuk om te doen en ik ben blij dat je me al zoveel hebt geleerd en dat blijft doen. Het is erg fijn om voor jou te werken.'

'Dank je, dat is ook fijn om te horen. En ik ben blij dat jij zo leergierig bent. Weet je nog toen je hier pas werkte? Je zocht alleen maar een bijbaantje, je wilde wat verdienen terwijl je ondertussen probeerde uit te zoeken wat je eigenlijk wilde, qua beroep. We hebben het er al een tijdje niet meer over gehad, waarschijnlijk omdat het allemaal zo goed gaat, maar ben je hier op je plaats of wil je nog steeds iets anders gaan doen?'

Ze wachtte vol spanning op het antwoord op haar spontaan gestelde vraag. Hopelijk haalde ze zich hiermee geen volgend probleem op de hals.

Frieda begon vrijwel meteen te lachen en schudde zonder nadenken haar hoofd. 'Iets anders doen? Welnee, Corinne, ben je gek geworden? Ik vind het hier veel te leuk. Ik werk graag voor je en ben inmiddels ook aangestoken door je liefde voor koffie. Dus nee, als het aan mij ligt blijft alles zoals het nu is.'

Corinne haalde opgelucht adem. Frieda had dus haar draai gevonden. Ze besloot om zodra de rust een beetje was weergekeerd een officiële opleiding met haar te bespreken. Misschien had Frieda zin om haar diploma detailhandel te halen? Of cursussen op het gebied van koffie te volgen, of een echte barista te worden? Voor nu was Corinne vooral blij dat Frieda hier wilde blijven werken.

'Dat is nog eens goed nieuws. Daar drink ik op.' Ze pakte haar kopje en proostte met Frieda. Na een laatste slok voegde ze eraan toe: 'Weet je wat, om de dag toch nog goed te laten eindigen ga ik nog even wat branden.'

'Goed idee. En je mag je zorgen rustig met mij bespreken, misschien helpt dat. Afgesproken?' Daarna liep ze naar een klant die net het Boontje binnenstapte.

Corinne bereidde het branden voor. Ze koos de bonen uit en zette naast de brander ook het sorteerapparaat aan dat ze een paar maanden geleden had gekocht. Dat was een grote hulp omdat sorteren met de hand haar ongelooflijk veel tijd kostte. Nu kon ze de gebrande bonen meteen in het apparaat gieten en later de blikken vullen. Ook aan die fase van het proces had ze het een en ander verbeterd door voor metalen blikken te kiezen. Die konden luchtdicht worden afgesloten en van een etiket worden voorzien, zodat ze in het magazijn altijd een goed overzicht hielden en de koffie schoon en goed verpakt was. Ze konden daarmee de zakjes waarin ze de koffie verkochten naar behoefte vullen.

'Weet je wat?' zei Frieda, die opeens naast Corinne opdook. Het was Corinne helemaal ontgaan dat de klant de winkel alweer had verlaten, dus ze keek even geschrokken op. Ze had duidelijk staan dagdromen.

'Ik heb geen idee,' antwoordde ze, 'maar je gaat het me vast vertellen.' Ze knipoogde bemoedigend.

'Je moet naar Brazilië gaan en zelf eens een kijkje nemen,' flapte Frieda er zonder omhaal uit.

Corinnes mond viel open. Had ze dat goed gehoord?

Hoofdstuk 8

Een hachelijke situatie

Aken • Aachen • Oche • Aix-la-Chapelle • Aquae Granni

Juli 1948

Eberhards bloed stolde in zijn aderen toen hij onverwacht het gestommel hoorde. Hij dacht helemaal niet meer aan het spannende nieuwtje dat hij aan zijn vrouw had willen vertellen, maar keek Magdalena geschrokken aan. Ze had haar hand voor haar mond geslagen en keek hem met grote, ontzette ogen aan.

Een paar seconden lang zaten ze elkaar als verlamd aan te staren, maar toen sprongen ze op hetzelfde moment overeind, alsof ze daartoe een bevel hadden gekregen. Magdalena wilde al naar de deur rennen, maar Eberhard stak snel zijn hand uit en pakte haar arm vast. Hij wilde beslist niet dat ze in een gevaarlijke situatie verzeild raakte.

'Wees voorzichtig,' zei hij op gedempte toon. 'Blijf alsjeblieft hier!' voegde hij er iets feller aan toe, terwijl hij haar waarschuwend aankeek. Dit was niet bepaald een moment waarop een echtgenote haar man moest tegenspreken, wilde hij haar duidelijk maken. Toen draafde hij zonder om te kijken naar de deur, maar die rukte hij niet meteen open. Hij zette hem op een kier, net ver genoeg om naar buiten te kunnen glippen. Heel zachtjes stapte hij de overloop op. Daar was niets te zien en daarom sloop hij zo zachtjes als hij kon naar de trap. Hij wilde een indringer niet laten merken dat hij wakker was.

Op weg naar de trap balde hij zijn handen tot vuisten, klaar om een inbreker te grazen te nemen en die zo te overrompelen dat de boef wenste dat hij met een grote boog om de villa heen was gelopen.

Eberhard had niet al die moeite gedaan voor zijn huis en zijn bedrijf om vervolgens een dief zijn gang te laten gaan. Er was weliswaar nog niet zoveel te stelen, maar het beetje dat hij had, ging hij met alles wat hij had verdedigen. Hij had de oorlog weliswaar gehaat, maar in die jaren had hij wel leren vechten. Nog even en die indringer zou horen en zien vergaan.

Tot zijn grote verbazing was er beneden echter niemand te zien. De hal bij de voordeur en de gang erachter waren stil en verlaten. In het diffuse ochtendlicht keek hij verbaasd om zich heen, op zoek naar de oorzaak van dat stommelende geluid.

'Jezus Maria!'

Eberhard dook in elkaar bij die onverwachte kreet die vlak naast hem klonk. Magdalena had niet naar hem geluisterd en was ondanks zijn bevel om in de slaapkamer te blijven wachten achter hem aan gekomen. Nu stond ze naast hem geschrokken naar de trap te staren.

Eberhard, die inmiddels doorhad waarom ze die kreet had geslaakt, rende met grote stappen de treden omlaag naar Hans, die op het kleine bordes halverwege de trap lag. Zonder te bewegen.

Hij was de oorzaak van de herrie. Zijn vriend moest zijn evenwicht hebben verloren en was naar beneden gevallen. Met bonzend hart boog Eberhard zich over hem heen.

'Hans,' zei hij indringend. Hij pakte zijn kameraad bij zijn schouder en zag dat Hans' borst op en neer ging. Zelf slaakte hij een opgeluchte zucht. Hans leefde nog. Godzijdank. Toch begreep Eberhard meteen dat er iets niet klopte. Hans reageerde niet op Eberhards stem en ook niet op het geschud aan zijn schouder. En hij voelde erg warm aan. Hij gloeide helemaal. Onrustig bewoog hij zijn hoofd van links naar rechts.

'Hans,' herhaalde Eberhard. 'Hoor je me?'

'Dorst,' kwam het zachtjes uit de mond van zijn vriend. Daarmee was de vraag of Hans hem had gehoord nog niet beantwoord.

Eberhard begreep al snel hoe het zat. Hans moest dorst hebben gekregen en had geprobeerd om de keuken te bereiken. Zelfs als de oorlogsinvalide in puike toestand verkeerde, was de trap al een flinke hindernis voor hem, maar nu hij duidelijk door hoge koorts was verzwakt, had hij er al helemaal niet meer de kracht voor gehad. Hij was halverwege de treden in elkaar gezakt of zelfs de trap af gegleden, of misschien had hij zijn kruk per ongeluk naast in plaats van op een tree gezet. Zo te zien was hij een flink stuk omlaag gerold, een val waarbij hij gemakkelijk zijn nek had kunnen breken. Hij moest een engeltje op zijn schouder hebben. Eberhard huiverde bij de gedachte aan wat er allemaal voor gruwelijks had kunnen gebeuren, maar hij mocht de dag niet te vroeg prijzen, want wie weet was Hans ernstig gewond.

'Je krijgt dadelijk iets te drinken, Hans, maar ik wil eerst weten of je je door die val hebt bezeerd. Heb je ergens pijn? Kun je je bewegen?'

Hans keek Eberhard met een wezenloze blik aan. 'Ze vallen aan,' zei hij. 'Jullie moeten schuilen. Snel!'

'Hij fantaseert,' zei Magdalena.

'Nee, hij herinnert zich van alles,' antwoordde Eberhard verdrietig.

Zijn vrouw hurkte aan de andere kant van Hans neer en keek hem bezorgd aan. Toen ze haar hand op zijn voorhoofd legde, slaakte ze een verbaasd kreetje. 'Eberhard, hij gloeit helemaal,' stelde ze geschrokken vast.

Eberhard knikte ernstig. 'Dat voelde ik ook al. Het is een wonder dat hij in deze toestand helemaal tot aan de trap is gekomen.'

'Verdraaid, geen wonder dat hij zo raaskalt. Ik ben bang dat dit door de ontsteking in zijn stompje komt. Hij heeft niet gezegd dat die erger is geworden, want anders had ik er allang naar gekeken en hem naar de dokter gesleept. Wat een eigenwijze dwaas is het toch. Laat me even kijken, ik wil weten hoe hij eraan toe is.'

Voorzichtig raakte ze Hans aan, terwijl ze ondertussen geruststellend tegen de half bewusteloze man mompelde. Toen knikte ze opgelucht. 'Voor zover ik kan vaststellen, heeft hij niks gebroken. Hij reageert als je hem aanraakt, maar hij lijkt afgezien van zijn stompje verder geen pijn te hebben en hij kan ook zijn hoofd bewegen. Ik denk dat we hem het best naar zijn kamer kunnen brengen, dan kijken we daar verder. Help je me even?'

Eberhard boog zich meteen over Hans heen en pakte opnieuw diens schouder vast. 'Hans, we gaan je overeind helpen en dan brengen we je naar je kamer,' zei hij luid, in de hoop dat hij zo tot zijn ijlende vriend kon doordringen. Maar die reageerde niet.

Ze pakten allebei een arm van Hans beet en probeerden hem overeind te hijsen. Dat ging alleen niet zo gemakkelijk. Na twee pogingen moesten ze hem weer laten zakken en een nieuw plan bedenken.

Opeens leek Hans een helder moment te hebben. 'Eberhard?' vroeg hij verbaasd.

'Je herkent me, dat is een goed teken,' zei Eberhard opgelucht. Misschien was het allemaal minder erg dan hij aanvankelijk had gedacht. 'Hans, werk eens mee, dan brengen we je naar je kamer.'

Hans draaide echter weer zijn hoofd heen en weer. Hij was erg geagiteerd. 'Wat doe jij hier? Waarom zit je niet in de bunker?' riep hij met schrille stem. 'Ze komen eraan. Ze zijn er zo.'

Eberhard dook ineen. Het leek alsof zijn keel werd dichtgeknepen.

Zijn vriend droomde over de oorlog, dat was wel duidelijk. Eberhard kende die verschrikkingen als geen ander en wist maar al te goed door welke hel Hans momenteel ging.

'Rustig maar, jongen. Ik ben bij je, we gaan samen de bunker in.' Hij moest zijn best doen om het trillen van zijn stem te onderdrukken.

Magdalena wierp hem een blik vol begrip en herkenning toe. Met een knikje gaf ze aan dat hij door moest gaan.

'Het komt goed, Hans, maar we moeten ons wel haasten. Je zei het zelf, ze komen eraan. Je moet dus meewerken, anders redden we het niet. Snap je dat?'

Hans kreunde en knikte bijna onmerkbaar.

'Ik tel tot drie,' commandeerde Eberhard met een seintje naar Magdalena, zodat die klaar kon staan. Zonder al te lang te dralen begon hij te tellen, want hij wilde het feit dat Hans enigszins aanspreekbaar was uitbuiten.

'Eén, twee, drie. Opstaan, kameraad. Kom, werk eens mee. Haast je, Hans, ze komen eraan.'

Hij bleef zijn vriend onvermurwbaar aanmoedigen, en dat hielp. Bevend en wankelend kwam Hans overeind. De kruk lag een paar treden lager, maar die lieten ze liggen. Hans kon toch niet op zijn eigen been staan, hij moest door Eberhard en Magdalena worden ondersteund.

Heel voorzichtig hielden ze hem tussen hen in overeind, Eberhard rechts, Magdalena links. Samen hielpen ze hem tree voor tree de wenteltrap op, naar zijn kamer en ten slotte ook in zijn bed.

Ondertussen waren ook de andere bewoners wakker geworden. Die wilden natuurlijk graag helpen, maar Eberhard vroeg iedereen om zich in te houden. Waar hadden ze hem moeten vastpakken?

'Barbara, wil jij zijn kruk even halen?' deelde hij in plaats daarvan een andere taak uit. 'Ik wil niet dat er iemand over struikelt en gewond raakt.'

Hij zag dat de vrouwen Hans netjes in bed stopten, zijn kussen opschudden en hem toedekten. Barbara ging de kruk halen en liep daarna meteen weer weg om een glas water te halen. Magdalena voelde aan het voorhoofd van de patiënt, probeerde hem aan te spreken en schudde, toen een reactie uitbleef, bezorgd haar hoofd.

Eberhard begreep meteen wat dat betekende.

'Ik haal dokter Blessing,' zei hij, waarna hij er snel vandoor ging. De praktijk lag niet ver van huize Ahrensberg, maar Eberhard kende de dokter nog niet persoonlijk. Daardoor, en door het onmogelijke tijdstip, vroeg hij zich even af of hij de man wel moest storen, maar Magdalena maakte zich duidelijk veel zorgen. Er was geen tijd te verliezen.

Korte tijd later onderzocht dokter Blessing met een ernstig gezicht de patiënt. Hij was Eberhard met enige tegenzin naar de villa gevolgd, maar kweet zich nu vakkundig van zijn taak. Hij voelde Hans' pols, bekeek de flink ontstoken stomp, nam zijn temperatuur op en luisterde naar buik en borst. Tussendoor liet hij af en toe een ernstig 'hm' horen en fronste hij zijn voorhoofd.

Hoewel Eberhard er geen enkele gegronde reden voor had, had hij meteen een hekel aan de arts. Die leek hem een verwaande dikdoener, maar dit was niet het juiste moment om kieskeurig te zijn. En de dokter had zich uit bed laten bellen en er vrijwel meteen mee ingestemd om een visite af te leggen. Wees niet zo ondankbaar, zei Eberhard streng tegen zichzelf.

Ten slotte pakte de dokter een hamertje waarmee hij op Hans' armen en zijn gezonde been tikte om de reflexen te controleren. Na zijn onderzoek rommelde hij een tijdje in zijn dokterstas en ten slotte gaf hij Hans een injectie in zijn bil.

'Dit is momenteel alles wat ik voor hem kan doen,' sprak de dokter ten slotte. 'Die wond moet worden behandeld en de koorts moet zakken.' Hij gaf Magdalena een flesje met een drankje aan en vertelde haar wat ze moest doen. Met bezorgd opgetrokken wenkbrauwen legde de arts uit dat ze het stompje moest inzwachtelen en verkoelende kompressen rond Hans' gezonde been moest aanleggen. Die moesten elk halfuur worden ververst, het klokje rond.

Magdalena luisterde aandachtig, knikte en rende toen snel de slaapkamer uit om alles bij elkaar te zoeken wat ze voor de kompressen nodig had.

'Ik heb koffiegezet, dokter,' mengde nu ook Edda zich in het gesprek. 'U bent zo vroeg uit uw bed gehaald, wilt u misschien een fatsoenlijk ontbijt?'

'Dat vind ik een erg goed idee. Ik zeg zeker geen nee tegen een opkikker, dank u wel voor uw aanbod.'

Johanna en Edda namen de dokter mee naar de eetkamer, die er ondanks het gebrek aan behang en gordijnen behoorlijk toonbaar uitzag. Barbara verdween in haar kamer. Ze moest dadelijk naar school en wilde zich in alle rust voorbereiden.

Eberhard bleef bij Hans. Die was weliswaar in slaap gevallen, maar Eberhard wilde zijn zieke vriend niet zomaar alleen laten.

Magdalena kwam weer terug en ging snel aan de slag. Eberhard hielp haar om het eerste kompres aan te leggen en zette een stoel met kussen voor haar neer. Magdalena ging zitten en keek op de klok.

'Kan ik je even alleen laten?' vroeg Eberhard. 'Ik wil even kijken of alles goed gaat en of de dokter nog iets over Hans' toestand kan zeggen.'

'Ga maar, ik red me wel.'

Eberhard had zich de tocht naar de eetkamer kunnen besparen. Het was duidelijk dat de dokter de eieren met spek die Edda voor hem had klaargemaakt belangrijker vond dan een gesprek over een ontstoken stompje. Hij had niets toe te voegen aan wat hij in de slaapkamer al had verteld. Toch bleef Eberhard keurig aan tafel zitten om als heer des huizes de dokter gezelschap te houden. Hij hoopte maar dat de man zijn bord snel leeg zou hebben en weer zou vertrekken. Zelf kreeg hij geen hap door zijn keel. Door al die zorgen om zijn vriend leek hij met een steen in zijn maag rond te lopen, daar was geen plaats voor honger.

Ten slotte veegde de goed gevoede arts met een servet zijn vette lippen af. Na een zacht boertje lachte hij joviaal. 'De volgende paar dagen zijn beslissend. We kunnen niets anders doen dan afwachten en op God vertrouwen.' Hij stond op. 'Dames, ik wil u bedanken voor het voortreffelijke ontbijt.' Hij keek naar de tafel, haalde zijn schouders op en lachte. 'Eentje voor onderweg, dat kan er nog wel bij,' besloot hij. Hij greep alweer naar de fles schnaps en naar het glas dat hij, als Eberhard goed had geteld, al drie keer had bijgeschonken. Edda trok, buiten het zicht van de dokter, een geërgerd gezicht. De schnaps had ze op zijn uitdrukkelijke verzoek uit de kast gepakt.

'Dan ga ik maar weer eens. Mijn patiënten wachten. Ik stuur vandaag of morgen mijn verpleegster Mechthild langs, dan kan ze de wond verzorgen. Tot ziens, dames, meneer Ahrensberg.' Hij knikte naar Eberhard en wachtte totdat die de deur voor hem had opengedaan.

Eberhard schudde in gedachten zijn hoofd. Wat een onaangenaam, zelfingenomen heerschap. Hij had medelijden met de patiënten die deze ochtend een beschonken arts aan hun bed kregen. Misschien was het ondankbaar, maar hij had een slecht gevoel bij deze vent, daar kon hij niks aan doen. Dokter Blessing leek vooral bezig met zijn eigen welzijn, niet met dat van zieken en gewonden.

Het is maar goed dat Magdalena bij Hans zit, dacht Eberhard. Als er iemand was die zijn vriend kon helpen, dan was het niet God, zoals de dokter leek te denken, maar zijn geweldige echtgenote. Tenzij

Eberhard haar ertoe zou dwingen, zou ze geen seconde van Hans' zijde wijken, of in elk geval niet totdat hij buiten levensgevaar was. Daar twijfelde hij niet aan. Hij had grote bewondering voor haar sterke wil en haar hulpvaardigheid, maar hij moest erop letten dat ze niet te veel van zichzelf eiste.

Eberhard besloot haar een kop koffie te brengen. Echte koffie, van bonen, niet die slappe hap die ze meestal dronk. Magdalena weigerde tot nu toe nog altijd om de dure koffie te drinken waarvoor Eberhard zulke grote risico's nam.

Toen hij een paar minuten later met de koffie de slaapkamer in liep, wilde Magdalena al protesteren zodra het aroma haar tegemoetkwam. Dat zag hij aan haar uitdrukking, want ze was voor hem een open boek. Maar ze vermande zich en reikte naar het kopje. 'Dank je, Eberhard, daar kikker ik vast van op.'

Hij knikte instemmend en gaf haar de koffie aan. Vervolgens keek hij hoe zijn vrouw genietend van de kostbare inhoud nipte. Ze deed haar ogen dicht, ademde de geur diep in en bracht het kopje naar haar lippen. Hij vond het fijn om haar zo van die koffie te zien genieten.

'Hoe is het met onze patiënt?' vroeg hij toen Magdalena het kopje even later neerzette.

'Hij ligt nu rustig te slapen, maar het eerste halfuur is inmiddels voorbij. Ik moet een nieuw kompres aanleggen. Kun jij me een schone doek brengen, Eberhard?' vroeg Magdalena op kalme toon.

Terwijl Eberhard een lap schone katoen in het aftreksel van kruiden doopte en die voorzichtig uitwrong, wikkelde Magdalena heel behoedzaam de gebruikte doek van Hans' stompje. Ze stak haar hand met de oude lap, die inmiddels warm was geworden, naar Eberhard uit. Hij pakte hem van haar aan en gaf haar een volgende doek. Ze werkten goed samen, zo moest het lukken om Hans snel weer beter te maken. Eberhard wilde er niet eens aan denken dat het niet zou lukken.

'Dank je,' zei Magdalena. Ze glimlachte even naar haar geliefde echtgenoot.

Wat zag ze bleek, en ze had zulke kringen onder haar ogen. Eberhard maakte zich zorgen om haar. Als er iemand hulp nodig had, dan stond Magdalena altijd meteen klaar, en als niemand haar tegenhield, ging ze door totdat ze niet meer kon. Dat wist hij, en daarom ging hij ervoor zorgen dat ze regelmatig werd afgelost en zelf ook goed uitrustte.

Magdalena merkte helemaal niet dat Eberhard zo over haar zat te piekeren, onder de indruk van haar veel te grote hart en haar enorme kracht, en ze had ook niet door dat hij bijna uit elkaar spatte van al die liefde die hij voor haar voelde. Terwijl ze de ontstoken wond opnieuw in een doek wikkelde, zei ze: 'Leg die gebruikte lap maar in die emmer die ik daar heb neergezet. Als we er een paar hebben, koken we die goed uit om alle bacteriën te verwijderen. Pas daarna gebruiken we ze opnieuw.'

Hans lag met gesloten ogen en rode wangen in bed en verroerde zich niet, maar af en toe kreunde hij wel zacht.

'Eberhard, zou jij vandaag het werk in de stal kunnen doen?' vroeg Magdalena. 'De koe had allang gemolken moeten worden.'

Dat had hij zelf ook wel kunnen bedenken. Vol schuldgevoel sprong hij overeind. 'Ja, natuurlijk, dat doe ik meteen. Daarna kom ik weer even bij je kijken, en als alles goed gaat en je even zonder me kunt, wil ik nog even wat bonen gaan branden.'

'Dank je, Eberhard. Hans en ik redden ons hier wel.' Ze sloeg haar ogen neer en Eberhard zag meteen dat ze nog ergens mee zat.

'Wat is er?' vroeg hij. Hij vermoedde dat er nog een taak was die hij van haar moest overnemen.

'Zolang ik voor Hans moet zorgen, neemt Barbara het stoppen van de zijden kousen over,' zei ze zacht. 'Ik vond dat je dat moest weten.'

Dat zat Eberhard helemaal niet lekker, want hij wilde niet dat zijn zusje zo hard moest werken. Ze hoorde met school bezig te zijn en van haar vrije tijd te genieten, door de oorlog had ze al geen onbezorgde jeugd gehad. Maar hier kon hij weinig tegen beginnen. En hij had nog geen goede reden om van Magdalena te verlangen dat ze met dat werk ophield.

Ik moet echt aan die trommelbrander zien te komen, dacht hij bij zichzelf, een tikje narrig omdat hij nog steeds geen idee had hoe hij dat voor elkaar moest krijgen. Hij wist alleen dat hij zonder goed gereedschap nooit een winstgevend bedrijf van de grond kon krijgen.

'Eberhard,' zei Magdalena zacht, 'toe, we hebben dat geld hard nodig. Ik wil niet dat jij nog meer risico neemt, en dat werk is een goede manier om wat bij te verdienen.'

Magdalena kon niet weten dat ze met zulke opmerkingen het vuur in hem niet doofde, maar er juist meer olie op gooide.

Dit was waarschijnlijk niet het goede moment, maar misschien moest hij zijn vrouw toch maar over zijn plannen vertellen. Ze moest begrijpen dat hij inmiddels schoon genoeg had van al dat geschipper en dat amateuristische gedoe.

'Magdalena, ik...'

Hans kreunde weer en Magdalena draaide zich meteen naar hem om. Ze bette zijn voorhoofd, gaf hem een slok water en stelde hem gerust. Toen wendde ze zich weer tot Eberhard. 'Je wilde iets zeggen?' vroeg ze.

Maar het juiste moment was al voorbij. Eberhard schudde zijn hoofd. 'Niks, het is al goed. Laat Barbara dat werk voorlopig maar overnemen.' Hij gaf haar een zoen. 'Ik ga de dieren verzorgen.'

Hoofdstuk 9

Reisplannen

Aken • Aachen • Oche • Aix-la-Chapelle • Aquae Granni

Heden: mei

Toen Corinne thuiskwam, had Noah Mia haar avondeten al gegeven, haar klaargemaakt voor haar bedje en haar op de bank een verhaaltje voorgelezen. Het meisje wreef in haar ogen toen ze haar moeder hoorde en stak slaperig haar armen naar Corinne uit.

'Kom maar, lieverd.' Corinne tilde haar dochtertje op. Noah kreeg een tedere glimlach en een luchtzoen. Later kon ze hem nog uitgebreid begroeten.

Mia kroop dichter tegen Corinne aan en legde haar hoofd tegen de borst van haar mama. Ze kon haar ogen bijna niet meer openhouden. 'Ik breng haar eerst even naar bed.'

Mia sliep al toen ze haar naar haar kamer bracht. Voorzichtig legde Corinne haar dochtertje in het ledikantje, en nadat ze haar had toegedekt, bleef ze nog even naar haar slapende kindje staan kijken.

Mia was zo betoverend. Ze had een zachtaardig uiterlijk en een al even zachtaardig karakter. Ze wilde altijd alles met iedereen delen en reageerde lachend, hartelijk en open op alle levende wezens die ze tegenkwam.

Blijf dat doen, mijn hummeltje, dacht Corinne. Ze boog zich over Mia heen en gaf haar een nachtzoen. Het zat haar niet lekker dat ze weer zoveel tijd in haar werk had moeten steken en daardoor kostbare uren met haar dochter had moeten missen. En ze miste al zoveel, op deze leeftijd ging de ontwikkeling van een kind razendsnel. Ze was bang dat ze, als ze zo doorging, de belangrijke mijlpalen in Mia's leven zou missen.

En voor Mia gold natuurlijk hetzelfde, die moest haar moeder vaak missen omdat die zoveel tijd aan haar werk besteedde. Het schuldgevoel daarover knaagde behoorlijk aan Corinne.

Natuurlijk kon Noah uitstekend voor Mia zorgen. Hij was een erg goede vader die heel veel van zijn kind hield en zich waarschijnlijk veel beter van zijn taak kweet dan Corinne had kunnen doen. Ze had grote bewondering voor hem omdat hij alles altijd zo goed regelde. Hij maakte speelafspraken, ging met haar naar babyzwemmen, nam haar mee naar de speeltuin en regelde bezoeken aan de dokter. Corinne probeerde om bij alle belangrijke afspraken aanwezig te zijn, maar dat lukte niet altijd. Mia was in goede handen, maar soms vroeg Corinne zich af of ze wel de juiste beslissing had genomen. Ze was immers Mia's moeder en het was duidelijk dat haar kindje haar nodig had en haar miste. Omgekeerd gold hetzelfde.

Met pijn in het hart rukte Corinne haar blik los van het slapende meisje. Ze deed haar best om de sombere gedachten te onderdrukken die haar sinds de geboorte van Mia telkens weer plaagden. Die stopte ze diep weg. Voordat ze de deur dichtdeed, zette ze de babyfoon aan. Daarna wilde ze naar de keuken lopen, maar ze bedacht zich en liep eerst de trap op naar de slaapkamer.

'Kijk jou toch eens,' zei Noah toen ze even later fris gedoucht en in een joggingbroek en een dikke trui weer de keuken in liep. Hij legde de ui die hij net had willen snijden weg en trok Corinne tegen zich aan. Dicht tegen zich aan.

Het deed haar goed, de geborgenheid die ze bij Noah vond, zijn tedere zoenen. Zeker na zo'n inspannende dag als deze. Ze kroop iets dieper weg in zijn armen en zoende hem nog eens, maar voordat het echt hartstochtelijk kon worden keek Noah haar vragend aan.

'Kun je er wat meer over zeggen? Hebben jullie al kunnen ontdekken wat er aan de hand is?'

'Dat komt later wel,' zei Corinne. Ze keek hem lachend aan. 'Ik wil nu eerst weten waar de aardbeientaart is.'

'Ah, daar is mijn taartenkruimelmonster,' antwoordde Noah plagend. 'Ik moet je helaas mededelen dat die taart te lekker was en dat Mia en ik ons niet konden inhouden.'

'Pardon?' Corinne keek hem ongelovig aan.

Hij haalde verontschuldigend zijn schouders op en hield zijn hoofd scheef, maar Corinne zag aan zijn mondhoeken dat hij zijn lachen probeerde in te houden. Hij nam haar in de maling! En ze was er bijna in getrapt, want ze had zich al de hele dag op die taart verheugd.

'Naarling.' Ze gaf hem een stomp tegen zijn onderarm.

'Wie, ik?' Noah deed zogenaamd verontwaardigd, maar nu kon hij zijn lach niet langer onderdrukken. 'Wat een gemene insinuatie,' ging hij verder. 'Je had me moeten laten uitpraten. Ik wilde namelijk zeggen dat Mia en ik ons niet konden inhouden en onze porties dus razendsnel naar binnen hebben gepropt, én dat jouw punt natuurlijk in de koelkast op je staat te wachten.'

'Dan heb je geluk,' merkte Corinne op, die al op weg was naar het lekkers. 'Ik vroeg me namelijk al af of ik je vannacht uit de slaapkamer moest verbannen. Taartdieven mogen immers niet knuffelen.'

'Maar taartleveranciers hopelijk wel.'

'Hm,' zei Corinne, die de eerste hap al ophad voordat ze ermee terug naar de tafel was gelopen. In het voorbijgaan gaf ze Noah een kus en hij likte een klodder slagroom van haar lip. 'Zeker weten,' mompelde Corinne.

Ze ging aan de keukentafel zitten om zich vol overgave aan Susans aardbeiencreatie te kunnen wijden. Die was echt verrukkelijk.

'Je hoort een dessert eigenlijk na het eten te verorberen, maar wat maakt het uit,' zei Noah. 'Terwijl jij zit te smikkelen en me misschien nog iets over je dag gaat vertellen, maak ik ondertussen een salade voor ons klaar. Ik heb nog camembert, die kan ik paneren en bakken. Heb je daar zin in?'

'Noah, engel, wil je met me trouwen?' vroeg Corinne in plaats van antwoord te geven.

Noah schudde woest zijn hoofd. 'Het spijt me, ik ben al bezet. Iemand anders heeft me al met huid en haar ingepikt.'

'Goed zo,' zei Corinne. Ze vond het zo fijn om weer thuis te zijn, grappen te maken met Noah en simpelweg te genieten. Ze nam een hap van het biscuitdeeg met aardbeien. Terwijl ze de heerlijke geur en smaak in zich opnam, viel haar blik op een van haar favoriete uitspraken, die op een bordje boven de tafel aan de muur hing.

Koffie is alleen slecht als er vanaf de vijfde verdieping een hele zak op je hoofd valt.
*Albert Darboven (*1936, ondernemer)*

Onwillekeurig moest ze lachen. Albert Darboven was de eigenaar van een traditioneel bedrijf dat heel erg op Ahrensberg Koffie leek. Het was duidelijk dat deze uitbater net zo'n gevoel voor humor had gehad als haar opa.

Haar blik dwaalde al af naar het volgende bordje, maar toen sprak ze zichzelf streng toe. In plaats van al die uitspraken over koffie te lezen, die ze toch al uit haar hoofd kende, kon ze maar beter serieus worden. Het was jammer, maar ze kon de problemen nu eenmaal niet negeren en van een rustig avondje genieten. Noah wilde natuurlijk graag weten wat er aan de hand was en ze moest haar nieuwtje kwijt, ook al maakte haar dat een beetje zenuwachtig. Sinds Frieda haar op dat geweldige idee had gebracht, voelde ze de reiskoorts kriebelen.

'Goed dan. Als je het niet erg vindt dat ik tussendoor aan de taart zit, zal ik je van de nieuwste ontwikkelingen op de hoogte brengen. Al valt er niet zo heel veel te melden.'

Noah begon de ui te pellen die hij eerder opzij had gelegd en Corinne zei nog wat over de rampzalige levering, maar de meeste details had ze hem eerder al aan de telefoon verteld. En daarna moest ze hem meedelen wat hij nog niet wist.

'Fernando heeft het moeilijk. Ik kan niet precies zeggen wat het probleem is, maar het ziet ernaar uit dat het stichtingsproject niet bij iedereen even goed valt.'

'Waarom denk je dat?' vroeg Noah. 'Je probeert daarmee toch juist de omstandigheden van de mensen daar te verbeteren? Wie kan daar nu iets tegen hebben?'

'Nou ja, zo zien wij het, wij vinden dat allemaal heel positief. Dat betekent nog niet dat iedereen er zo over denkt. Voor de mannen die zien dat hun echtgenotes steeds zelfstandiger en vrijer worden, is dit misschien minder gunstig. Als een groot deel van de bevolking beter opgeleid is en meer kan verdienen, dan hebben ze ook meer invloed op hun eigen lot, maar degenen die baat hebben bij de oude structuren, zitten daar vast niet op te wachten.'

'En dat denk je allemaal omdat er wat hout is gestolen en een levering om onduidelijke redenen nat is geworden en daardoor is gaan schimmelen?' Noah keek haar vragend aan. 'Is dat niet een beetje voorbarig, Corinne?'

'Het gaat om meer dan alleen diefstal,' verdedigde Corinne haar vermoeden. 'Er zijn twee arbeiders spoorloos verdwenen en de vrouwen die lid zijn geworden van de coöperatie en nog voordat de school klaar is al aan de slag zijn gegaan, hebben opeens hun bedenkingen en dreigen er weer uit te stappen. Gemiste afspraken, bestelde goederen die nergens te vinden zijn, allerlei irritante gebeurtenissen die de boel ongelooflijk ophouden. Ik kan dat allemaal niet met elkaar rijmen.' Met een zucht legde ze haar vork neer. Opeens smaakte die heerlijke taart haar niet langer.

Noah had ondertussen de camembert gepaneerd. Ook de salade was bijna klaar.

'Als ik al die dingen, die op het eerste gezicht niets met elkaar te maken lijken te hebben, op een rijtje zet, dan komt er een bepaald patroon naar voren. En dat lijkt mijn vermoeden te bevestigen dat er sprake is van sabotage,' zei Corinne. Ze pakte het taartvorkje weer op en at verder.

Noah legde de kaas in de pan. Er klonk wat gesis en al snel was de keuken gevuld met de heerlijke geur van gebakken camembert. Corinne had haar taart al bijna op en genoot nu van de allerlaatste kruimels. Daarna stond ze op om het bordje in de afwasmachine te zetten en de tafel te dekken.

Voordat ze de borden uit de kast pakte, ging ze nog even achter Noah staan en gaf ze hem een zoen in zijn nek. Ze aaide hem vol liefde over zijn rug en genoot ervan om zo dicht bij hem te zijn.

'Ik ben blij dat we in elk geval samen kunnen eten. Het spijt me dat ik vandaag zo laat thuis was, maar toen Frieda en ik eenmaal aan het branden waren, hebben we meteen alle bonen gedaan. De voorraden zijn nu weer op peil. Alle blikken zijn vol en ik heb weer mijn handen vrij.' Ze zette de schaal met salade op tafel. Hoewel ze net een punt taart had gegeten, liep het water haar in de mond. Noah had een smakelijk uitziende salade gemaakt van verschillende soorten sla, paprika, tomaten, olijven en fijngesneden venkel. Hij haalde net de stukken camembert uit de pan en legde die op de borden.

'Eet smakelijk,' zei Corinne even later toen ze aan de heerlijke maaltijd begon. 'Dank je wel voor al deze verwennerij.'

'Eet smakelijk,' antwoordde Noah. 'Maar proef eerst maar voordat je me bedankt.' Hij glimlachte naar haar en nam toen zelf een eerste hapje kaas.

Corinne volgde zijn voorbeeld en slaakte een genietende zucht.

'Ik snap niet dat iemand die zo graag eet zo slank kan zijn. Het is niet te geloven met hoeveel genoegen jij altijd aan tafel zit.' Noah legde zijn vork neer en pakte even haar hand vast. 'Je bent zo mooi, Corinne. Dat heb ik volgens mij al veel te lang niet meer tegen je gezegd.'

Corinne voelde een aangename warmte in zich opwellen en keek Noah stralend aan. 'Dat is lief van je.' Ze vond het fijn dat Noah ook nu ze getrouwd waren en een kind hadden nog altijd liet merken hoeveel ze voor hem betekende.

Een tijdlang genoten ze zwijgend van hun maaltijd, maar ten slotte kon Corinne haar plan niet langer voor zich houden. Ze wilde dolgraag weten wat Noah ervan vond.

'Frieda kwam vandaag met een voorstel dat ik echt fantastisch vind. We hebben het tijdens het branden over de moeilijkheden in Brazilië gehad, en geconstateerd dat Fernando er eigenlijk geen oplossing voor weet te bedenken. Om een lang verhaal kort te maken, Frieda vroeg me waarom ik niet zelf een kijkje ga nemen. Een bliksembezoek, zeg maar. Misschien krijgen de mensen daar meer vertrouwen in het project als ze zien wie er achter de stichting zit.

En ik kan een objectieve blik op het geheel werpen, een compleet beeld ervan krijgen. Misschien kan ik, juist omdat ik een bepaalde afstand heb, dingen ontdekken die Fernando niet ziet omdat hij er te dicht bovenop zit.'

Corinne zat ondertussen de hele tijd naar Noah te kijken. Hij zag er aanvankelijk verbaasd en vervolgens wat sceptisch uit. Het was duidelijk dat ze hem hiermee behoorlijk overrompelde, al was het ook weer niet zo vreemd. Het lag voor de hand dat ze als directeur van de stichting vroeg of laat een kijkje zou moeten nemen, in dit geval dus eerder vroeg dan laat.

'Dat is niet de enige reden om eens langs te gaan. Het wordt Luciana allemaal een beetje te veel en ik denk dat ze mijn steun goed kan gebruiken.'

Ze at een tikje buiten adem verder en wachtte gespannen op Noahs reactie.

'Dat wordt een behoorlijk vermoeiende reis, Corinne. Weet je zeker dat je jezelf dat voor een paar dagen wilt aandoen?'

Corinne keek hem een beetje verbaasd aan. Ze had heel veel mogelijke antwoorden bedacht, maar niet dit.

'Wat zou je ervan zeggen als we er een reis van twee weken van maken? Dan kunnen Mia en ik ook mee,' ging Noah verder.

Zodra het idee om naar Brazilië te gaan bij haar was opgekomen, had ze natuurlijk ook aan die mogelijkheid gedacht. Ze zou het heel fijn vinden om samen met man en kind te gaan, maar ze had al snel een streep door dat plan gehaald.

'Noah, dat is een erg leuk voorstel, en eerlijk gezegd heb ik daar zelf ook al aan gedacht, maar ik weet niet of het verstandig is.'

Ze zag aan de blik in zijn ogen dat haar antwoord hem teleurstelde en dat deed haar pijn. Ze had graag ja willen zeggen, maar dat kon ze niet. En dat zou hij vast wel begrijpen zodra ze hem had uitgelegd hoe lastig zo'n lange reis met een klein kind was. En dat ze er weinig aan hadden omdat ze het grootste deel van de tijd aan het werk zou zijn.

'Brazilië is geen makkelijke bestemming, Noah. We zouden aan de kinderarts moeten vragen welke vaccinaties Mia nodig heeft. En dan moet ze ook nog wennen aan een ander klimaat en ander eten. Stel dat ze last van haar maag of haar darmen krijgt? En dat allemaal vanwege wat in wezen een zakenreis is? Wil je je dochtertje dat aandoen? Ik zou het helemaal niet prettig vinden als zo'n lange reis, die vreemde taal en die onbekende omgeving te veel voor haar zouden zijn en ze daaronder zou lijden.'

Noah mompelde iets en leek even na te denken. Ondertussen at hij het laatste hapje van zijn kaas. Daarna legde hij zijn bestek neer.

'Daar heb je op zich gelijk in, Corinne, dat moet ik toegeven. Maar ik laat je ook niet graag in je eentje gaan. Daar voel ik me niet prettig bij.'

Corinne ademde diep in en deed haar mond open om tegen Noah in te gaan, maar hij stak zijn hand op om aan te geven dat ze hem zijn verhaal moest laten doen.

'Ik weet dat je wel tegen een stootje kunt en dat je je mannetje, eh... vrouwtje staat, Corinne. Daar gaat het ook niet om. Ik vind het gewoon geen fijn idee dat je in je eentje op pad gaat, dan maak ik me veel te veel zorgen.'

'Dat is lief van je, Noah, maar je hoeft je echt niet druk te maken. Ben je soms vergeten dat ik al eens bij Fernando ben geweest? Zonder oppas?'

Noah stond op. 'Koffie?' vroeg hij.

Corinne knikte. 'Ja, graag.' Ze stond ook op en begon de tafel af te ruimen. 'Weet je, volgens mij heeft Frieda gelijk,' merkte ze op. 'Misschien is het goed voor ons project als ik daar als leidinggevende mijn neus laat zien. Dat kan vertrouwen scheppen.'

Corinne had in elk geval het gevoel dat ze door een reis naar Brazilië misschien beter in haar rol als directeur van de stichting en hoofd van het vrouwenproject kon groeien. Ze werkte al een paar maanden voor de stichting en aan dit initiatief, maar ze had haar draai nog steeds niet helemaal gevonden. Ze moest immers alles uit het niets opbouwen en tot nu toe voelde dat een beetje als een luchtkasteel. Een bezoek aan Brazilië kon haar misschien helpen om een concreter beeld te krijgen, zodat ze niet langer het gevoel had dat ze aan verbeteringen werkte die alleen op papier bestonden, maar aan een project dat wel degelijk invloed had op het leven van anderen. Bovendien keek ze er heel erg naar uit om Fernando en Luciana weer te zien, de plantage te bezoeken en opnieuw de oorsprong van de koffie te zien.

Noah liep met de kopjes naar de tafel en Corinne zette een schaaltje met koekjes in het midden. Ze gingen weer zitten.

Hij dacht een tijdje na en zei toen: 'En je wilt en passant ook even die lui onder de loep nemen? Meen je dat echt? Het is geen spelletje, Corinne. Als er echt serieuze pogingen worden gedaan om jouw initiatieven en al die veranderingen te dwarsbomen, dan is niet te zeggen hoever je tegenstanders willen gaan. Je hebt geen idee wie je tegenover je hebt. Vind je dat niet riskant? Mijn nekharen komen al overeind als ik eraan denk dat die onbekenden je in gevaar zouden kunnen brengen.'

'Dat snap ik best, maar denk je dat dat anders is als Mia en jij meegaan? Bovendien moeten we dan ook nog voor Mia zorgen. In een vreemd land, waar de medische zorg niet altijd even optimaal is. Ander weer, een verre reis, een jetlag. Ik denk dat dat te veel voor Mia is, zeker omdat ik daar maar zo kort ben. En als jullie meegaan, dan kost het me veel meer moeite om me op mijn werk te concentreren, dan moet ik telkens aan jullie denken. Stel dat er iets met Mia gebeurt en dat we niet de juiste hulp kunnen krijgen? Dat zou ik mezelf nooit vergeven. En wat mijn "tegenstanders" betreft, ik denk niet dat het hier om ernstige bedreigingen gaat. Het lijkt me niet meer dan een beetje tegenwind en dat kan ik wel aan. Ik wil daar iets veranderen en dat is niet altijd eenvoudig, zeker niet voor een jonge vrouw uit het verre Duitsland die de mensen daar wel even komt vertellen wat ze moeten doen. Ik denk dat ik alleen al door daar te zijn heel veel kan veranderen en ik weet zeker dat ik geen gevaar loop. Misschien ontdek ik inderdaad het een en ander. Natuurlijk kun je niet in iemands hoofd kijken, en niemand daar zal openlijk toegeven dat ze er een potje van hebben gemaakt. Maar aan mijn voelsprieten mankeert niets, en misschien valt mij iets op wat Fernando over het hoofd heeft gezien.'

'Wat zou je ervan zeggen als alleen ik met je meega? Dan vragen we Klara of ze een week lang hier wil logeren. Dan is het voor Mia waarschijnlijk helemaal geen probleem.'

'Wat heb jij daaraan, Noah?' vroeg Corinne op haar beurt. Ze schudde haar hoofd. 'Nee, dat vind ik niks. Mia is dol op Klara, en Klara is dol op haar, maar een hele week? Dat hebben we nog nooit geprobeerd en dat doe ik liever niet als we aan de andere kant van de wereld zitten en niet meteen terug kunnen komen als het niet goed gaat. Ik moet me tijdens dat bezoek op mijn werk concentreren en ik kan heel goed zonder jou als oppasser. Ik ben een volwassen vrouw, een onderneemster, ik weet wat ik doe. Ik wil graag dat je me steunt en geen vraagtekens zet bij mijn zelfstandigheid. En ik heb het liefst dat je hier bij Mia blijft, zodat ik er zeker van kan zijn dat met haar alles goed gaat. Je hoeft echt niet de sterke echtgenoot uit te hangen die mij zo nodig moet beschermen.'

Ze had hem niet zo de les willen lezen en had al spijt zodra die felle woorden over haar lippen waren gerold. Het kwam maar heel zelden voor dat Noah en zij ergens over ruzieden en ze vond dat elke keer weer even naar. Ze begreep dat dit een serieuzer onderwerp was dan ze aanvankelijk had gedacht. Het was helemaal niks voor Noah om de baas over haar te willen spelen of haar als zwak te beschouwen. Ze begreep niet goed wat het probleem was en daarom gaf ze toe aan haar eerste opwelling en legde ze de nadruk op haar zelfstandigheid.

Jarenlang had ze haar vader geprobeerd duidelijk te maken dat ze ook als meisje alles kon wat ze maar wilde, dat ze bijvoorbeeld heel goed een hoge functie in het bedrijf kon bekleden. En nu had ze opeens weer dat gevoel dat een ander onvoldoende vertrouwen in haar had en niet geloofde dat ze zonder hulp haar doel kon bereiken. Daardoor voelde ze de drang om voor zichzelf op te komen, bang dat het anders gedaan was met haar zelfstandigheid en zelfvertrouwen.

Noah gaf zich gewonnen. 'Wanneer wil je vertrekken?' vroeg hij.

Hij zag er zo gekrenkt uit dat Corinne zich meteen schuldig voelde. Bovendien wist ze nu al dat ze haar lief heel erg ging missen. Noah moest niet denken dat alleen hij een offer bracht, want voor haar zou het net zo zwaar worden. Of zelfs nog zwaarder, want Noah zat hier straks samen met Mia, die hem kon troosten en afleiden. Zij wilde ook liever bij haar dochtertje zijn, maar ze had deze taak nu eenmaal op zich genomen en wilde zich niet aan haar verantwoordelijkheden onttrekken of een ander ermee opzadelen.

De volgende morgen sneed Noah het onderwerp tijdens het ontbijt opnieuw aan. Mia sliep nog en Corinne was heel vroeg opgestaan om vóór haar vertrek naar Brazilië nog van alles te regelen. Bovenaan haar lijstje stond 'vlucht boeken'.

'Corinne, ik wil voordat je een ticket koopt nog het een en ander bespreken. Ik wil heel graag met je mee en het is niet zo dat we geen andere mogelijkheden hebben. Ik heb er nog eens goed over nagedacht en zie echt niet zoveel bezwaren om ook Mia mee op reis te nemen. Andere ouders vliegen toch ook met hun kinderen?'

'We hebben het er al over gehad, Noah,' antwoordde Corinne. Het ontging haar niet dat ze prikkelbaar klonk. 'Ik blijf maar een week weg. Het is gekkenwerk om Mia aan al die stress bloot te stellen.'

'Maar waarom wil je onze kleine meid niet bij Klara achterlaten? Zij zorgt nu al voor Mia, en Mia voelt zich bij haar op haar gemak. Reken maar dat die twee het samen heel gezellig zouden hebben.'

'Het is nogal een verschil of Klara een middagje op Mia past, die daarna weer teruggaat naar haar ouders en de vertrouwde omgeving, waar haar papa haar 's avonds naar bed kan brengen en een nachtzoen kan geven, of dat we duizenden kilometers verder weg zitten en ze een hele week bij Klara zit. Het maakt niet uit of Klara hier komt logeren, waar het om gaat, is dat wij er niet zijn. Ik zie gewoon niet de noodzaak om Mia dat aan te doen. Ze is nog zo klein. Ik red me wel in Brazilië, het is tijdens mijn eerste reis ook allemaal goed gegaan en toen had ik geen oppasser bij me,' herhaalde ze wat ze al eerder had gezegd. Ze kreeg steeds meer het gevoel dat Noah geen vertrouwen in haar had. Dat maakte haar niet alleen kwaad, maar stelde haar ook teleur. Dit paste helemaal niet bij hem. Toch wilde ze haar best doen om de angel uit het gesprek te halen.

'Schat, ik vind het lief dat je zo bezorgd bent, maar zo is het genoeg. We hebben het hier gisteren al over gehad. Ik sta aan het hoofd van de stichting en een van mijn taken is erop toezien dat alles ter plaatse goed gaat. En de mensen daar steunen. Wil je tijdens zo'n reis echt mijn waakhond zijn? Ik was toch al van plan om dit jaar naar Brazilië te gaan, maar vanwege die laatste ontwikkeling ga ik gewoon een paar maanden eerder.'

'Goed, ik geef me gewonnen. Ik was heel graag met je meegegaan, maar van uitstel hoeft geen afstel te komen. We kunnen altijd later nog wat langer gaan en er een vakantie met het hele gezin van maken. Wat zeg je daarvan?' Noah nam Corinne in zijn armen en hield haar stevig vast. Het was duidelijk dat hij ook geen zin had in ruzie. 'Laten we van onze tijd samen genieten voordat je vertrekt en ons hier alleen laat.' Hij knipoogde, maar Corinne wist niet zeker of hij die laatste opmerking ironisch bedoelde. Toch gaf ze hem een zoen.

'Dank je, Noah. Ik ben heel blij dat je het begrijpt.'

De babyfoon begon te kraken. Mia werd wakker.

'Laat mij maar,' zei Corinne. Ze moest er eigenlijk al vandoor, maar bij de gedachte dat ze haar kindje een week lang niet zou zien speelde haar moederinstinct op. Het liefst had ze al haar afspraken afgezegd om bij haar kleine te kunnen blijven, maar omdat dat niet ging, wilde ze nu in elk geval een halfuurtje langer blijven.

Corinne trok net een sokje over Mia's voetje toen Noah de kinderkamer in liep.

'Er zat een brief voor je in de bus.' Hij haalde zijn schouders op. 'Geen afzender.'

Nieuwsgierig pakte Corinne de envelop van hem aan. Noah nam haar plaats aan de commode over en Corinne scheurde de envelop open en haalde de inhoud eruit.

Zodra haar blik over de woorden schoot, ontsnapte haar een geschrokken zucht. Sarah had een broer gehad? En die was vermist geweest? Hoe wist hij dan dat Sarah overleden was en dat Corinne haar erfgename was? De vragen tolden door haar hoofd.

'Nog meer problemen?' vroeg Noah, die haar van opzij een bezorgde blik toewierp.

'Dat weet ik niet,' antwoordde Corinne. Ze keek even naar Mia en keek Noah toen waarschuwend aan. Dit ging ze niet bespreken waar die kleine bij was.

Geachte mevrouw Ahrensberg-Engel,

Mijn naam is Maximilian Rosenbaum. Ik ben de broer van Sarah Rosenbaum.

Waarschijnlijk weet u niet eens van mijn bestaan, want ik geld als vermist en ben er vrij zeker van dat mijn zus met geen woord over mij heeft gerept.

De precieze details van onze geschiedenis zal ik u besparen. Ik kan u wel zeggen dat ik u indien gewenst schriftelijke bewijzen kan overhandigen. Mijn geboorteakte kan elke twijfel wegnemen. De rest van mijn verleden is een familiekwestie en gaat vreemden niets aan.

Nu over de reden van dit schrijven.

Via via heb ik vernomen dat mijn zus Sarah Rosenbaum onlangs is overleden. Dat vind ik natuurlijk bijzonder droevig.

Verder heb ik ook begrepen dat u tijdens Sarahs laatste levensjaren het vertrouwen van mijn zus hebt kunnen winnen. U schijnt nu de voornaamste erfgenaam van haar aanzienlijke vermogen te zijn. Beste mevrouw Ahrensberg-Engel, het spijt me voor u, maar dat kunt u vergeten. Ik behoor tot de familie Rosenbaum en maak daarom aanspraak op de erfenis. Ik hoop en ga ervan uit dat u het fatsoen hebt om afstand van de erfenis te doen. Mocht ik me daarin vergissen, dan spijt me dat. In dat geval mag de rechtbank zich over deze kwestie buigen.

Maar ik geef u één goede raad: denk er goed over na.

Rechtszaken om erfenissen duren vaak lang en kosten erg veel geld. Aangezien u aan het einde van een dergelijke zaak niets zult overhouden van wat u nu als uw eigendom beschouwt, zult u alles uit eigen zak moeten betalen. Daarom nogmaals: denk hier goed over na.

In afwachting van uw reactie verblijf ik, met vriendelijke groeten,

Maximilian Rosenbaum

PS: bij deze brief treft u een visitekaartje met mijn gegevens aan.

Hoofdstuk 10

Maximilian Rosenbaum

Aken • Aachen • Oche • Aix-la-Chapelle • Aquae Granni

Heden: juni

Corinne haalde geïrriteerd haar mobiele telefoon van haar oor en smeet hem op de toilettafel. Met een ongeduldige kreun leunde ze achterover op haar stoel. Ze legde haar hoofd in haar nek, begroef haar handen in haar haar en vroeg zich af wat er in vredesnaam aan deze persoon mankeerde.

Omdat deze houding prettig aanvoelde, bleef ze even zo zitten, met haar blik gericht op het prachtige oude balkenplafond. Het hout had heel wat meegemaakt en dat was te zien. Elke groef, elk gat dat door een spijker was achtergelaten, vertelde een verhaal. Had haar opa soms ook naar deze balken zitten kijken en van hun schoonheid genoten? Dat was een fijne gedachte. Ach, opa, dacht ze, wat had jij van al dit gedoe gezegd?

Eberhard Ahrensberg kon natuurlijk geen antwoord geven, maar Corinne wist heel goed wat hij had kunnen zeggen. 'Alles is wel ergens goed voor, Corinne.' Dat was zijn lijfspreuk geweest, zijn levensmotto. En hij had er veel plezier in gehad om elke keer weer het gelijk van die woorden aan te tonen. Het maakte niet uit wat voor negatieve ervaringen ze opdeed, haar opa had haar telkens weer geholpen om achter de wolken de zon te zien. Niet alleen tijdens zijn leven, maar ook na zijn dood door middel van zijn dagboek, dat Corinne heel erg aangreep en haar hielp om op de woelige baren van het leven haar koers uit te zetten. Ze had al een hele tijd niet meer aan zijn woorden gedacht, maar waarom juist nu wel? Wat was er goed aan om als bedriegster te worden afgeschilderd? Ze had geen idee, en ze kon ook geen enkel scenario bedenken waarin deze Maximilian Rosenbaum ergens goed voor was. Ze had heel graag geweten wat volgens haar grootvader hier het lichtpuntje was, maar daar zou ze nooit achter komen.

Corinne slaakte een zucht en merkte dat er een traan over haar gezicht liep. Ze was doodop. Sinds ze die brief had ontvangen, had ze amper nog een oog dichtgedaan, maar des te meer gewerkt en zitten piekeren over een mogelijke oplossing. Weer dwaalde haar blik af naar de balken boven haar hoofd, die er zo eerbiedwaardig uitzagen. Ze was dol op dit huis met zijn oude schatten. Noah en zij hadden hun uiterste best gedaan om tijdens de verbouwing zoveel mogelijk oorspronkelijke details te behouden.

De balken bewonderen was wel een erg zielige poging om haar gedachten af te leiden, moest Corinne enige tijd later bekennen. Zelfs het huis met al zijn historie kon haar woede niet temperen. Telkens weer piekerde ze over de nare situatie waarin ze nietsvermoedend verzeild was geraakt.

Alsof ze een erfenis zou inpikken! Dat leek Maximilian Rosenbaum te denken, dat ze daarom met Sarah had aangepapt. Hij had zijn woede en afschuw jegens haar niet onder stoelen of banken gestoken, maar hij kende haar niet eens. Corinne had geen flauw idee waarom hij zo'n naar oordeel over haar velde.

En waarom was het haar in de afgelopen twee dagen niet gelukt om deze nare man, die blijkbaar aanspraak op Sarahs bezit wilde maken, te bereiken? Waarom had hij haar eerst een brief gestuurd en haar later nog eens gebeld? Hij had met hel en verdoemenis en hoge kosten gedreigd in het geval ze zich zou verzetten, dat had hij in zijn brief duidelijk gemaakt en dat had hij tijdens zijn telefoontje nog eens herhaald. Voordat ze een woord had kunnen uitbrengen, was Maximilian Rosenbaum meteen flink van leer getrokken. Het had hem geen moer kunnen schelen wat zij te zeggen had.

Als zij hem niet wilde geven waar hij volgens eigen zeggen recht op had, dan zou hij niet aarzelen om er een zaak van te maken. Daar was hij heel duidelijk in.

Corinne was zo van haar stuk gebracht en overrompeld geweest dat ze het eerste het beste had gezegd wat haar inviel: dat ze bewijzen wilde zien.

'Meneer Rosenbaum, mocht de situatie inderdaad zo zijn als u beweert, dan ga ik er natuurlijk voor zorgen dat u als rechtmatige erfgenaam krijgt waar u recht op hebt,' had ze hem duidelijk gemaakt, waarop hij met een tevreden grom had geantwoord. Maar hij had te vroeg gegromd, want Corinne was nog niet klaar geweest. 'Maar u begrijpt natuurlijk ook dat ik uw bewering niet zomaar voor zoete koek ga slikken. Ik ken u niet. Hoe kan ik nu weten dat u de waarheid spreekt? Dat moet ik zelf kunnen natrekken. U moet bewijzen kunnen overhandigen waar geen speld tussen te krijgen is. Bijvoorbeeld een identiteitsbewijs en een geboorteakte. Laat me maar weten waar en wanneer we kunnen afspreken.'

Haar stem had opvallend zelfverzekerd en vast geklonken, maar ze had over haar hele lijf zitten beven en was bijna gestikt omdat ze vanwege al die spanning amper adem kon halen.

Heel even viel er een stilte aan de andere kant van de lijn, maar toen hoorde Corinne haar gesprekspartner briesen van ongeduld.

'Hebt u niet door dat u zichzelf enorm voor schut zet, mevrouw Ahrensberg-Engel?' vroeg hij, waarbij Corinne de indruk had dat hij vooral dat 'Engel' zo benadrukte dat het spottend klonk. 'Wilt u zich soms belangrijk voelen? Of wordt u door iets anders gedreven, mevrouw Engel?' Weer legde hij op een onaangename manier de nadruk op haar naam en deze keer nam hij niet de moeite om de naam Ahrensberg te gebruiken. Corinne had even de neiging om hem daarop te wijzen, maar besloot het niet te doen. Dat zou koren op zijn molen zijn, en bovendien ging hij toch al verder.

'Als ik me tot de autoriteiten wend om mijn erfenis op te eisen, dan moet ik sowieso mijn identiteit kunnen aantonen. Het is vrij bespottelijk dat u als particulier ook nog eens om dergelijk bewijs vraagt. Maar ik had van iemand als u, die er geen been in ziet om oude dames hun vermogen af te troggelen, ook niet anders verwacht. Ik zal u de bewijzen laten zien, en daarna mag u afstand doen van de erfenis, zodat ik mijn rechtmatig eigendom kan verkrijgen. Bovendien vraag ik me af of ik u kosten in rekening ga brengen voor de verliezen die ik door de wachttijd heb opgelopen.' Na die opmerking had hij een schamper lachje laten horen. 'Maar stapje voor stapje. Ik neem morgenochtend contact met u op, dan kunnen we een afspraak maken. Ik zal u alle bewijzen van mijn verwantschap met de erflaatster laten zien. Ik ben de rechtmatige erfgenaam. Daaraan kan zelfs iemand als u niets veranderen.'

Iemand als u.... Wat bedoelde hij daar nu weer mee? Hij kende haar helemaal niet, maar hij zag er blijkbaar geen been in om een oordeel over haar te vellen. Dit was niet te bevatten. Hij drong zomaar haar leven binnen, zette een grote mond op en nam vervolgens geen contact meer op. Erger nog, hij was sindsdien helemaal niet meer te bereiken, alsof hij van de aardbodem was verdwenen. Wat had dat nu weer te betekenen?

Ze had hem duidelijk gemaakt dat ze de kwestie zo snel mogelijk opgelost wilde zien omdat ze binnenkort op zakenreis ging. Het was onwaarschijnlijk dat ze voor haar vertrek alles zouden kunnen regelen, maar ze wilde in elk geval weten waar ze aan toe was voordat ze naar Brazilië vloog. De rest kon worden geregeld als ze weer terug was.

Ze moesten allebei contact met de betreffende autoriteiten opnemen, en zij had de erfenis inmiddels al officieel aangenomen. Corinne nam aan dat ze het recht aan haar kant had, maar ze had Sarahs broer meteen duidelijk gemaakt dat ze geen cent van het vermogen zou uitgeven totdat de kwestie was opgelost. Daar had hij instemmend op gereageerd.

Al had ze hem wat dit betreft niet de volledige waarheid verteld. Dat had ze pas beseft toen ze alweer had opgehangen. Ze had Beatrice inmiddels al opdracht gegeven om geld aan de stichting over te maken. Dat was spijtig, maar daar kon ze op dit moment niets meer aan doen. Bovendien was ze ervan uitgegaan dat Sarah daar geen bezwaar tegen zou hebben gehad.

En dan nog, ze hoefde zich helemaal nergens schuldig over te voelen, want ze had niets verkeerd gedaan. Die onaangename kerel moest eerst maar eens aantonen dat hij niet van alles uit zijn duim zoog. Tot nu had hij alleen maar ongegronde insinuaties en uit de lucht gegrepen beweringen geuit. Al dat gedoe zat haar behoorlijk dwars. Het liefst had ze de tijd genomen om uit te zoeken wie deze broer was, en waarom hij als vermist gold. Ze wilde dolgraag weten of er ruzie was geweest tussen broer en zus, maar ze had nu geen tijd om daarin te duiken. En bovendien ergerde ze zich aan zijn nare toon. Daardoor reageerde ze zelf ook vinniger dan haar gewoonte was.

Zachtjes mopperend stond Corinne op. Ze moest haar koffer nog pakken en zich haasten, want over vijf uur vertrok haar vlucht en ze moest nog het nodige regelen. Veel hoefde ze niet mee te nemen, want ze bleef maar een weekje weg en had op de plantage vooral behoefte aan praktische kleding.

Aanvankelijk had ze nog gedacht dat ze met haar kleren een statement moest maken, maar daar was ze van teruggekomen. Ze wilde de mensen daar laten zien dat ze weliswaar een vreemde was, maar niet bang om haar handen uit de mouwen te steken. Daarom belandden er een spijkerbroek en een shirt in haar koffer. De mensen moesten zien dat ze wilde helpen, dat ze hun een betere toekomst wilde geven.

Na enig nadenken had ze ook nog een paar kledingstukken van haar lievelingsmerk Camila in haar bagage gestopt. Die stonden haar goed en gaven haar een zelfverzekerd gevoel, zonder dat ze er te chic uitzag. De ontwerpster van dat merk kwam uit Aken, en hoewel de naam oorspronkelijk voor *casual mind lambswool* had gestaan, bestond de collectie allang niet meer uit alleen lamswol. Ze had Corinnes bruidsstola vervaardigd en dat was voor Corinne reden temeer om het merk te koesteren.

Ze koos alleen maar kleren uit die lekker zaten – eenvoudig, niet te dik en niet te dun, zo goed als kreukvrij – en waar ze platte enkellaarsjes bij kon dragen, die geschikt waren voor op de plantage en onverharde wegen. Voor bezoeken die ze samen met Fernando aan andere plantages wilde brengen, nam ze haar donkerblauwe jeans mee, die ze kon combineren met een knalblauwe riem en een beige topje. Ook daar pasten haar enkellaarsjes bij, en dat kwam goed uit, want Corinne had geen zin om met meer dan één koffer te slepen.

'Nog steeds niets?' vroeg Noah, die net de trap op liep. 'Mia en Klara zijn naar de speeltuin. Ze komen straks pas naar de villa, dan ziet Mia je niet met de koffer.'

Dat hadden ze zo afgesproken en Corinne knikte dankbaar. Ze vocht tegen haar tranen. Het afscheid van haar dochter viel haar erg zwaar en ze had op het punt gestaan om de hele reis maar af te zeggen. Of om Noah en Mia toch mee te nemen. Ten slotte had ze tegen zichzelf gezegd dat ze zich niet zo moest aanstellen.

Sinds duidelijk was geworden dat Corinne in haar eentje naar Brazilië zou gaan, reageerde haar man snel gepikeerd. Dat zat haar niet lekker, want zo kende ze hem niet, maar misschien was dat juist een teken dat ze moest gaan. Ze wilde laten zien dat ze dit varkentje kon wassen, misschien ook wel omdat de koffiebaron haar vaak het gevoel had gegeven dat ze bepaalde dingen niet kon omdat ze maar een meisje was. Daar kon Noah natuurlijk niets aan doen, dat wist Corinne ook wel, maar helaas moest hij van die kritiek nu wel de gevolgen ondervinden.

En ze had nu, zo vlak voor haar vertrek, geen tijd en ook niet de moed om wederom met Noah in conclaaf te gaan en uit te zoeken waarom hij zo nukkig was. Ze waren beleefd en zelfs lief tegen elkaar, maar er leek toch een muur tussen hen in te staan. Eentje die niet te zien was, maar die ze des te meer kon voelen.

Nu keek Noah toe terwijl ze nog een paar laatste spulletjes inpakte. Ten slotte stopte ze een roze eenhoorn met een staart in regenboogkleuren in haar koffer. Dat was een cadeautje voor Katalina, het dochtertje van Fernando en Luciana.

'Klaar,' zei Corinne. Met een diepe zucht deed ze haar koffer dicht.

Noah knikte. 'Ik zet je bagage wel in de koffiefee, kijk jij maar even of je niets bent vergeten. Daarna rijden we naar het Boontje, eten we nog een hapje bij Susan en vertrekken we rond twee uur naar het vliegveld. Dan zijn we ruim op tijd, zelfs als we in een file belanden. Is dat goed?'

'Dank je, Noah,' zei Corinne. Ze stak haar hand naar hem uit. Hij aarzelde heel even voordat hij haar tegen zijn sterke borst trok. Zijn weifeling was kort, maar die ontging haar niet en dat deed haar heel veel pijn. Toch genoot ze van zijn warme omhelzing en deed ze haar best om de indruk te wekken dat alles in orde was.

'Die Maximilian Rosenbaum laat wel weer iets van zich horen, Corinne. Maak je er niet al te druk over. Misschien moet je als je terug bent maar een advocaat in de arm nemen.'

'Dat is een goed idee, Noah, dank je. Dat zal ik doen.'

Ze bleven dicht tegen elkaar aan staan. Ze legde haar hoofd op zijn schouder, maar ze kon niet echt van zijn nabijheid genieten.

Wat ze nog erger vond dan die kwestie met Maximilian Rosenbaum, die voorlopig onopgelost bleef, was dat Noah helemaal niet doorhad dat het niet de erfenis was die haar zorgen baarde, maar de afstand tussen hen beiden. Ze moesten elkaar kunnen vertrouwen, ze moesten er voor elkaar zijn en elkaar steun kunnen bieden, maar nu gaf Noah haar eerder het gevoel dat ze niet in staat was om zo'n reis in haar eentje te ondernemen. Dat deed haar pijn. Tot nu toe had hij altijd achter haar gestaan, wat ze ook deed. Hij had er nooit aan getwijfeld dat ze alles kon doen wat ze maar wilde. Waarom had hij nu opeens zoveel problemen met haar besluit? Ze snapte er helemaal niks van. Had ze zich zo in hem vergist? Of lag het aan haar? Vond Noah het simpelweg niet fijn om van haar gescheiden te zijn? Die gedachte onderdrukte ze meteen, maar ze merkte dat de tranen in haar ogen sprongen. Snel zei ze weer iets om zichzelf van haar pijnlijke gevoelens te kunnen afleiden.

'Waar heb ik dat trouwens aan te danken, dat ik met zo'n nare figuur word opgescheept? Weet je, die Maximilian Rosenbaum doet me denken aan mijn oude huisbaas, Fabian Bühling, en dan bedoel ik niet op een positieve manier. Hij is net zo aalglad en arrogant. Hoe kan zo iemand de broer zijn van zo'n lieve vrouw als Sarah? Dat snap ik dus echt niet.'

Daar kwam het telkens weer op neer. Corinne begreep er nog altijd niets van. Het leek haar al dubieus dat Sarah een broer had gehad, want Sarah had Corinne altijd om haar familie benijd, zonder dat ze haar die natuurlijk misgunde. Het was in elk geval duidelijk geweest dat Sarah ook graag familie had gehad.

Als er een broer was geweest, dan had Sarah alles op alles gezet om hem te leren kennen, dat wist Corinne zeker. Al was hij nog zo'n zwart schaap geweest. En dan had ze Corinne ook beslist over zijn bestaan verteld. Maar dat was nooit gebeurd, ze had er zelfs niet vaag op gezinspeeld.

'We moesten maar eens gaan,' merkte Noah op. Hij gaf Corinne nog een kusje, pakte de koffer en liep naar de auto.

Corinne pakte haar telefoon en deed een laatste poging om Maximilian Rosenbaum te bereiken. Wederom zonder succes. Ze was zo nijdig op die vent. Nu moest ze met dit losse eindje in haar bagage naar Brazilië vliegen, alleen maar omdat meneer zich niet aan hun afspraak hield.

Ze had al twee keer een boodschap ingesproken en deed dat nu voor een derde keer, met de mededeling dat ze de komende week niet te bereiken was.

Nog een uur tot aan de landing. Corinne klapte doodmoe haar laptop dicht. Ze had tijdens de vlucht nog een keer de planning van de coöperatie doorgenomen, zowel de sociale aspecten als de bouwplannen die ze al eerder had opgesteld. Al met al was ze erg tevreden over wat haar team tot nu toe had bereikt. Er leek een goede basis te zijn gelegd waarop ze nu verder konden bouwen, in elk geval op papier. De vraag was of de werkelijkheid daarmee overeenkwam.

Als alles liep zoals ze hoopte, dan konden ze in de komende vijf dagen gezamenlijk ontdekken waar het project spaak liep. En hopelijk bepaalde hindernissen uit de weg ruimen.

Corinne gaapte, met haar mond dicht. Het was erg vermoeiend om zo lang stil te zitten, en het staren naar een beeldscherm maakte het al niet veel beter. Gelukkig had het werk haar wel van haar andere zorgen afgeleid.

Zo goed en zo kwaad als het in een vliegtuig ging, rekte ze zich uit. Ze draaide met haar schouderbladen, trok haar schouders ver naar achteren, hield de spanning in haar spieren een paar tellen vast en rekte toen andere spieren uit door haar schouders naar voren te duwen en haar rug bol te maken. Daarna was haar hoofd aan de beurt. Ze draaide het naar rechts, hield die houding een paar tellen vast en herhaalde dat vervolgens naar links. Ten slotte liet ze voorzichtig haar kin op haar borst zakken. Haar wervelkolom piepte en kraakte zo dat ze er bang van werd, maar door het rekken en strekken in haar stoel voelde ze zich wel meteen beter.

Natuurlijk had ze geweten dat het een inspannende reis werd, maar het viel haar toch behoorlijk tegen. Blijkbaar had ze de herinnering aan haar vorige vlucht met succes verdrongen. Misschien kwam dat ook door de omstandigheden van toen.

Nu ze weer onderweg was, kwamen de herinneringen aan haar laatste bezoek aan Brazilië weer boven. Toen had de heenreis door alle spanning en voorpret helemaal niet zo zwaar geleken. Ze ging naar de plantage om praktijkervaring op te doen en om te ontdekken waar de magie van de koffie precies begon. Het had niet lang geduurd voordat ze in de ban was geraakt van het land en zijn bewoners, en ze had een heerlijke tijd in Brazilië gehad.

Totdat de koffiebaron door een beroerte was getroffen. Van het ene op het andere moment had Corinnes leven er heel anders uitgezien. De omstandigheden hadden haar overweldigd, en van de terugvlucht die ze halsoverkop had moeten plannen, herinnerde ze zich alleen nog losse fragmenten, vooral al de keren dat ze tijdens die lange bange uren 'hopelijk...' had gedacht.

Ach, papa, dacht ze. Haar vader was het kloppend hart van Ahrensberg Koffie geweest, maar al sinds hun vroegste jeugd was er de nodige wrijving tussen hem en zijn kinderen geweest. Corinne en Alexander hadden zich verzet tegen zijn koppigheid, tegen het feit dat hij alles bij het oude wilde laten en niet openstond voor nieuwe ontwikkelingen. Traditie is de beste basis, had hij vaak gezegd, en daarmee had hij zijn kinderen af en toe tot waanzin gedreven.

Pas toen hij er niet meer was, ontdekte Corinne hoeveel goeds hij haar had geschonken, hoeveel ze van hem had geleerd. Ze had hem gemist en ze miste hem nog steeds, zelfs nu Alexander het familiebedrijf met succes de moderne tijd had binnengeloodst door die traditie eens flink af te stoffen. Dat was beslist nodig geweest.

Tijdens het doorvoeren van de nodige moderniseringen had Alexander zich een waardige opvolger getoond. Hij was uit de schaduw van zijn soms wat tirannieke vader gestapt en had zijn kennis uitgebreid en toegepast. Hij begreep welke betekenis de geschiedenis van het bedrijf had, maar hij had ook noodzakelijke vernieuwingen doorgevoerd. Hij was de derde generatie Ahrensberg-mannen aan het roer van het bedrijf, dat nog altijd groeide.

Corinne had het helemaal niet erg gevonden dat haar broer die functie vervulde, want zij was gelukkig in haar kleine branderij. Toen ze daarna ook nog de leiding over de stichting had gekregen, wist ze dat ze op de juiste plek was beland. Ze had op haar eigen manier de erfenis van haar grootvader overgenomen en zette zich nu in voor een betere wereld. Precies zoals hij dat tijdens zijn leven had gedaan.

Corinne ademde diep in, blij dat de stewardess kwam vragen of ze nog wensen had. Deze vlucht was een emotionele achtbaan. Hoe langer ze onderweg was, des te meer gevoelens haar overspoelden. Heden en verleden liepen door elkaar heen, ze voelde zich kwetsbaar en miste Noah en Mia nu al. Was het een vergissing geweest om in haar eentje op reis te gaan? Of had ze al eerder een fout gemaakt door zoveel tijd in de stichting en in het Boontje te steken in plaats van in haar kind? Corinne was nu zo onzeker dat ze dat niet eens kon zeggen, maar het was te laat om van gedachten te veranderen. Ze moest de uitdaging nu aannemen.

Bij wijze van troost pakte ze haar telefoon om haar foto's te bekijken. Haar hart zwol op zodra ze de stralende gezichten van Noah en Mia zag. Wat waren ze toch lief.

Voorzichtig streelde Corinne het schermpje. Ze bladerde door de foto's, die bijna allemaal van Mia waren. Noah stuurde haar elke dag wel een paar nieuwe kiekjes. Mia met spaghetti in haar haar. Met haar lievelingsknuffel, een stoffen haasje. Onder de tafel. In de zandbak, trots op haar eerste zandtaartje. Op de schommel. Soms stond ook Noah of Klara op de foto. Zij brachten de meeste tijd met Mia door. Corinne voelde even een korte steek van pijn in haar hart. Weer die nare jaloezie. Ze wilde graag meer tijd met haar dochter doorbrengen, maar minder werken zat er gewoon niet in. Ze had veel te veel te doen.

Corinne zette haar telefoon uit. De foto's hadden haar niet kunnen troosten, integendeel, ze miste haar gezin nu nog meer. Het liefst wilde ze in São Paulo meteen op het eerste het beste vliegtuig terug naar Duitsland stappen.

Stel je niet zo aan, zei ze meteen streng tegen zichzelf.

De intercom kraakte, gevolgd door de stem van de gezagvoerder die meldde dat ze weldra gingen landen. Dat was het moment waarop Corinne niet langer logisch kon denken en in de overlevingsstand schoot. Opstijgen vond ze helemaal niet erg, maar voor de landing was ze doodsbang.

Met trillende handen maakte ze haar gordel vast. Ze deed haar best om zich op haar ademhaling te concentreren, maar toen het toestel de daling inzette, klemde ze haar handen stevig rond de leuning en kneep ze haar ogen stijf dicht. Het suisde in haar oren, de aarde kwam steeds dichterbij.

Zodra ze de grond raakten, moest ze zich tot het uiterste beheersen om niet te schreeuwen.

Hoofdstuk 11

Familieoverleg

Aken • Aachen • Oche • Aix-la-Chapelle • Aquae Granni

Augustus 1948

'Eberhard, ik weet dat je doodmoe bent en dat er in het bedrijf nog heel wat werk op je ligt te wachten,' begon Magdalena na het ontbijt met zachte stem, terwijl ze de tafel afruimde.

Door dat toontje wist Eberhard natuurlijk meteen dat ze iets van hem wilde. Hij slaakte een ingehouden zucht. Ze had gelijk, hij was heel erg moe. Zijn smokkeltocht van afgelopen nacht was uitputtend en zenuwslopend geweest. Hij had een flink stuk moeten rennen omdat hij bijna in een schermutseling tussen douaniers en een bende smokkelaars verzeild was geraakt. Ten slotte was hij na een omweg van twaalf kilometer met pijn in zijn voeten rond zonsopkomst thuisgekomen. Het was hem nog net gelukt om in bed te kruipen voordat zijn vrouw opstond, dus Magdalena had niet gemerkt hoe weinig het had gescheeld. Hij kon haar niets over zijn avonturen vertellen, want ze was toch al overbezorgd als hij op pad ging.

Als ze wist hoe gevaarlijk het echt was en dat er vanwege de koffie een ware oorlog werd uitgevochten, zou ze flink over haar toeren raken. Daarom zei Eberhard altijd maar dat alles goed was gegaan en liet hij de nare details weg.

Terwijl hij wachtte totdat zijn vrouw hem vertelde wat ze op haar lever had, gaapte hij eens flink. Een uurtje slaap, meer had hij niet gekregen, en toen had hij al moeten opstaan. Er lag voor vandaag zoveel werk dat hij het zich niet had kunnen permitteren om langer te blijven liggen, al wilde hij het wel wat rustiger aan doen. Het belangrijkste wat voor vandaag op zijn lijstje stond: branden.

Die taak hield hem behoorlijk bezig. Zolang hij nog met de handbrander aan de slag moest, kostte het hem erg veel tijd. Jean-Claude had hem afgelopen nacht bijgepraat. De Belg, die veel meer was dan alleen een zakenpartner, had wat lijntjes uitgegooid. Via Jean-Claudes contact in Duitsland kon Eberhard aan een trommelbrander komen, hij hoefde alleen maar ja te zeggen.

Maar dat kon hij niet. En daar werd hij gek van. Hij had geen flauw idee waar hij het geld vandaan moest halen. Bovendien had hij dit nog steeds niet met de rest van de familie besproken. Het was telkens niet het goede moment ervoor geweest, en momenteel hadden ze allemaal maar één ding aan hun hoofd: Hans moest beter worden.

Gelukkig ging het met zijn vriend de goede kant op. Bijna te goed, want hij kreeg alweer veel praatjes.

Na tien dagen tussen leven en dood te hebben gezweefd had Hans de strijd tegen de man met de zeis gewonnen. De ontsteking was afgezwakt, de koorts ook, en de wond genas langzaam. Elke dag ging het weer een beetje beter met hem, en hij keek vol ongeduld uit naar het moment waarop hij zijn bed kon verlaten. De dagen van de gehoorzame patiënt waren voorbij, hij kwam langzamerhand steeds meer in opstand. Eberhard was altijd blij wanneer hij de vrouwen daarover een opmerking hoorde maken. Zelf ging hij meerdere keren per dag even bij Hans kijken, al had hij vaak slechts tijd voor een korte groet. Eberhards moeder, Edda, Magdalena en ook Barbara hadden zijn verzorging op zich genomen en verwenden hem flink. Ook de dagelijkse controlebezoekjes van zuster Mechthild brachten wat afwisseling in de verder zo saaie dagen van zijn aan bed gekluisterde vriend.

Magdalena nam de tafel af, wreef hem droog en ging toen op de stoel naast Eberhard zitten. 'Kun je misschien iets meer tijd aan Hans besteden, Eberhard? Ik denk dat hij dat wel fijn zou vinden. Bied hem wat afleiding, maar maak hem vooral duidelijk dat hij moet blijven liggen. Hij is ongeduldig, maar hij mag zijn genezing niet op het spel zetten.' Ze pakte zijn hand en keek hem smekend aan. 'Ik maak me echt zorgen, Eberhard.'

Magdalena had natuurlijk het volste recht om hem om hulp te vragen, en omdat het om Hans ging, knikte Eberhard meteen. Hij beloofde dat hij zich over zijn vriend zou ontfermen. 'Maar ik moet nu echt eerst gaan branden, Magdalena, dat kan niet anders.' Hij zette in gedachten op een rijtje wat hij vandaag allemaal moest doen. 'Ik ga na het middageten bij Hans kijken en blijf dan wat langer bij hem. Misschien kunnen we een potje kaarten. Ik kan vast wel iets bedenken.'

'Dank je, Eberhard, dat is mooi.' Magdalena haalde opgelucht adem. 'Het zou zo zonde zijn als hij door zijn eigen overmoed weer een terugval krijgt, zeker omdat we al zover zijn gekomen,' zei ze, om nogmaals duidelijk te maken hoe belangrijk het was dat Hans rust nam.

'We hebben al heel wat voor elkaar gekregen, lieverd, dus dit lukt ons ook wel.' Hij keek Magdalena lachend aan. 'In het ergste geval binden we die schobbejak vast aan zijn bed,' zei hij. Hij gaf zijn vrouw een zoen.

'Gekke kerel,' zei ze hoofdschuddend, maar ze lachte ook. 'Je kunt er maar beter voor zorgen dat het niet zover komt.'

Dat ging hij zeker proberen. Hans was voor hem belangrijker dan zijn bedrijf en hij zou net zo lang bij hem blijven als Hans wilde. En als hij het werk vandaag niet afkreeg, dan moest hij na het avondeten nog maar eens aan de slag.

Zoals beloofd ging Eberhard na het middageten bij Hans kijken. Hij trok een stoel naast het bed om gezellig bij hem te gaan zitten, maar Hans reageerde behoorlijk knorrig.

'Wat scheelt eraan?' vroeg Eberhard onomwonden. 'Je kijkt wel erg somber voor iemand die net de dood te slim af is geweest. Wil je soms geen bezoek? Zeg het maar, dan ben ik weer weg.'

Hans bromde en maakte een afwerend gebaar. 'Ik ben blij dat je er bent, Eberhard, al lijkt het misschien niet zo,' zei hij. 'Het is alleen...' Hij viel stil.

'Wat?' vroeg Eberhard na een tijdje, toen duidelijk werd dat Hans na een paar keer ademhalen niets meer ging zeggen.

'Kijk toch eens naar buiten!' merkte Hans ten slotte op. 'Het zonnetje schijnt. Dat lijkt de spot met me te drijven. Ik wil zo graag weer eens een frisse neus halen. Jullie sloven je maar voor me uit en ik lig hier op mijn luie achterste in bed. Dat klopt toch niet?' Hij sloeg zijn armen over elkaar en fronste. 'Mijn stompje is bijna helemaal genezen. Waarom zegt iedereen dan dat ik moet blijven liggen? Ik had allang weer de handen uit de mouwen kunnen steken en jullie kunnen helpen. Maar nee, nu hou ik jou ook nog van je werk, omdat je vrouw je heeft gevraagd of je je over mij kunt ontfermen.'

Eberhard deed verbaasd zijn mond open, maar Hans schudde zijn hoofd. 'Nee, ontken dat maar niet. Ik zie toch dat Magdalena me de hele tijd zo bezorgd in de gaten houdt. Ze is bang dat ik mijn geduld verlies en heeft jou daarom gevraagd of je op me in wilt praten.'

'Betrapt,' gaf Eberhard eerlijk toe. Hij had tegen Hans in willen gaan, maar nu zijn vriend zijn hart had gelucht, koos hij voor een andere tactiek, namelijk de koe bij de hoorns vatten.

'Ik snap heel goed dat het moeilijk is om de hele tijd maar stil te moeten blijven liggen, Hans. En ik begrijp ook dat je heel graag iets terug wilt doen omdat we je tijdens je ziekte hebben verpleegd.'

'Inderdaad,' zei Hans iets opgewekter, maar Eberhard onderbrak hem met.

'Wacht even, ik ben nog niet klaar. Ik kijk nu al uit naar de dag waarop je me weer kunt helpen met de verbouwing, maar momenteel is er maar één manier waarop jij je dankbaarheid kunt uiten, vriend.'

Hans trok vragend zijn wenkbrauwen op.

'Door te doen wat we van je vragen,' vervolgde Eberhard, 'en zeker door goed naar Magdalena te luisteren, die al die uren aan je bed heeft gezeten. Als je haar wilt bedanken, dan blijf je braaf liggen en doe je wat ze zegt. Werk zo goed mogelijk mee, des te eerder ben je weer helemaal de oude.'

Hans snoof geërgerd en Eberhard legde zijn hand op de arm van zijn vriend. 'Ik weet het, Hans, je brandt van ongeduld, maar je moet nog een paar dagen doorbijten. Als je te snel uit bed komt, dan is al dat werk van de afgelopen weken voor niets geweest. En dat wil je toch niet?'

'Ik voel me zo'n waardeloze nietsnut,' mompelde Hans. Hij veegde zijn ogen af.

Eberhard koos ervoor om de situatie met wat humor op te vrolijken. 'Nietsnutten leggen graag midden op de dag een kaartje, dus als jij er eentje bent, doe ik graag met je mee. Zullen we een potje doen? Ik heb Barbara's kwartetspel geleend, dat met die bloemen.'

Eigenlijk had hij het met Hans over de trommelbrander willen hebben en hem om advies willen vragen, maar dat onderwerp liet hij voor nu maar even rusten. Zijn kameraad had al genoeg aan zijn eigen problemen, die kon er niet nog meer bij hebben.

Terwijl Eberhard de kaarten schudde, besloot hij Hans nogmaals duidelijk te maken dat die zich nergens schuldig over hoefde te voelen.

'Hans, ik meen het. Het beste wat je voor ons kunt doen, is nog even volhouden en weer helemaal gezond worden. Maak je niet druk omdat je ons nu niet kunt helpen, dat is helemaal niet nodig. Wat zou jij doen als een van ons het bed moest houden? Nou?'

Tevreden stelde hij vast dat zijn woorden langzaam tot Hans doordrongen. Dat zag hij aan diens gezicht. 'We zijn toch vrienden, Hans?' vroeg hij ten slotte.

Nadat Hans dat had beaamd, knikte Eberhard tevreden. 'Goed zo,' zei hij beslist, 'daarmee is de kous af. Vertrouw op wat ik zeg, vriend, en doe wat mijn vrouw je vraagt. Of in elk geval nog even.'

Hij knipoogde naar hem, pakte zijn kaarten en keek welke bloemen hij in zijn hand hield.

Ze waren net verdiept in de strijd om rozen, anjers en madeliefjes toen er hard op de deur werd geklopt. Meteen daarop zeilde zuster Mechthild naar binnen, zonder op antwoord te wachten.

'Goedemiddag, heren,' schalde haar stem door de kamer. Met een ferm gebaar zette ze haar tas op de tweede stoel.

'Goedemiddag, zuster,' zeiden Eberhard en Hans bijna gelijktijdig.

Eberhard keek vol verbazing naar Hans. Hij klonk opeens veel opgewekter, niet meer zo bedrukt als eerder die middag. Sterker nog, hij keek die ferme verpleegster zelfs stralend aan. Wat was dat nu? Eberhard was beslist geen kenner als het om romantiek ging, maar hij twijfelde amper aan wat hij op het gezicht van zijn vriend zag. Was Hans een beetje verkikkerd op deze kenau? Eberhard onderdrukte snel het verbaasde lachje dat rond zijn lippen speelde. Veel tijd om hier plezier aan te beleven had hij trouwens niet, want de verpleegster bonjourde hem de kamer uit.

'Meneer Ahrensberg, u moet even buiten op de gang wachten. Ik ga nu mijn patiënt verzorgen,' maakte ze hem duidelijk, op een toon die geen tegenspraak duldde.

Hans deed toch een poging. Hij maakte lachend een gebaar en zei: 'Niet zo streng, zuster. Wat mij betreft mag Eberhard blijven. Hij kent dat stompje van me, dat doet hem niks. Of hebt u misschien plannen waar mijn vriend niets van mag weten, zuster Mechthild?' Zijn ogen fonkelden van pret.

Hans was meer dan een beetje verkikkerd, hij zat duidelijk te flirten. Eberhard viel bijna om van verbazing. Het was bijna niet te geloven dat deze man zo kort geleden nog op het randje van de dood had gezweefd.

'Praat toch niet zo'n onzin, meneer Brudermann,' zei zuster Mechthild verontwaardigd, maar Eberhard had al gezien dat er een lachje rond haar lippen speelde en dat ook in haar ogen de humor blonk. Hij had niet alleen Hans betrapt, maar ook de verpleegster. Niet te geloven. 'Goed,' sprak ze ten slotte, op een toon alsof ze een moeilijk besluit moest nemen, 'blijft u dan maar hier.'

Met energieke bewegingen verwisselde ze het verband rond Hans' stompje. Dat kon niet prettig zijn, want hoewel de ontsteking was verminderd, was de wond nog niet helemaal dicht, maar Hans verdroeg het zonder klagen. Hij bleef de verpleegster onafgebroken in de gaten houden totdat ze het nieuwe verband had omgelegd, op besliste toon afscheid had genomen en de kamer uit was gelopen.

Ze had haar hielen nog niet gelicht of Eberhard wilde Hans met vragen bestoken, maar hoewel hij heel nieuwsgierig was naar de zielenroerselen van zijn beste vriend, besloot hij dit geheim nog even voor zich te houden en de ontwikkelingen een tijdje gade te slaan. Vroeg of laat zou Hans er zelf wel over beginnen, als er tenminste iets te vertellen was.

Ze bleven een tijdje gezellig kwartetten en Eberhard vergat zelfs hoeveel werk er nog op hem lag te wachten, zo fijn was het om hier bij elkaar te zitten. Hij had Hans net een kaart afgetroggeld toen een volgende bezoekster zich luidruchtig aandiende. Barbara was weer thuis.

'Holiolioliholie, holioliolie,' schalde haar hoge stem door het huis toen ze vrolijk de trap op rende.

Eberhard slaakte een zucht. Doorgaans vond hij de nieuwste liedjes wel te pruimen, maar sinds Barbara had ontdekt dat ze een mooie stem had, liep ze van 's morgens vroeg tot 's avonds laat te galmen. En altijd weer dezelfde nummers. Al drie weken lang zong ze telkens weer 'Die Rose vom Wörthersee' en zo langzamerhand kreeg Eberhard een hartgrondige hekel aan dat lied.

'Hallo Hans, daar ben ik weer,' luidde de opgewekte groet waarmee Barbara na een snel klopje de kamer binnenhuppelde. 'Hoe gaat het vandaag met je? Zal ik nog iets voor je zingen?' Ze zag Eberhard zitten en begon te stralen. Ze was dol op haar grote broer. 'Eberhard, wat leuk. O, jullie zijn aan het kaarten! Mag ik meedoen?' Ze liet zich al op het voeteneind van Hans' bed vallen, trok haar benen op en stak vol verwachting haar hand uit. 'Of nee, wacht, ik zal eerst nog wat voor jullie zingen,' besloot ze.

Hans keek het meisje stralend aan. Het was duidelijk dat hij blij was dat ze bij hem kwam kijken, en in tegenstelling tot Eberhard leek hij nog lang niet genoeg te hebben van de schlagers. Net zomin als Barbara.

Eberhard bereidde zich voor op het ergste, of dat dacht hij althans, maar hij kende zijn zusje minder goed dan hij had gedacht.

'*Ich will sie nicht, ich will sie nicht, sie ist zu fett für mich, sie ist zu fett...*' bracht Barbara enthousiast de Fett-Polka ten gehore. Ze klapte op de maat in haar handen en wipte zo hard op de matras op en neer dat Hans door elkaar werd geschud.

'Barbara.' Eberhard moest zijn best doen om boven het gezang van zijn zusje uit te komen. 'Wat bezielt je? Ben je gek geworden?'

'Wat is er, Eberhard?' Barbara keek hem aan met ogen die groot waren van verbazing. 'Dat is de Fett-Polka! Dat liedje hoor je overal, dat is toch grappig?'

'Doe niet zo saai, Eberhard, laat je zusje toch zingen,' bemoeide Hans zich er nu ook mee.

Eberhard schudde zijn hoofd vanwege zoveel onbegrip. Hij legde de kaarten op het dekbed en stond op. 'Jullie gaan je gang maar, ik moet sowieso weer aan het werk. Maar zing dat niet als ik het kan horen, afgesproken?'

Eberhard was behoorlijk ontzet. Hadden ze niet net een oorlog, allerlei ontberingen en een gruwelijke winter met een groot gebrek aan voedsel meegemaakt? Er waren zoveel mensen die hun uiterste best moest doen om nog iets van een kostje bij elkaar te scharrelen. Wie kwam er dan op het idee om zo'n bespottelijke tekst te schrijven?

Het ging bergafwaarts met Duitsland. Weer vreesde Eberhard voor het ergste. De jeugd wist niet meer hoe het hoorde. Hij gunde Barbara haar geluk, ze was een heerlijk meisje dat weldra volwassen zou zijn, maar juist daarom moest hij er des te meer op letten dat ze niet het verkeerde pad koos. Hij was geen zedenpreker, maar het ging er tegenwoordig zo vrij aan toe dat hij af en toe even moest slikken en aan zichzelf en zijn eigen normen en waarden begon te twijfelen.

Eberhard keek op zijn zakhorloge. Het kwam eigenlijk wel goed uit dat Barbara hem nu kon aflossen. Als hij opschoot, kon hij het grootste deel van de bestellingen vandaag nog afleveren, zeker omdat hij alles al had voorbereid.

Snel liep hij naar de keuken, waar hij zoals hij had gehoopt zijn moeder, Edda en Magdalena aantrof.

'Ik ga nog wat bestellingen afleveren,' kondigde hij aan. 'Over een uur of twee ben ik weer thuis. Met Hans gaat het goed, Barbara zit nu bij hem.'

Eberhard wilde net de deur achter zich dichtdoen toen hem opeens iets inviel. Nu ze toch allemaal bij elkaar waren, moest hij daar gebruik van maken, zeker nu ze zelf niet langer ziek waren van de zorgen om Hans.

En dus liep hij de keuken weer in.

'Je zei toch net dat je bestellingen ging afleveren?' vroeg Magdalena meteen. 'Als je een beetje opschiet, ben je op tijd voor het avondeten weer thuis.'

'Ik ben van gedachten veranderd. Ik wil eerst nog iets met jullie bespreken. Nu jullie hier toch allemaal bij elkaar zitten, wil ik de familie graag om advies vragen...'

'Wat is er, Eberhard? Maak je je ergens zorgen over?' zei Edda onmiddellijk. 'Het bedrijf loopt toch goed, ik zie je voortdurend branden en bestellingen afleveren. Je hebt het vreselijk druk.'

'Het bedrijf loopt uitstekend, Edda, dat heb je goed gezien. Maar dat is nu juist het probleem. Het gaat een beetje té goed.'

'Je wilt toch niet beweren dat je nog vaker naar België moet?' merkte Magdalena op. Ze trok van schrik wit weg.

'Nee, Magdalena, daar gaat het niet om. Het probleem is het branden. Ik kan telkens alleen maar kleine porties tegelijk branden en daardoor duurt het een eeuwigheid voordat ik alle bestellingen klaar heb. En je kunt niet bepaald zeggen dat ik tijd zat heb. De villa moet opgeknapt, er zijn reparaties die niet kunnen wachten, en dan zijn er ook nog de tuin en de bijgebouwen... Er is heel erg veel te doen en ik zit maar in de branderij aan die zwengel te draaien.'

'En wat wil je daaraan doen?' vroeg zijn moeder. 'Moeten we je een handje helpen?'

'Ik kan wel bijspringen, Eberhard, dat weet je. Ik heb je immers geleerd hoe je bonen moet branden,' zei Edda niet zonder trots.

'Dank je, Edda, dat weet ik, maar dat is niet de oplossing. Ahrensberg Koffie, dat ben ik. Op die gebrande bonen hoort mijn handtekening te staan, dat kan ik niet aan een ander overlaten, ook al hoort die nog zo bij de familie. Mijn insteek is de dagelijkse productie verhogen. Ik wil heel graag de handbrander door een echte trommelbrander vervangen. Jean-Claude kan via zijn contacten aan zo'n apparaat komen, maar de vraag is alleen waar ik dat van ga betalen.'

Het kostte hem moeite om tegenover de vrouwen in zijn huishouden te bekennen dat hij zijn bedrijf niet zonder de steun van de familie kon uitbreiden. Hij had het gevoel dat hij had gefaald, maar nu was het hoge woord er in elk geval uit.

Nu moest hij de volgende stap zetten en verwoorden wat er in zijn gedachten omging. Dat vond hij vreselijk, maar het was niet anders.

'Wat zeg je ervan om ons perceel in Euweiler te verkopen?' zei zijn moeder al voordat hij de juiste woorden had gevonden.

Eberhards mond viel open van pure verbazing. Zijn moeder leek echt in hem te geloven. Zelf had hij dagen nodig gehad om die oplossing te bedenken, had hij wekenlang moed moeten verzamelen om het onderwerp aan te snijden, maar zijn moeder flapte het er spontaan uit, alsof het helemaal niets voorstelde.

Hoofdstuk 12

Brazilië

Brazilië • Brasilien • Brasil • Brazil

Heden: juni

Corinne liep high van de adrenaline de hal van het vliegveld uit. Tijdens een landing scheidde haar lichaam altijd zoveel stresshormoon af dat dat stofje onverdund door haar aderen leek te stromen. Ze wist natuurlijk dat dat helemaal niet kon, maar ze slaagde er nooit in om de paniek te onderdrukken en baadde bij elke landing steevast zo overvloedig in het angstzweet dat haar kleren aan haar lijf bleven plakken.

Ze had tijdens de douanecontrole haar best moeten doen om niet als een kip zonder te kop te gaan kakelen en daardoor de argwaan van de douaniers op te wekken. Vlak daarna had ze zich zo ellendig gevoeld dat ze het liefst een potje was gaan janken. Door de spanning en het gebrek aan slaap was ze helemaal niet meer zichzelf.

Haar zintuigen waren zo overgevoelig dat de geluiden om haar heen als donderslagen in haar oren galmden. Haar huid reageerde met een pijnprikkel op elke aanraking. Het was duidelijk dat ze dringend behoefte had aan rust, en vooral aan veel minder mensen om zich heen. Van dit luide, hectische gekrioel werd ze stapelgek. Doelbewust beende ze naar de uitgang.

Voor de luchthaven werd ze begroet door een aangename buitentemperatuur van twintig graden en een zacht briesje. Ze stapte opzij, zodat ze niemand niet in de weg stond, en ademde toen diep in en probeerde alle indrukken te verwerken.

Hier kon ze zich iets beter ontspannen dan binnen in de drukke hal, maar ook op deze plek was de rust ver te zoeken. Corinne probeerde zich te oriënteren en tot bedaren te komen, want ze wilde van het begin af aan de indruk wekken dat ze geen bang muisje was, maar alles onder controle had. Pas toen ze voldoende was gekalmeerd, kon ze de volgende stap zetten.

Zoekend keek ze om zich heen. Hopelijk had Fernando goed opgeschreven hoe laat ze zou landen, want hij had beloofd om haar af te halen of een van zijn medewerkers te sturen.

Een stukje verderop zag ze een jongeman met donker haar en een vriendelijk gezicht staan. Hij droeg een korte broek, een bruin shirt en bruine sandalen en hield een kartonnen bordje omhoog. Corinne liep een paar stappen zijn kant op, totdat ze kon zien wat er op het bordje stond. Haar naam, precies zoals ze al had gehoopt. Toen herkende ze ook het logo van de plantage op zijn borst. Ze werd verwacht. Ze zwaaide opgelucht en liep glimlachend naar haar chauffeur toe.

De Braziliaan, die zichzelf voorstelde als Matheus, nam Corinne mee naar zijn auto. Hij praatte heel snel en ze moest haar best doen om in elk geval de belangrijkste woorden te onderscheiden die op haar neerdaalden. Fernando had Matheus gevraagd om haar op te halen omdat hij zelf niet weg kon. De nieuwe bouwmaterialen waren eindelijk geleverd en de bouw van de school kon weer worden hervat. Voor zover ze het kon volgen, klonk het allemaal erg hoopgevend.

Corinne zou net als tijdens haar stage de logeerkamer bij Fernando thuis krijgen. Natuurlijk had ze zelf al aangeboden om een hotelkamer te boeken, zodat ze hem en Luciana niet met extra werk zou opzadelen, maar daar wilde Fernando niets van weten. Hij stond erop dat ze bij hen thuis kwam logeren.

'Als onze vriendschap iets voor je betekent, Corinne, dan zeg je daar geen nee tegen,' had hij haar duidelijk gemaakt. 'Als je dat doet, beledig je me.'

Na een blik op zijn vastberaden gezicht had Corinne meteen begrepen dat weigeren geen optie was.

Terwijl Matheus de auto bedreven door het verkeer loodste en gelukkig even zijn mond hield, leunde Corinne tegen de achterbank, met haar ogen dicht. Af en toe nam ze een slokje van de ijskoude cola die Matheus haar had gegeven. Ze had vriendelijk bedankt voor een stuk fruit, want zolang de spanning door haar lijf gierde, kreeg ze toch geen hap door haar keel.

Ze keek heel erg uit naar Fernando's huis, naar de logeerkamer met het heerlijk zachte bed dat daar op haar stond te wachten. Het liefst liet ze zich meteen op die zachte kussens vallen om minstens honderd uur te slapen, maar ze wist dat dat er niet in zat. Het was net middag, en als ze nu ging slapen, zou ze morgen des te meer last hebben van een jetlag.

Het was veel slimmer om deze eerste dag wakker te blijven, hoe zwaar dat ook was, en onmiddellijk het ritme van het Braziliaanse leven over te nemen. Dat betekende na aankomst douchen en meteen meedoen, en geen dutje.

Corinnes gedachten dwaalden af. De geluiden van de wereld om haar heen drongen amper nog tot haar door. Haar hand met de fles cola gleed naar beneden, en door die beweging schrok ze op, gelukkig net op tijd. Het had niet veel gescheeld of ze had frisdrank op de achterbank gemorst.

Ze wreef energiek in haar gezicht en nam nog een grote slok, in de hoop dat ze daardoor wakkerder zou worden. Dat hielp. Het koude drankje verdreef kortstondig de moeheid. Ze slaagde erin om haar ogen open te houden en keek door het raampje. Het was hier heel erg mooi. De glooiende heuvels strekten zich tot aan de horizon uit, weilanden en bossen wisselden elkaar af. Slechts heel af en toe zag ze huizen staan, als vlekjes die een schilder op een doek had aangebracht. Boven al dat groen hing de hoge hemel, stralend blauw met hier en daar een wit wolkje.

Al tijdens haar eerste bezoek was ze verliefd op dit land geworden en nu werd deze liefde opnieuw aangewakkerd. Geen wonder dat haar grootvader juist hier grond had gekocht. En het was zo fijn dat ze met de stichting zijn werk kon voortzetten.

'Corinne, hartelijk welkom. Ik ben zo blij dat je er bent.' Zodra ze uit de auto stapte, begroette Fernando haar met een warme omhelzing en een kus op haar wang.

Luciana kwam ook meteen naar haar toe en was al net zo vriendelijk als haar echtgenoot. Hun dochter Katalina volgde haar moeder op de voet. Het meisje keek met grote ogen naar de vreemde vrouw en Corinne gaf haar de tijd om aan haar te wennen. Ze glimlachte uitnodigend naar Katalina, maar drong zich niet op.

'Wat wil je doen, Corinne?' vroeg Fernando nadat hij haar had omhelsd. 'Uitrusten? Iets eten? Of meteen aan de slag? Ik heb een paar interessante nieuwtjes voor je.'

Zijn ogen fonkelden en zijn uitdrukking was vastberaden maar tevreden. Blijkbaar was er na hun laatste gesprek het een en ander ten goede veranderd en stond hij popelen om haar dat te vertellen. Corinnes nieuwsgierigheid was onmiddellijk gewekt. Misschien was Fernando erachter gekomen wat de oorzaak van de problemen was.

Zijn zelfingenomen lachje leek daarop te wijzen. Ze had hem er het liefst meteen naar gevraagd, maar ze wist haar ongeduld te bedwingen. Als hij echt goed nieuws voor haar had, dan wilde ze daar op haar gemak van kunnen genieten.

Op dit moment voelde ze zich nog veel te bezweet en vies van de reis en alle opwinding. Ze wilde zich eerst opfrissen voordat ze aan het werk ging.

'Geef me een kwartiertje, Fernando, dan kan ik douchen en iets anders aantrekken. Daarna kunnen we een rondje over de plantage lopen en mag je me alles vertellen. Ik wil heel graag zien wat er in de afgelopen jaren allemaal is gebeurd. En ik wil heel graag de jacu's zien. Wat zeg je daarvan?'

'Dat is prima,' zei Fernando tevreden en instemmend. 'Dan ga ik in de tussentijd bij de school kijken en kom ik je straks ophalen. Luciana en Katalina brengen je wel naar je kamer en kunnen je helpen als je nog iets nodig hebt. En rustig aan, Corinne. Je bent nu in Brazilië en daar gaat alles wat langzamer, dat weet je.'

Fernando lachte naar haar en ze beantwoordde zijn lach. Ze wist maar al te goed dat hij graag de draak stak met haar Duitse stiptheid, maar dat vond ze helemaal niet erg. Ze was nu te gast in zijn land en paste zich graag aan de gebruiken aan. Fernando stapte in zijn jeep en ging ervandoor. De vrouwen bleven achter.

Luciana wilde per se Corinnes koffer dragen, en omdat Corinne geen zin had om daarover te kibbelen, haalde ze haar schouders op en liet ze haar gastvrouw haar gang gaan. Ze hing haar kleine rugzak met handbagage over haar schouder, knipoogde naar Katalina en stak lachend haar hand naar het meisje uit. Doordat Corinne Katalina zelf liet bepalen in welk tempo ze de vreemde vrouw wilde leren kennen, vertrouwde het meisje haar al snel. Zonder te aarzelen pakte ze Corinnes uitgestoken hand aan, en ze liepen gedrieën naar de logeerkamer.

‘Wil je de koffer op het bed leggen, Luciana?’ vroeg Corinne toen ze in de kamer stonden. ‘Ik wil hem graag meteen uitpakken en mijn kleren uithangen, dan kreuken ze niet zo.’

Bovendien wilde ze Katalina dolgraag haar cadeautje geven. Ze was zo’n lief meisje dat het Corinne wederom speet dat Mia er niet bij kon zijn. De kinderen hadden, ondanks het leeftijdsverschil, vast heel leuk met elkaar kunnen spelen. Corinne deed de koffer open. De eenhoorn lag bovenop.

‘O,’ zei Katalina. Ze pakte het knuffelbeest stralend aan.

‘Die heb ik voor jou meegebracht, Katalina,’ zei Corinne langzaam.

Haar Portugees was in de afgelopen jaren niet bepaald beter geworden, want ze oefende veel te weinig. Met Fernando sprak ze meestal Engels, dat ging haar gemakkelijker af.

Katalina pakte het pluchen dier op en drukte het met beide armen dicht tegen zich aan. Na een beleefd bedankje huppelde ze ervandoor, waarschijnlijk omdat ze de eenhoorn aan haar andere knuffeldieren wilde voorstellen. Dat had Corinne zelf vroeger altijd gedaan wanneer er een nieuweling in haar pluchen dierentuin kwam wonen.

Luciana keek haar dochter na en bedankte Corinne eveneens voor het cadeau.

‘Dat spreekt vanzelf,’ zei Corinne. ‘Je hebt voor de stichting heel wat hooi op je vork genomen, Luciana, en daar wil jou ook voor bedanken.’ Ondertussen pakte ze haar koffer uit en hing ze haar kleren in de kast. ‘Als ik een beetje ben gewend, gaan we het daar eens rustig over hebben, goed?’

‘Graag, Corinne. Het is allemaal niet zo eenvoudig. De vrouwen hebben hoge verwachtingen en zijn voor veel dingen bang. En hun mannen praten hun ook van alles aan. Ach, je weet hoe het is. Ik ben blij dat je er bent, Corinne, ik denk dat dat heel goed is voor ons project. En voor mij denk ik ook.’

Door de hartelijke ontvangst was Corinne in elk geval een beetje afgeleid van haar schuldgevoel tegenover Noah en Mia. Ze miste de twee mensen van wie ze het allermeest hield heel erg, maar ze wist dat ze er goed aan had gedaan om in haar eentje op reis te gaan.

'Hier hebben we in de afgelopen jaren nieuwe bomen geplant,' zei Fernando toen ze even later samen een wandeling over de plantage maakten. Luciana en Katalina waren thuisgebleven. Het gedeelte met de monocultuur lieten ze links liggen, want Corinne had vooral belangstelling voor de schaduwteelt.

Tussen het groen waren de kreten van de jacu's te horen en daar werd Corinne wat weemoedig van. Een paar jaar geleden had ze hier zelf de bonen met de hand geoogst en gezocht naar uitwerpselen van jacu's die de vruchten van de koffieplant bevatten. In de tussentijd was er zoveel gebeurd dat die tijd een heel ander leven leek.

'En dit gedeelte wordt momenteel door de coöperatie gebruikt, totdat de vrouwen het bos op het land van de stichting voor de aanplant gereed hebben gemaakt. Het loopt niet altijd op rolletjes, maar we boeken vooruitgang, Corinne, en ik twijfel er niet aan dat we op de goede weg zijn.'

'Wat denk je, is het land van de stichting geschikt voor een kolonie jacu's?' Daar had ze tot nu toe niet eens aan gedacht, maar dat kon voor de vrouwen nog een mogelijkheid zijn om hun eigen geld te verdienen.

Vandaag had ze de schuwe vogels nog niet gezien, maar ze kon zich nog goed herinneren dat ze tijdens haar laatste bezoek samen met Fernando op sluipjacht was gegaan. Toen was het hun gelukt om een blik op de dieren te werpen. De donkergrijze of zwarte vogels, waarvan een volwassen exemplaar het formaat had van een kalkoen, waren duidelijk te herkennen aan hun knalrode keel. Jacu's waren niet bepaald moeders mooiste, maar Corinne vond dat ze een zekere schoonheid bezaten. Natuurlijk maakte het feit dat ze voor heel bijzondere koffie zorgden ze des te aantrekkelijker, in elk geval voor haar als koffiebrander.

'We zullen zien,' zei Fernando, 'het is in elk geval het proberen waard.' Hij bleef staan en wees met uitgestrekte arm heuvelafwaarts. 'Daar wordt het dorp gebouwd, Corinne. Er komen hutten voor de opslag en voor het sorteren, en huisjes voor de vrouwen en hun gezinnen. Ze gaan er niet allemaal wonen, maar een aantal zijn erg blij dat de mogelijkheid bestaat. We zorgen ook voor gemeenschappelijke ruimtes en natuurlijk een keuken.'

Corinne tuurde in de richting die hij aanwees, maar de bomen stonden zo dicht op elkaar dat ze niet veel kon zien. Dat maakte Fernando niet uit, die babbelde vrolijk verder. 'De school, de schoolkeuken en de ruimtes voor de kinderen komen aan de andere kant van het perceel,' zei hij. 'Zie je dat pad daar?'

Corinne kneep haar ogen tot spleetjes en knikte ten slotte. Ze zag iets wat het genoemde pad zou kunnen zijn.

'Dat is de toegangsweg. Die maken we nog breder, maar één ding tegelijk.'

Dat had Corinne natuurlijk allemaal al op de bouwtekeningen gezien en daardoor kon ze zich het eindresultaat goed voorstellen. 'Het is denk ik belangrijk om een scheiding aan te brengen tussen de school en de werkplaats van de vrouwen,' zei ze.

Daar hadden ze het al eerder uitgebreid over gehad. In het begin was ze er niet zo'n voorstander van geweest, maar inmiddels begreep ze dat een bepaalde afstand zijn voordelen had. Dan konden de kinderen zich op hun lessen en tijdens de pauze op hun spel concentreren, terwijl de vrouwen hun aandacht bij het werk konden houden. Daardoor was de kans kleiner dat de moeders uit gewoonte hun kinderen erbij riepen om met bepaalde klusjes te helpen. En als de kinderen hun moeders niet voortdurend zagen, wenden ze er sneller aan dat ze niet langer de hele dag bij elkaar waren.

'Kom, we gaan even zitten en dan mag jij me vertellen waarom je zo'n goed humeur hebt,' stelde Corinne voor. Als ze niet zo duf was geweest vanwege haar jetlag, had ze dat vast al veel eerder gevraagd. Voor iemand die het vermoeden had dat zijn werk werd gesaboteerd maakte Fernando een bijzonder montere indruk.

'Ik vroeg me al af wanneer je daarnaar zou vragen,' merkte Fernando op. 'Ik wilde je er niet meteen mee overvallen, niet zo kort na een vermoeiende reis.'

'Nou, nu ben ik er klaar voor.' Ze ging op een omgevallen boomstam zitten.

Fernando volgde haar voorbeeld. 'Weet je nog dat ik je over die verdwenen werklieden heb verteld?'

Corinne knikte snel.

'Nou, die zijn weer opgedoken. Een maat van me heeft hen op een plantage zo'n zestig kilometer verder naar het zuiden gezien. Hij moest daar een klusje doen en heeft hen herkend. Ik zal je de details besparen, maar we weten nu dat de vrouw van die plantage-eigenaar waarschijnlijk de oorzaak van onze problemen is. Ze denkt dat de coöperatie het werk van de duivel is en dat we de vrouwen verpesten met ideeën over gelijke rechten en zelfbeschikking. Volgens haar moeten vrouwen gehoorzaam en nederig te zijn. Onze plannen zijn volgens haar niet christelijk. En ze heeft de mannen tegen ons opgezet.'

Corinne merkte dat de haartjes op haar onderarmen overeind kwamen. Ze kon bijna niet geloven wat Fernando haar vertelde, maar hij klonk zeker van zijn zaak.

'Tot nu heb ik dit van horen zeggen, Corinne, dus we moeten het nog even stilhouden. We weten nu wel in welke richting we het moeten zoeken. We gaan maatregelen nemen om te voorkomen dat er nog meer misgaat, maar dat zal wel tijd kosten. En we willen een val zetten, zodat we bewijs kunnen verzamelen en naar de politie kunnen stappen.'

'Wat...'

Fernando maande haar met een gebaar tot stilte. 'Vraag maar niks, Corinne, vertrouw erop dat ik weet wat ik doe. Het zal wel een paar dagen duren en we zien waarschijnlijk pas resultaat als jij allang en breed weer in Duitsland zit. Maar nu we weten wie onze tegenstander is, kunnen we die te slim af zijn. En je hoeft je tijdens je verblijf hier niet onveilig te voelen, ik garandeer je dat je niks kan overkomen. Zulke dingen zullen niet meer gebeuren.'

Het duizelde Corinne. Ze vond het niet gemakkelijk om Fernando zijn gang te laten gaan, want ze wilde niets liever dan meteen naar de politie gaan en eisen dat de kwestie werd onderzocht. Ze wist echter ook dat ze als Europese heel andere verwachtingen had en dat ze alles misschien alleen maar erger zou maken.

'En de koffie?' bedacht ze opeens.

Fernando's uitdrukking sprak boekdelen. 'Het probleem is dat ik niet zeker weet of ik hun daar ook de schuld van kan geven. Daarom weet ik ook niet of een schadevergoeding mogelijk is. Het lijkt er echter wel op dat zij de lading opzettelijk nat hebben gemaakt.'

Het ging om erg veel geld. Corinne slikte. Maar het was ook geld dat haar min of meer in de schoot was gevallen, zonder dat ze er iets voor had hoeven doen. Als er een schadevergoeding werd uitgekeerd en die Maximilian Rosenbaum inderdaad Sarahs rechtmatige erfgenaam bleek te zijn, dan zou ze hem dat geld moeten geven. Op het moment dat ze het had uitgegeven, was zij de rechtmatige erfgenaam geweest, en ze had de betaling te goeder trouw gedaan, maar ze twijfelde er niet aan dat hij op zijn strepen zou gaan staan en het geld zou opeisen.

'Corinne?' hoorde ze Fernando vragen. Hij had gezien dat haar gedachten met haar op de loop waren gegaan.

'Sorry, Fernando, ik ben er vandaag niet helemaal bij.' Ze slaakte een zucht. 'Het klinkt allemaal nogal geheimzinnig, maar ook logisch. Ik vertrouw erop dat jij de zaak verder regelt. En wat betreft die levering moeten we maar even afwachten hoe het loopt. Voorlopig zijn de kosten gedekt.'

'Smaakt het, Corinne?' vroeg Yasmin, die naast haar kwam zitten. Ze was een van de vrouwen van de coöperatie en had in de afgelopen paar dagen haar best gedaan om ook de andere vrouwen duidelijk te maken dat de stichting goed werk deed. Mede daardoor wezen alle neuzen nu dezelfde kant op.

'Fantastisch,' zei Corinne, die genoot van haar feijoada. Ze had voor een tweede keer opgeschept van het eenpansgerecht met bonen en vlees, maar niet te veel, want ze wist dat ze de komende uren voortdurend eten aangeboden zou krijgen.

Om te vieren dat het schoolgebouw klaar was, hielden ze een groot feest op het toekomstige plein. Muzikanten speelden Braziliaanse volksmuziek, tafels bogen bijna door onder de heerlijke gerechten en barbecues waren aangestoken om groenten en vlees op de hitte van de gloeiende kooltjes te garen. Iedereen had meegeholpen en iets bijgedragen.

Ze kon bijna niet geloven dat haar tijd in Brazilië er alweer bijna op zat. Aan de ene kant was ze een beetje weemoedig, want ze was hier graag en had er ook deze keer van genoten. Aan de andere kant stond ze te popelen om terug te gaan naar Noah en Mia. Ze had zo'n heimwee naar die twee dat haar hart er pijn van deed.

Gelukkig was ze gedurende het grootste deel van haar verblijf voldoende afgeleid geweest en had ze een heerlijke tijd gehad, vol constructieve gesprekken en ideeën.

Vooral de ontmoetingen met de vrouwen hadden in het teken gestaan van wederzijdse nieuwsgierigheid en wederzijds respect. Luciana was in de afgelopen dagen met hulp van Corinne in haar rol gegroeid en kon voortaan de steun en toeverlaat van de vrouwen zijn. Het was precies zo gegaan als Corinne had verwacht. Luciana was geknipt voor haar taak, maar ze had tot nu toe niet genoeg zelfvertrouwen en ervaring gehad. Nu zou het allemaal geen probleem meer zijn, zeker niet omdat Luciana en Yasmin vriendschap hadden gesloten en Yasmin namens de vrouwen het woord deed.

Het project van de vrouwencoöperatie stond nu eindelijk goed in de startblokken, en als Fernando er in de komende weken ook nog in slaagde om het probleem met de vernielingen de wereld uit te helpen, dan stond niets het succes van het eerste project van de stichting nog in de weg.

Tot Corinnes grote vreugde waren ze ook meteen met een tweede project begonnen, waarvoor al het nodige was voorbereid. Tijdens haar bezoek hadden ze dit kunnen bespreken en in gang kunnen zetten. Vanaf nu werden de koffieboeren uit de omgeving niet langer op basis van de hoeveelheid bonen betaald, maar speelde ook de kwaliteit een rol. Schaduwteelt, duurzaam beheer en werkomstandigheden telden voortaan allemaal mee voor de prijs.

Wie goede waar kon leveren, werd daarvoor beloond, dat was de gedachte erachter. Corinne wilde de boeren er door middel van premies toe aanzetten om duurzaam te werken. Samen met Fernando had ze drie boeren uitgekozen die Fernando de komende tijd ging begeleiden en bij wie door middel van steekproeven zou worden bekeken hoe het er op de plantage aan toe ging.

Voor dat project hadden ze betrouwbare medewerkers nodig, maar Fernando had Corinne ervan verzekerd dat hij voor de mannen zijn hand in het vuur durfde te steken. Voor twee van hen, met wie hij al jaren samenwerkte, was hij al op zoek geweest naar minder belastende taken omdat het werk op de plantage te zwaar voor hen werd. Ze waren trouwe arbeiders, met veel ervaring. De derde man die ze hiervoor hadden uitgekozen, was een neef van Luciana.

Corinne had van deze reis geleerd dat het belangrijk was om af en toe zelf aanwezig te zijn. Ze wist dat ze de Brazilianen niet haar Duitse precisie en werkwijze kon opdringen en dat wilde ze ook niet, maar als ze een succes van hun projecten wilden maken, dan was het belangrijk dat ze regelmatig met elkaar overlegden en duidelijke grenzen stelden. En ze had nu meer dan ooit het gevoel dat er een team achter haar stond, dat samen met haar aan een betere toekomst wilde bouwen. Dat maakte haar gelukkig. Nu kon ze met een gerust hart naar huis terugkeren. En daar was het de hoogste tijd voor.

Omringd door lachende, dansende en smullende mensen pakte Corinne haar telefoon om een berichtje aan Noah te sturen. Ze schreef: Ik mis je heel erg, ik kan niet wachten totdat ik weer thuis ben.

Ze zag dat hij ook online was en het duurde niet lang voordat er een antwoord kwam. Eerst een foto, van Noah en Mia, allebei met getuite lippen en hun hoofden dicht tegen elkaar.

Zijn antwoord luidde: We zijn zo blij dat je weer thuiskomt. En de groeten aan het kruimelmonster: er staat aardbeientaart in de koelkast. Hij sloot af met een hartje en: We houden van je.

Corinne snoof ontroerd en stuurde twee hartjes terug, eentje voor Noah en eentje voor Mia. Ze was blij dat ze weer onbevangen met hem kon communiceren, ook al was hij het niet met haar beslissing eens geweest.

Waarschijnlijk had hij zich alleen maar zorgen over haar gemaakt. Niet omdat ze een zwakke vrouw was, maar omdat hij van haar hield. Ze had zich afgevraagd hoe zij zich zou hebben gevoeld als het andersom was geweest en ze moest bekennen dat ze waarschijnlijk net zo bezorgd zou zijn geweest en er ook op had gestaan om met Noah mee te gaan.

Ze wist dat ze er goed aan had gedaan om dit door te zetten, maar ze was blij dat ze elkaar begrepen, dat had de tijd hier veel gemakkelijker gemaakt.

Nog één nachtje slapen, dan vlieg ik weer naar huis, dacht ze, overspoeld door een gevoel van geluk. Totdat ze opeens aan Maximilian Rosenbaum dacht. Haar blije gevoel verdween onmiddellijk. Thuis wachtte het volgende probleem alweer op haar.

Hoofdstuk 13

Niet zomaar een tochtje

Aken • Aachen • Oche • Aix-la-Chapelle • Aquae Granni

Augustus 1948

Nu Magdalena niet langer uren aan Hans' bed hoefde te waken, genoot ze van haar heroverde vrijheid. Hoewel iedereen in huis een handje had geholpen, was er toch het nodige werk blijven liggen. Vooral in de grote moestuin, waarin ze nu weer de nodige uren kon doorbrengen. Ook zorgde ze nu weer voor de dieren, waar Eberhard diep in zijn hart blij om was.

De varkens en de kippen, daar had hij geen problemen mee, maar koe Isolde was een ander verhaal. Hij had de indruk dat ze hem niet zo mocht. Ze had erg mooie ogen met fraaie wimpers, maar de blikken die ze Eberhard toewierp, waren verre van hartelijk.

Het was opvallend dat ze alleen dwarslag als hij haar moest melken. Dan deed ze net alsof ze een heel gevoelige uier had, dan dook ze voor hem weg of trapte ze met een achterpoot naar hem. Hij moest voortdurend opletten of ze niet de emmer omgooide of hem met haar staart in zijn gezicht sloeg.

En hij had durven zweren dat ze er plezier in had om regelmatig op zijn voet te gaan staan. Dat was erg pijnlijk en ze deed het zodra ze de kans kreeg. Het maakte niet uit of hij haar stal uitmestte, vers stro neerlegde of haar aan het melken was, hij moest telkens op zijn hoede zijn. Tegen de anderen deed Isolde niet zo. Door haar slechte humeur was het elke dag weer een uitdaging om haar te verzorgen en hij had er de nodige blauwe plekken aan overgehouden. Hij hoopte maar dat hij de nukkige koe voortaan zoveel mogelijk kon vermijden.

Magdalena had daarentegen staan popelen om haar dieren weer te verzorgen. En natuurlijk had Isolde haar met een vriendelijk geloei en een liefdevol geknipper van haar wimpers begroet. Eberhard had zijn ogen bijna niet kunnen geloven toen Magdalena Isolde achter haar oren mocht aaien en het dier daar duidelijk van genoot.

Diezelfde middag had Magdalena een rondje door de tuin en het aangrenzende weiland gemaakt. Eberhard, die bij Hans zat, had haar door het raam gadegeslagen. Ze had zich telkens weer voorovergebogen om wat te plukken. Paardenbloemen, madeliefjes, goudsbloemen, smalle weegbree, muur, hondsdraf, veldzuring en zevenblad, maar ze had ook peterselie, lavas en bieslook geoogst. En nog wat wortels, tomaten en rode bieten.

Nu was Magdalena al die wilde planten in een grote aardewerken schaal met olie en azijn aan het mengen. Edda dekte ondertussen de tafel.

'We hebben echt een paradijsje naast ons huis,' zei Magdalena tevreden, terwijl ze een paardenbloemblaadje proefde. Daardoor moest Eberhard denken aan een middag die ze ooit samen in het bos hadden doorgebracht. Toen had ze hem klaverzuring laten proeven. Dat was al zo'n tijd geleden, maar wat was het fijn geweest. Toen had het noodlot nog niet zoveel zware beproevingen over hen uitgestort. Dat was voor de hongerwinter geweest, voordat ze hun kindje had verloren.

Ze hadden al lang niet meer een paar uur ongestoord samen kunnen doorbrengen en daar moest hoognodig verandering in komen. Eberhard besloot haar binnenkort weer eens mee te nemen en haar te laten zien hoeveel hij van haar hield. Ze verdiende wel wat onbekommerde vrolijkheid.

Blijkbaar was Magdalena nog niet tevreden met de smaakmakers, want ze voegde nog een flinke mespunt zout aan de salade toe en goot er nog wat azijn overheen. Daarna mengde ze de blaadjes met het slacouvert nogmaals goed door elkaar. Ze gleed zachtjes langs Eberhard om de schaal midden op de tafel te zetten. Hij keek haar glimlachend aan, pakte haar vast en trok haar even naar zich toe, zodat hij een kusje kon stelen.

'Brutale vlerk,' schold Magdalena, maar haar ogen lachten naar hem.

'Dat vind je toch zo leuk aan me?' antwoordde hij lachend.

Er verscheen een blos op Magdalena's wangen en daardoor kwam Eberhard in de verleiding om haar nogmaals te zoenen. Daar was Magdalena echter op voorbereid. Bliksemsnel beet ze hem in zijn onderlip en daarna maakte ze zich met een schalks lachje van hem los. Eberhard trok zich verbaasd terug, want dat had hij niet verwacht. Wat was zijn lieveling toch gewiekst. Die rode wangen hadden hem voor de gek gehouden.

Met een tevreden lachje trok Magdalena haar schort recht, en ze ging verder met de rest van het eten.

Eberhard wist dat hij echt meer tijd voor hen tweeën moest maken. Hij trok de plank met het grote brood naar zich toe, pakte het gekartelde broodmes en begon met geoefende bewegingen plakken af te snijden. Hij zat op zijn vaste plek, aan het hoofd van de tafel, en wachtte totdat de rest van de familie aanschoof en ze met eten konden beginnen.

Hij was aan de vroege kant; hij had in zijn branderij zitten nadenken en nog geen bestellingen afgeleverd.

Ze hadden afgesproken om na het avondeten nogmaals over de verkoop van de grond te praten en ook Barbara naar haar mening te vragen. Zijn zusje was nog een jong meisje, maar het ging ook om haar erfenis. Eberhard wilde niets zonder haar beslissen.

Eberhard was dankbaar voor de overvloed op hun volle eettafel, want hij werd nog vaak genoeg geplaagd door herinneringen aan die tijd vol honger. Hij zou de rest van zijn leven niet meer vergeten dat het een zegen was om elke dag eten op tafel te kunnen zetten.

Vanavond waren er kwark en jonge kaas van eigen makelij. Ook de boter, die was versierd met een bloemmotiefje, had Magdalena zelf gekarnd en daarna met behulp van een mal in een vorm geperst. Sinds ze in de villa woonden en melk van hun eigen koe hadden, experimenteerde Magdalena met allerlei kazen en er was al veel heerlijks op tafel verschenen. De varkens waren blij met de wei die na het kaasmaken overbleef en stortten zich altijd luid slurpend op hun trog.

In de loop der jaren was Magdalena uitgegroeid tot een geweldige huisvrouw en kokkin, en ook het kaasmaken was bij haar in goede handen. Ze slaagde er altijd weer in om van eenvoudige ingrediënten iets bijzonders te maken en verraste met onverwachte smaken.

De kwark had ze gegarneerd met geroosterde brandnetelzaadjes, die voor een bijzonder fijn aroma zorgden. Er waren ook augurken, die ze in de herfst al had ingelegd, jonge, pas geoogste worteltjes en geraspte rode bieten, op smaak gebracht met een beetje zout, suiker, azijn en kruiden. Ook stond er een schaal hardgekookte eieren klaar.

'Hans is moe,' meldde Barbara, die goedgemutst de keuken in zeilde en meteen op haar stoel ging zitten. 'En ik barst van de honger.'

'Heeft Hans zijn avondeten op?' vroeg Johanna, Eberhards moeder, aan Barbara.

'Zijn bordje was keurig leeg,' vertelde de bakvis. 'Ik zweer dat ik hem niet heb geholpen.' Ze stak haar vingers op.

'Gelukkig maar, want Hans moet flink eten. Hij moet weer op krachten komen,' zei Johanna. 'En waarom heb je dat lege bord niet mee naar beneden genomen, juffertje? Dacht je dat dat vanzelf de trap af loopt?' Haar moeder wees naar de deur. 'Ga eens snel dat bord halen,' beval ze op een toon die geen tegenspraak duldde.

Barbara, die wist dat ze geen keuze had, schoof haar stoel naar achteren, stond op en liep zachtjes mopperend de keuken uit. 'Het zijn altijd de kinderen die van alles mogen opknappen. Doe dit eens, haal dat maar. Het valt echt niet mee om jong te zijn.'

Eberhard onderdrukte een lach en ook Johanna keek haar mokkende dochter geamuseerd na. 'Die bakvistijd valt echt niet mee,' zei ze, 'maar ik denk dat Barbara dat lastige klusje met dat bord wel kan klaren.'

Tijdens het eten babbelden ze over fijne, onbelangrijke dingen, maar zodra iedereen een volle buik had, de tafel was afgeruimd en de afwas was gedaan, was het tijd om het prangende onderwerp aan te snijden waar Eberhard al urenlang over liep te piekeren.

Om Barbara op de hoogte te brengen legde hij nogmaals in het kort uit hoe lastig het was dat hij telkens kleine hoeveelheden moest branden en dat hij graag een trommelbrander wilde aanschaffen om zijn bedrijf te laten groeien.

'Dat is toch mooi, dat steeds meer mensen jouw koffie willen drinken, Eberhard. En als het met zo'n ding beter gaat, dan moet je dat kopen,' zei Barbara. 'Ik heb nog twee mark in mijn oude sok, die mag je wel hebben.'

Eberhard was geroerd door haar spontane aanbod. Zijn zusje was een fijne meid.

'Dank je, Barbara, maar dat hoeft niet. Moeder heeft voorgesteld om onze grond in Euweiler te verkopen. Wat vind je daarvan? Ben je het daarmee eens?'

'Als dat helpt, dan doen we dat. Lijkt me duidelijk,' antwoordde

Barbara zonder ook maar een seconde na te denken. 'Wat moeten we anders met die oude lap grond? We wonen nu hier in de villa, hier is ruimte zat. En ik vind het fijn in Aken. Hier is heel veel te doen, ik vind al die bronnen mooi, en de dom. En ik heb hier de dansschool en al mijn vriendinnen van school. Ik wil niet terug naar Euweiler.'

Eberhard klapte in zijn handen. 'Moeder, als je er nog net zo over denkt, dan is de zaak hiermee denk ik in kannen en kruiken.' Johanna knikte en Eberhard wendde zich tot Edda. 'Mag ik Pepe van je lenen?' vroeg hij. 'Dan kan ik naar Franz in Euweiler rijden. Misschien kent hij iemand die de grond wil kopen.'

'Hoe vaak moet ik nog zeggen dat Pepe van ons allemaal is, Eberhard? Je weet waar de sleutel hangt. Stap in en ga.'

'Wacht maar niet op mij,' zei Eberhard bij wijze van afscheid. 'Het kan weleens laat worden.'

Waarom, dat zei hij liever niet, dat scheelde weer een discussie met Magdalena. Ze kon maar beter denken dat hij met zijn vriend ging doorzakken, dan maakte ze zich niet zoveel zorgen.

Eberhard vond het vreemd om op bezoek te zijn in het huis waar hij vroeger zelf had gewoond. Waarschijnlijk had Franz hetzelfde gevoel wanneer hij langskwam in de villa, maar ze hadden geen van beiden spijt van de ruil. Het was een gelukkige speling van het lot geweest dat Franz graag in een dorp wilde wonen en dat Eberhard rond dezelfde tijd naar Aken wilde verhuizen. Hij had zijn winkel aan Franz overgedragen en hem het perceel met het verwoeste huis van zijn familie aangeboden, maar Franz had geen zin om weer een huis op te knappen. Zonder het huis van Edda, waar ook de familie van Eberhard was ingetrokken, was de ruil nooit gelukt. Het was alsof het zo had moeten zijn.

Rosmarie, de vrouw van Franz, had de woonkamer met zorg ingericht. Ze had de meubels bekleed met een bruin-wit geruite stof en bijpassende dekens en kussentjes neergelegd.

Toen Eberhard onverwacht voor de deur had gestaan, had zij zich meteen in de slaapkamer teruggetrokken. Ze wilde nog wat handwerken en naar de radio luisteren, zei ze tegen de mannen. Franz had een fles rode wijn opengetrokken en nu zaten ze hier met z'n tweetjes nieuwtjes uit te wisselen.

Het was minstens twee maanden geleden dat ze elkaar voor het laatst hadden gesproken. Franz was toen op de Preusweg langsgekomen omdat hij in Aken nog wat ruilhandel wilde doen.

'Ik ben je heel erg dankbaar, Eberhard,' zei Franz nogmaals. Dat benadrukte hij elke keer wanneer ze elkaar zagen. 'Mijn winkel loopt erg goed, zowel over de toonbank als eronder. Het kan niet beter.' Hij nam een slok en knikte tevreden.

Eberhard was blij dat het zo goed ging met zijn vriend. Voor hem was het inmiddels tijd om te vertellen waarvoor hij eigenlijk was gekomen. 'Dat doet me deugd, Franz. Jullie hebben hier echt jullie draai gevonden en je geniet aanzien als zakenman.'

Franz knikte. 'Ja, dat kun je denk ik wel zeggen, maar het was dankzij de mensen hier in Euweiler niet moeilijk om te wennen. We hoorden er al snel bij en het lijkt alsof we hier altijd al hebben gewoond.'

'Misschien kun je me dan ergens mee helpen, Franz,' zei Eberhard. 'Je weet dat het perceel rechts van het jouwe, waar ooit mijn ouderlijk huis stond, nog steeds van mij is. Ik wil dat stuk grond verkopen.'

'Weet je dat zeker?' Franz trok verbaasd zijn wenkbrauwen op. 'Land bezitten, dat is een soort verzekering. Je kunt er een pand op bouwen en dat verhuren. Geld kun je maar één keer uitgeven, dan heb je niks meer,' zei hij, 'maar grond blijft.'

'Een trommelbrander ook,' luidde Eberhards weerwoord. 'Het gaat om mijn bedrijf, Franz. Dat loopt nu goed, maar ik moet uitbreiden om aan de groeiende vraag te voldoen. En de kwaliteit wordt zeker beter als ik een professionele brander heb, daarmee gaat het gemakkelijker dan met de hand.'

'Hm,' mompelde Franz. Hij pakte zijn wijnglas en leunde achterover in zijn stoel.

Eberhard sloeg zijn vriend gade terwijl die duidelijk over een aantal zaken nadacht. Ten slotte dronk Franz zijn glas leeg, zette het neer en stond op. Met een 'Zo terug' liep hij de kamer uit.

Het duurde even voordat hij weer terugkwam, met een kistje onder zijn arm. 'De zaken gaan goed, dat zei ik al, maar wat je nog niet weet: ik heb een goede neus voor bepaalde dingen. De geldhervorming is niet voor iedereen goed afgelopen. Wie wat op de bank had staan, had het nakijken.'

'Het was een van de zeldzame momenten in het leven waarop je beter niet rijk kon zijn,' merkte Eberhard droogjes op. Voor hem had de hervorming geen negatieve gevolgen gehad, simpelweg omdat hij geen spaargeld had gehad dat hij kon verliezen.

'Nou, zo zou ik het niet willen zeggen, Eberhard. Het lot heeft mijn familie in de afgelopen paar jaar een aardige loer gedraaid, maar zoals het er nu naar uitziet, kan het alleen maar beter worden. Het begon ermee dat ik bij mijn vertrek uit de villa op een tot dan toe onbekende familieschat stuitte. Gouden munten. Kijk maar eens.'

Hij zette het kistje op de tafel en klapte het deksel open. Er zaten de nodige gouden munten in.

'Potverdorie,' liet Eberhard zich ontvallen.

'Ja,' zei Franz lachend, 'zeg dat wel. En wie goud bezit, is de echte winnaar van de geldhervorming. Goud is enorm in waarde gestegen. En heel eerlijk, Eberhard, ik had dit goud graag tijdens die barre winter gehad, maar ik ben nog blijer dat we die zonder goud konden overleven en dat we nu een onbekommerd bestaan leiden.'

'Dat vind ik echt heel fijn voor je, Franz,' zei Eberhard, en dat meende hij. Als iemand wat geluk had verdiend, dan waren het zijn vriend Franz en diens vrouw Rosmarie, die het een tijdlang zo zwaar hadden gehad.

'Dank je, Eberhard, dat doet me goed. Maar Rosmarie en ik hebben geen behoefte aan rijkdom. We willen zorgeloos leven, dat is voor ons genoeg. Daarom zijn we ook de gemeenschap hier gaan helpen. We werken samen met de kerk en zetten ons in voor goede doelen. Er is nog zoveel gebrek aan alles, Eberhard, nog zoveel ellende. De oorlog is weliswaar voorbij, maar veel mensen leven nog steeds in de schaduw ervan.'

Eberhard knikte. 'Dat weet ik, Franz. En ik weet niet of we die schaduw ooit kwijtraken. En of dat wel zou moeten. Het is immers een voortdurende waarschuwing dat we voortaan beter ons best moeten doen.'

'Je hebt gelijk, een dergelijke herinnering is belangrijk en zal dat over honderd jaar beslist nog steeds zijn. Maar het is ook belangrijk om nu degenen te helpen die het moeilijk hebben. Ik denk dan vooral aan al die kinderen die door de oorlog wees zijn geworden.'

'De weeshuizen zitten vol,' beaamde Eberhard.

'We hebben er zelfs aan gedacht om een kind aan te nemen,' vertelde Franz, 'maar Rosmarie durft dat niet aan, ze is bang dat de opvoeding haar te veel zou worden.'

Eberhard knikte en probeerde te begrijpen waar zijn vriend eigenlijk naartoe wilde. Hoe waren ze in vredesnaam van een trommelbrander op weesjes gekomen? Hij had geen idee.

'Weet je, Eberhard, ik zal nooit vergeten dat je al vanaf het begin zo'n goede vriend voor me bent geweest. En hoe zeggen ze dat zo fraai? Het laatste hemd heeft geen zakken. Dus wat moet ik met al dat geld dat ik zelf niet nodig heb? Ik zal het je vertellen, ik koop dat stuk grond van je en roep de hulp van de pastoor in. Die vent is nog jong en sterk, die is niet voor een kleintje vervaard. Hij kan me helpen om een huis te bouwen. Dat mag de kerk dan gebruiken, als weeshuis. Wat zeg je daarvan? Vind je dat een goed idee? Dan wordt jouw perceel voor een goed doel gebruikt en kun jij je trommelbrander kopen. Over het bedrag worden we het vast wel eens.'

Het duizelde Eberhard. Had Franz hem opnieuw de oplossing voor zijn probleem aangeboden?

Eberhard reed het bosweggetje op en zette Pepe verborgen achter de bomen neer, uit het zicht van eventuele voorbijgangers. Zodra hij de motor afzette, was het pikdonker om hem heen. Hij bleef even zitten totdat zijn ogen aan de duisternis waren gewend.

Hij kon nog altijd niet geloven dat zijn bezoek aan Franz tot zo'n prachtig resultaat had geleid. In eerste instantie had hij alleen maar durven hopen dat zijn vriend misschien een gegadigde voor het stuk grond wist, maar nu kon het niet lang meer duren voordat hij de heerlijke geur van gebrande bonen aan zijn eigen trommelbrander kon ontlokken. Hij stond te popelen om het aan Magdalena te vertellen.

Voordat hij naar huis reed, moest hij echter nog iets regelen. Nu hij zo laat in de Hoge Venen onderweg was, wilde hij de kans grijpen om een kleine omweg te maken. Het zag ernaar uit dat hij de komende tijd sowieso meer koffie nodig had, dus hij moest zelf vaker heen en weer rijden of ergens anders gesmokkelde bonen vandaan zien te halen. In dat laatste geval was zijn winst kleiner, maar liep hij ook minder risico.

Het was het een of het ander.

Eberhard tilde zijn koffieslee van de achterbank. Zodra hij had besloten om naar Euweiler te gaan had hij zich ook voorgenomen om deze omweg te maken en daarvoor de benodigde spullen ingepakt.

Vandaag was hij iets zuidelijker onderweg dan gewoonlijk. Dat was niet zo erg, want te veel vaste gewoonten maakten een mens onvoorzichtig en voorspelbaar.

Met zwierige passen stapte hij door het donker. Jean-Claude zou ongetwijfeld heel verbaasd zijn wanneer Eberhard hem zou vertellen dat hij de trommelbrander nu al wilde kopen. Met een beetje geluk kon hij zijn nieuwe apparaat binnen een paar weken in gebruik nemen.

Eberhard had al heel lang niet meer zo'n opperbest humeur gehad. Hij had bijna zin om te neuriën, maar dat deed hij natuurlijk niet. Hij wilde niet dat de geesten van de nacht merkten dat hij onderweg was. Na alle tegenspoed van de afgelopen jaren lachte het geluk hem eindelijk toe.

Hij had bijna niet door dat hij het dorpje al had bereikt. Even later klopte hij met het afgesproken teken op de deur van zijn Belgische vriend.

Deze keer was Jean-Claude lang niet zo verbaasd om hem te zien, en hij was blij dat Eberhard goed nieuws voor hem had.

'Over uiterlijk vier weken heb jij je nieuwe brander,' beloofde hij. Eberhard kon het bijna niet geloven en voelde zich nog blijer toen hij de opgetogen blik in Jean-Claudes ogen zag. Het ging niet alleen om het bedrijf. De Belg was blij dat hij zijn goede vriend aan de andere kant van de grens een handje kon helpen.

Om de goede afloop te vieren laadde hij nog een extra pak bonen op Eberhards slee. Voordat hij zijn kameraad weer het donker in stuurde, drukte hij hem nogmaals op het hart: 'Die moet je niet verkopen, Eberhard. Drink die met je familie, het is alsof er een engeltje op je tong danst!' Hij sloeg zijn armen stevig om Eberhard heen en klopte hem zo ferm op zijn rug dat Eberhard bijna geen lucht kreeg. Die Belg had echte berenklauwen.

Daarna verdween Eberhard het donker in.

Terwijl hij stapje voor stapje zijn weg terug naar de auto zocht, liet hij de gebeurtenissen van die avond nogmaals door zijn gedachten gaan. Hij lachte zachtjes in zichzelf. Je mag je gelukkig prijzen, Eberhard Ahrensberg, dacht hij, het lot heeft het goed met je voor.

'Halt! Handen omhoog!' onderbrak opeens een luide stem zijn vrolijke mijmeringen. Rechts van hem dook een man op, zo dichtbij dat wegrennen onmogelijk was. Het bloed stolde in zijn aderen. Binnen een seconde stelde hij vast wat hij kon doen: helemaal niets.

Als hij er nu vandoor ging, schoten ze hem neer.

Hoofdstuk 14

Bewijzen

Aken • Aachen • Oche • Aix-la-Chapelle • Aquae Granni

Heden: juni

'Mia slaapt nog,' zei Corinne terwijl ze de woonkamer in liep. Ze rekte zich gapend uit. Nadat ze de vorige dag was thuisgekomen, worstelde ze nog steeds met een jetlag. Daarom, en omdat ze het zo fijn vond om bij Noah en haar kindje te zijn, had ze net samen met Mia een middagdutje gedaan. Ze had graag gewild dat Noah er ook nog bij kroop, maar hij had de uitnodiging afgeslagen.

'Ga maar lekker met Mia knuffelen,' had hij gezegd. 'Ik doe in de tussentijd het huishouden en daarna drinken we samen nog een kop koffie.'

Dat had hij op een hartelijke toon gezegd, en hij had haar bij die woorden glimlachend aangekeken, maar toch had zijn weigering haar gekwetst. Had hij haar niet gemist? Was hij beledigd? Ze wist niet goed wat ze ervan moest denken.

Noah deed zijn best om normaal over te komen, maar sinds hun gesprek over haar reis was er iets tussen hen veranderd. Ze had gedacht dat de lucht inmiddels wel was geklaard, want hij had haar zulke lieve berichtjes gestuurd, maar sinds haar terugkeer kreeg ze steeds sterker het gevoel dat er iets niet klopte. Er leek een onzichtbare muur tussen hen te staan, maar misschien was daar een heel andere reden voor?

Natuurlijk had ze hem gevraagd of er iets was, maar Noah had haar alleen maar verbaasd aangekeken en haar duidelijk gemaakt dat alles in orde was. Hoe kwam ze daar nu bij, had hij haar gevraagd. En hij had zo overtuigend geklonken dat ze hem had geloofd. Hij was duidelijk niet boos op haar, dat was mooi. Maar toch leek iets hem bezig te houden.

Corinne besloot het voor nu even te laten rusten. Ze wilde niet aandringen, misschien werd vanzelf duidelijk wat er aan de hand was. Als hij eraan toe was, zou hij het haar vast wel vertellen, al hoopte ze dat dat geen eeuwen ging duren. Sinds ze Noah kende, hadden ze altijd een erg innige band gehad, en ze wilde niets liever dan dat het opnieuw zo zou zijn. Daar had ze alles voor over.

Nu ging ze glimlachend achter Noah staan, die net bezig was om het wasgoed op te vouwen, en ze sloeg haar armen om hem heen. Ze kroop tegen zijn rug aan en genoot van zijn nabijheid.

'Het is fijn om weer thuis te zijn,' zei ze. 'Ik heb jullie heel erg gemist. Daarom ben ik zo blij dat Frieda en Beatrice goed met elkaar kunnen opschieten en ik vandaag vrij kon nemen. Wat denk je, zullen we Klara vragen of ze wil blijven logeren? Dan kunnen we samen iets leuks gaan doen. Uit eten, naar de film... Het maakt niet uit.'

'Is dat niet een beetje te veel voor je?' vroeg Noah. 'Je bent nog erg moe en je wilt morgen weer werken. We kunnen het ook hier thuis gezellig maken en samen een filmpje kijken.'

'Krijg ik dan ook popcorn?' wilde Corinne weten.

Noah legde de handdoek die hij net had willen opvouwen opzij en draaide zich naar haar om, zodat hij haar in zijn armen kon nemen.

Warm en teder. *'All you can eat,'* zei hij, en eindelijk zag ze in zijn ogen weer die gouden vonkjes waar ze zo gek op was.

'Pas maar op,' zei ze waarschuwend, 'dan mis je vast de helft van de film omdat je telkens bij moet maken.'

'Misschien kan ik wel iets bedenken om je van je trek in popcorn af te leiden,' mompelde Noah. Hij boog zijn hoofd om haar te kunnen zoenen. Zijn handen verdwenen onder de stof van haar topje en ze voelde haar huid tintelen op de plekken waar hij haar aanraakte. Ze kroop dichter tegen hem aan, zoende hem hartstochtelijk terug en streelde zijn rug.

'Dat lijkt me een heel goed plan,' gaf ze toe, maar toen moest ze weer gapen.

'Kom.' Noah pakte haar hand. 'Laten we in de keuken gaan zitten, dan zet ik koffie voor ons en vertel jij me over je reis. We hebben nog niet eens tijd gehad om echt met elkaar te praten.'

Met dat voorstel brak hij de muur tussen hen af. Wat de oorzaak ook was geweest, die muur leek nu te zijn verdwenen. Meteen veranderde de stemming tussen hen.

Terwijl Noah water opzette en de bonen maalde, vertelde Corinne hem over Brazilië. Ze koos de bijzondere momenten uit en vertelde enthousiast over de gastvrijheid van de mensen daar en de mooie omgeving. En ze gaf toe dat ze zich telkens zo eenzaam had gevoeld.

'Ik weet dat ik daar af en toe een kijkje moet nemen, maar als het even gaat, Noah, dan wil ik heel graag dat jij er voortaan bij bent. Zonder jou en Mia was het lang niet zo fijn.'

'We zullen wel zien. Als je niet zoals nu halsoverkop moet vertrekken, kunnen we vast wel iets regelen.'

Corinne nam genietend een slok van de jacukoffie die ze bij het afscheid van Fernando had gekregen. 'Het is zo raar, ik ben dol op mijn werk, dat hoef ik jou niet te vertellen, maar soms vraag ik me af hoe het zou zijn gelopen als jij jouw branderij had gehouden en ik bij Mia thuis was gebleven.'

Noah keek haar met verbaasd opgetrokken wenkbrauwen aan.

Sinds hun besluit hadden ze het niet meer over dit onderwerp gehad en Corinne wist ook niet waarom ze er nu opeens aan moest denken. Het verbaasde haar zelf ook dat ze er zomaar over begon. De woorden hadden haar mond nog niet verlaten of ze vroeg zich al af of ze er goed aan had gedaan om dit hardop te zeggen. Begreep Noah wel wat ze bedoelde, of zou hij het als een verwijt zien en had ze hiermee de net weer zo goede stemming bedorven?

Ze moest het risico nemen en hem vertellen wat ze precies voelde. Ze waren altijd eerlijk tegen elkaar geweest, en omdat ze niet wilde dat daar verandering in kwam, hield ze zich nu niet in.

'In Brazilië had ik de tijd om eens goed over het een en ander na te denken,' ging ze verder. 'En ik heb ontdekt dat ik al een tijdje met iets zit waar ik tot nu toe niet echt mijn vinger op kon leggen. Noah, je moet me echt niet verkeerd begrijpen, je bent een geweldige vader en Mia is stapeldol op je...'

'Corinne, wat is er? Draai niet zo om de hete brij heen en zeg wat er scheelt. Heb ik iets verkeerd gedaan?'

'Nee, Noah, dat bedoel ik juist. Je hebt alles juist goed gedaan. Misschien komt het ook daardoor dat ik...' Corinne haalde diep adem en pakte zijn handen stevig vast. 'Ik vind het vreselijk om te moeten toegeven, maar ik ben jaloers.'

Noah fronste zijn wenkbrauwen en schudde zijn hoofd. 'Corinne.' Hij zoende haar rechterhand. 'Ik heb geen idee waarom je je zo voelt, maar je hebt geen enkele reden om jaloers te zijn. Echt niet. En op wie dan? Denk je dat ik in de speeltuin met andere moeders aanpap? Dat geloof je toch zelf niet?'

In eerste instantie begreep Corinne helemaal niet wat Noah bedoelde, maar zodra het haar duidelijk werd, barstte ze in lachen uit. 'Nee, Noah, dat bedoel ik helemaal niet. Ik ben niet jaloers omdat ik denk dat je een ander hebt, maar op jou, op het feit dat jij zoveel tijd met Mia kunt doorbrengen. Ik heb het gevoel dat ik veel te veel mis. Ze wordt zo snel groot en lijkt elke avond als ik thuiskom weer een stukje gegroeid. En die ontwikkeling mis ik. Dat vind ik jammer.' Ze ademde nogmaals diep in om moed te vatten. 'Natuurlijk misgun ik je geen enkel moment met ons kleintje. Daarom vind ik het ook zo gênant dat ik jaloers ben. En mijn verstand zegt tegen me dat dit precies is zoals we het hebben afgesproken, dat ik trots op je moet zijn en dat ben ik ook, heel trots. Ik mag me gelukkig prijzen met zo'n fijne man die zoveel zorgtaken van me overneemt, zodat ik mijn droom werkelijkheid kan laten worden. Maar diep in mijn hart benijd ik je omdat je zo vaak met Mia samen bent. Dat wil ik ook.'

'O,' was Noahs enige antwoord. Corinne zag aan hem dat hij even moest verwerken wat ze net had opgebiecht. Hij greep haar stevig vast.

'Dank je, Corinne,' zei hij ten slotte. 'Ik denk dat het goed is dat je hier open over bent. Ik kon merken dat je iets dwarszat, maar ik had geen idee wat het was. En ik werd een beetje bang omdat je er niet over wilde praten, maar nu weet ik zeker dat we hiervoor een oplossing kunnen vinden. Laat me er even over nadenken. Ik kan niet zo een-twee-drie iets bedenken, daar heb ik even tijd voor nodig, maar ik beloof je dat alles weer goed komt.'

Hij gaf haar een zoen en Corinne fluisterde: 'Ja, met liefde en koffie komt alles goed.'

Weer merkte ze hoe waar haar favoriete spreuk was, hoewel ze nu nog niet wist op welke manier alles goed zou komen.

'En ik hou van je, Corinne, met heel mijn hart, en ik hou elke dag weer een beetje meer van je. Dat blijft zo, daar kun je zeker van zijn.'

'Dan is het maar goed dat ik ook van jou hou, Noah Engel.' Ze gaf hem een zoen en keek hem glimlachend aan. 'En weet je waar ik ook heel veel van hou?' vroeg ze.

'Van onze dochter?' luidde meteen zijn vraag.

Corinne knikte en schudde op hetzelfde moment haar hoofd. 'Ja, van haar natuurlijk ook, maar ik dacht aan Susans aardbeientaart. Heb je zin om met Mia en mij naar Emotion te gaan? Dat zal Susan ook leuk vinden.'

'Ja, dat is een goed idee. Dan kan ik op de terugweg meteen mais meenemen. We hebben nog maar één zakje, dus dat kan krap worden. Ik ben immers met een popcornveelvraat getrouwd.' Hij lachte toen Corinne speels in zijn vinger beet.

'Kijk uit, anders eet ik je op,' zei ze.

'Dat lijkt me wel wat,' antwoordde Noah. 'Zal ik nog even bij Mia kijken of doe jij het?'

Ze wilden net het huis verlaten toen Noah in het voorbijgaan een blik op de kalender wierp. Hij bleef staan en sloeg met zijn hand tegen zijn voorhoofd.

'Verdorie,' zei hij, 'het is vandaag woensdag. Corinne, het spijt me, maar ik was helemaal vergeten dat Mia om vier uur een verjaardagsfeestje heeft.' Hij keek op de klok. 'Als we nu vertrekken, zijn we nog op tijd.'

'O,' zei Corinne. 'En ik dan?'

Noah dacht even na. 'Ik weet niet of het goed valt als we opeens met ons tweeën daar opduiken. En als jij in mijn plaats gaat, word je vast aan een kruisverhoor onderworpen. Stel je eens voor, tien nieuwsgierige moeders aan wie je mag uitleggen waarom jij er bent, en niet je man. Nog los van al die gesprekken die ze over je leuke huisman gaan voeren.'

Corinne trok een gezicht en Noah schoot in de lach.

'Dat dacht ik al,' zei hij, 'maar afzeggen gaat ook niet, we willen dat Mia vriendjes en vriendinnetjes krijgt. Moeders kunnen soms erg lastig zijn,' voegde hij er op luchtige toon aan toe.

Toen Corinne alvast diep inademde om hem van repliek te dienen, merkte hij lachend op: 'En vaders natuurlijk ook.'

'Wat heb ik toch een slimme man,' zei Corinne plagend.

'Heb je dat nu pas in de gaten?' wilde hij weten, maar toen werd hij weer serieus. 'Wat zeg je ervan als Mia en ik eerst een uurtje naar dat feestje gaan en we je daarna bij Susan afhalen?'

'Dat is een supergoed plan,' beaamde Corinne opgelucht. Ze kreeg koude rillingen van het idee om door een horde supermoeders te worden belaagd. 'En weet je, dan vraag ik Sebastian meteen of hij ook tijd en zin heeft om bij te praten met een stuk taart.'

Dat bleek inderdaad het geval. Sebastian liet enthousiast meteen alles uit zijn handen vallen om met haar af te kunnen spreken.

Toen Corinne de deur van het koffietentje openduwde, keek Susan net haar kant op. Ze legde meteen het taartmes neer en rende naar Corinne toe om haar te begroeten.

'Wat fijn dat je weer terug bent,' riep ze terwijl ze haar vriendin onstuimig omhelsde. 'Had je een goede *trip*? Was het *successful*? *Hard time* voor Mia en Noah, *right*?'

'Hallo, Susan. Ja, dat kun je wel zeggen. Ik heb die twee heel erg gemist. Verder was het een erg goede reis. Bijzonder geslaagd, kan ik wel zeggen.'

'Kom, je tafeltje is vrij. En ik wil alles horen over die vurige Brazilianen,' zei ze met een knipoog. 'Wat wil je drinken? En wil je taart?'

'Warme chocolademelk en aardbeienkwarktaart, als er nog is,' luidde Corinnes bestelling. Ze ging aan haar lievelingstafeltje zitten. 'Sebastian komt ook zo,' vertelde ze.

'Die is er al,' klonk het achter haar. Sebastian keek haar met een brede lach aan. 'Voor mij graag hetzelfde, Susan, warme chocolademelk met taart klinkt perfect.'

'*All right.* En nog niet alles vertellen, hoor, wacht totdat ik terug ben.' Susan draafde terug naar de toonbank om snel hun bestelling klaar te maken.

'Ik was blij dat je belde, Corinne,' zei Sebastian, die haar met een omhelzing begroette. 'Heb je nog last van een jetlag?' wilde hij weten.

'Een beetje, maar het gaat wel. Ik ben zo blij dat ik weer terug in Aken ben dat ik die vermoeidheid niet meer voel,' antwoordde Corinne monter.

'*Here we go.*' Susan trippelde op hen af met een dienblad met niet twee, maar drie bekers warme chocolademelk. Nadat ze haar blik even door de zaak had laten gaan om te zien of het handjevol gasten tevreden was en haar personeel alles aankon, trok ze een stoel onder de tafel vandaan om bij Corinne en Sebastian te gaan zitten. 'Goed, vertel. Hoe was het? Is er nog nieuws? Sebastian en ik willen alles weten, right?'

'Right,' bevestigde Sebastian met een lach.

Corinne wilde net van wal steken toen haar telefoon ging. Het nummer zei haar niets, maar ze nam toch op, een beetje verbaasd.

'Corinne Ahrensberg,' zei ze beleefd, maar terughoudend.

'O, u laat het Engel achterwege,' klonk een krakende stem die ze meteen herkende.

'Meneer Rosenbaum, wat een verrassing. Ik kon u maar niet bereiken en daarom dacht ik dat u misschien van gedachten was veranderd.'

Dat was nog waar ook. Toen het haar niet meer gelukt was om dit verdachte sujet aan de telefoon te krijgen, was ze ervan uitgegaan dat hij een oplichter was en misschien niet meer durfde.

'Druk met werk, mevrouw. Maar ik ben er weer, met dezelfde eisen.

Ik verwacht van u dat u mij mijn rechtmatige erfenis doet toekomen, anders zal het u berouwen.'

'Dat zullen we nog wel zien,' flapte Corinne er uit. Ze vergat helemaal dat ze dit diplomatiek wilde aanpakken.

'U wilt het zo spelen? Dat kan, engeltje, dat kan,' sprak de krakende stem bits. 'Al wil ik het geen spelletje meer noemen. Ik ben de rechtmatige erfgenaam en u geeft me waar ik recht op heb. Zorg ervoor dat het onroerend goed op mijn naam wordt gezet, anders word ik lastig.'

Corinne zag dat Susan en Sebastian haar vragend aankeken. Die twee hadden allang door dat dit geen aangenaam gesprek was.

'Meneer Rosenbaum, ik heb u geen enkele aanleiding gegeven om een dergelijke toon tegen mij aan te slaan. En zoals ik al eerder zei, u zult eerst moeten bewijzen dat u bent wie u zegt te zijn, anders gebeurt er helemaal niets.'

'U weet net zo goed als ik dat het toen een erg moeilijke tijd was, ook na de oorlog. Ik heb de nodige pech in het leven gehad. Jaren geleden is mijn huis afgebrand, ik ben alles kwijtgeraakt, mijn volledige bezit en ook alle belangrijke papieren. Maar die heb ik vervangen, al gaat het natuurlijk niet om de originele documenten. Ik zal u die toesturen. U hoort nog van mij,' sprak hij afgemeten, waarna hij ophing.

Corinne staarde naar haar telefoon en Sebastian merkte op: 'Wat was dat in vredesnaam?'

'*Did you say* Rosenbaum?' wilde Susan weten.

Corinne slaakte een zucht. Ze had gehoopt dat ze hier een einde aan kon maken door hem naar bewijs te vragen, maar nu begreep ze dat ze nog niet van hem af was. En ze kreeg een steeds grotere hekel aan die Maximilian Rosenbaum.

Het ging haar in eerste instantie niet eens om het geld waarop hij aanspraak maakte. Het zat haar vooral dwars dat zo'n onaangenaam type de broer van Sarah was. Dat kon ze zich niet voorstellen, al deed ze nog zo haar best.

Omdat Sebastian en Susan haar nog altijd vol verwachting aankeken, benieuwd naar een uitleg, vatte ze moed en deed ze het hele ellendige verhaal uit de doeken.

'Dat moet fake zijn, Corinne,' zei Susan onmiddellijk. Er waren inmiddels nieuwe gasten binnengekomen, dus ze moest terug naar haar plekje achter de vitrine om koffie te zetten en taart te serveren. 'Sebastian, ik heb gelijk, of niet soms?'

'Ja, dat denk ik ook. Het is allemaal erg geheimzinnig, als je het mij vraagt. En dan is zijn huis ook nog afgebrand? Dat is niet bepaald origineel.'

'Weet je, Sebastian, zelfs al zou ik geloven dat hij de waarheid spreekt, dan nog kan ik hem niet zomaar die hele erfenis geven. Sarah heeft mij als haar erfgename benoemd en dat gaat in mijn ogen gepaard met bepaalde verantwoordelijkheden. Voordat ik de erfenis aannam, heb ik er echt goed over nagedacht. Ik heb weloverwogen ja gezegd. Maar ik weet helemaal niks over deze man. Hij kan wel ik weet niet wie zijn. Als hij echt haar broer is, wat ik me moeilijk kan voorstellen, en als Sarah had gewild dat hij ook iets erft, dan had ze hem toch wel in haar testament genoemd? Wat denk jij? En juist omdat er een testament is, moet ik eerst uitzoeken of hij eigenlijk wel ergens recht op heeft, broer of niet.'

Het was fijn dat ze het nu met Sebastian kon bespreken, dat hielp haar om haar gedachten eens goed op een rijtje te zetten.

'En dan is hij ook nog eens een toonbeeld van vriendelijkheid, een man die iedereen voor zich weet te winnen,' merkte Sebastian spottend op. 'Dat zag ik aan je gezicht.'

'Ha, ha,' antwoordde Corinne, maar ze moest toch lachen. Als Sebastian in de buurt was, waren zelfs de grootste problemen wat beter te verteren. 'Het is misschien niet eerlijk, Sebastian, maar ik kan er niks aan doen, ik geloof gewoon geen woord van wat hij zegt. Als Sarah echt een broer had gehad, dan had ze me heus wel over hem verteld. En nu ze er niet meer is, duikt hij opeens op, na ik weet niet hoeveel jaar vermist te zijn geweest. Er klopt iets niet aan dat verhaal, dat weet ik zeker.'

'Het lijkt me inderdaad niet pluis,' zei Sebastian.

'Wat zou jij doen? We zijn het er denk ik wel over eens dat ik niet zomaar een wildvreemde moet geloven die beweert dat hij Sarahs broer is. Zeker niet na dat wonderlijke verhaal over die papieren die verloren zijn gegaan.'

'Heb je er al aan gedacht om een privédetective in te huren? Iemand die dit soort zaken vaker doet en die zo'n vent eens flink aan de tand kan voelen?'

'Dat zou ik kunnen doen,' antwoordde Corinne. 'Of ik schakel een advocaat in. Weet je, hoe langer ik erover nadenk, des te meer ik het gevoel heb dat hij een oplichter is. Een beetje zoals die lui voor wie altijd wordt gewaarschuwd, die bedriegers die oude mensen opbellen en zich voor hun kleinkind uitgeven. Als inderdaad blijkt dat dit nep is, dan aarzel ik niet om aangifte te doen.'

'Een kleinkind?' Sebastian grinnikte. 'Dan is Mia er wel erg vroeg bij.' Hij lachte nog eens. 'Oma Corinne, zo ga ik je voortaan noemen.'

Corinne rolde met haar ogen, maar ondanks alles moest ze lachen. 'Sebastian.' Ze snoof ongeduldig. 'Overdrijf toch niet zo, doe eens serieus.'

Hoofdstuk 15

De trommelbrander

Aken • Aachen • Oche • Aix-la-Chapelle • Aquae Granni

Augustus-september 1948

Eberhard was als een zoutpilaar blijven staan en durfde amper adem te halen. Zijn pols ging als een razende tekeer. De handen die hij omhoog had moeten steken trilden. De riemen van zijn zelfgemaakte slee spanden strak rond zijn schouders en sneden in zijn vlees, maar hij durfde zijn armen niet te laten zakken.

Hij vroeg zich koortsachtig af wat hij kon doen om uit deze hachelijke situatie te ontsnappen. De douanier die hem had betrapt, kon elk moment naar hem toe komen en de loop van zijn wapen tussen zijn ribben duwen. Hij wist dat die lui niet bepaald zachtzinnig met smokkelaars omgingen.

Helaas had hij geen idee wat er nu precies gebeurde. Met hoeveel waren ze? Waar stonden ze? Kon hij er nog vliegensvlug vandoor gaan en zich ergens verstoppen? Hij hoefde alleen maar de kogels te ontwijken, daarna kon hij wel hard wegrennen.

Uitgerekend op dat moment schoven er wolken voor de maan. Al deed hij nog zo zijn best, het lukte hem niet om in het donker iets te ontwaren, en zonder voldoende kennis van de situatie durfde hij geen vluchtpoging te ondernemen. Dat was gekkenwerk. Hij kon niets anders doen dan rustig blijven wachten totdat de douaniers in actie kwamen. Het pikdonkere bos ging over zijn lot beslissen.

Gewoonlijk was Eberhard blij dat het bewolkt was als hij op smokkeltocht ging, want hij voelde zich veel veiliger als je bijna geen hand voor ogen zag, maar vandaag vervloekte hij het ontbrekende maanlicht.

Hoe hadden de douaniers hem eigenlijk betrapt? Hij had heel stilletjes gedaan, niemand kende zijn route. Hij had tot kort voor zijn vertrek zelf niet eens geweten welke weg hij wilde volgen. Het was hem een raadsel, maar het deed er nu niet meer toe.

Magdalena's grootste nachtmerrie was eindelijk werkelijkheid geworden. Ze hadden hem betrapt. Op heterdaad. Het ergste was nog dat hij nu al wist hoe Magdalena hierop zou reageren. Ze zou in huilen uitbarsten en dat was zijn schuld. Eberhard twijfelde er niet aan dat hij in de cel zou eindigen.

Tenzij...

Weer dacht hij koortsachtig na. Hij had verhalen gehoord over douaniers die niet vies waren van een beetje onderhandelen. Misschien kon hij deze man ook iets aanbieden waarvoor hij in ruil de andere kant op wilde kijken. En het was verschrikkelijk, maar hij begreep meteen welk ruilmiddel hij had.

Alleen al de gedachte eraan was weerzinwekkend, maar als hij daardoor op vrije voeten kon blijven, bij zijn gezin, dan was hij bereid om het te doen, om dat duistere verleden in te duiken en daarvan gebruik te maken. Al jaren lag er in een van de kamers een kist vol aandenkens aan Hitler verstopt. Zulke spullen brachten op de zwarte markt veel op, maar Eberhard had zich er tot nu toe nooit toe kunnen zetten om die smerige rotzooi te koop aan te bieden. Hij walgde ervan en zou zich te veel schamen, maar hij had die spullen ook niet kunnen vernietigen. Daarvoor waren ze simpelweg te waardevol. Nu begreep hij dat ze zijn verzekering konden zijn en met een beetje geluk zijn arrestatie konden voorkomen.

De tijd leek net zo stil te staan als Eberhard. Hij had geen idee of er seconden of minuten waren verstreken sinds hij het bevel had gekregen om te blijven staan.

Toen kwam er eindelijk weer iets in beweging. Ergens rechts van hem hoorde hij een zacht geruis, opeens gevolgd door zoveel tumult dat de schrik hem om het hart sloeg.

Hij zakte als vanzelf door zijn knieën en maakte zich zo klein mogelijk, met zijn armen en handen beschermend rond zijn hoofd. Dat waren geluiden van een gevecht, vlakbij. Op vijf, misschien tien meter afstand. Het donker was te vergelijken met mist, hij kon de afstand onmogelijk schatten. Hij kneep zijn ogen tot spleetjes en probeerde te zien wat er gaande was. Wie vochten daar?

Opeens viel er een schot, zo dichtbij dat zijn trommelvlies trilde. Een kreet van pijn schalde door het bos, gevolgd door het doffe geluid van stompende vuisten. Eberhard kon de pijn van die slagen bijna voelen.

Langzaam drong het tot hem door wat er aan de hand was, en daardoor was hij niet langer verlamd van schrik. De douaniers hadden vlak naast hem een bende smokkelaars betrapt. Zonder het te beseffen was hij midden in hun strijd beland, maar niemand maalde om hem. Het donker lag als een beschermende deken over hem heen en hoogstwaarschijnlijk wist niemand dat hij hier zat. Eberhard had opeens zin om de wolken te bedanken.

Dit was zijn kans. Zodra hij dat besefte, ontwaakte hij uit zijn verdoving. Nu of nooit! Hij moest de kans grijpen die het lot hem bood, snel en stil. Al had de kluwen vechtende mannen het vast niet door als hij lawaai maakte, daarvoor was hun eigen hese geschreeuw veel te luid.

Eberhard trok met al zijn kracht aan de schouderriemen en hees de slee op zijn rug. De touwen sneden in zijn hand, maar hij mocht nu niet kleinzerig zijn. Zijn bloed ruiste van de spanning en zijn paniek gaf hem zoveel kracht dat hij het gewicht van de koffie niet eens voelde. En hij merkte ook niet dat het hout van zijn slee tegen zijn heupen sloeg.

Eberhard schoot overeind en rende zonder ook maar één keer om te kijken weg, weg van het tumult achter hem, weg van de geluiden, de donkere nacht in. Hij rende voor zijn leven. Harder dan ooit. Hij zag niet goed waar hij liep en struikelde, en door zijn val sloeg de slee hard tegen zijn achterhoofd. Maar hij voelde geen pijn. Het enige wat telde, waren de geluiden van het gevecht, die bij elke stap verder weg klonken.

Hij botste bijna pal tegen een boom aan en bleef aan een uitstekende tak haken. Hij hoorde zijn broek scheuren, maar dat kon hem niet schelen, hij rende verder. Verbeten vocht hij om elke stap. Het zweet liep zijn ogen in, dat brandde. Zijn hijgende adem verliet in korte stoten zijn mond. Zijn longen deden pijn, die leken elk moment uit elkaar te kunnen knappen, maar hij dwong zichzelf om door te gaan. Nog een klein stukje. Nog een paar stappen. Toe dan, moedigde hij zichzelf in gedachten aan, hou vol.

Op een bepaald moment hoorde hij een beekje ruisen. Hij vertraagde zijn passen en probeerde te bepalen waar hij was, maar zonder resultaat. Hij had geen flauw idee. Duizelig viel hij naar voren, niet langer in staat om overeind te blijven. Hij was volkomen uitgeput.

Het dreunde in zijn oren. Bonte vlekjes dansten voor zijn ogen. De lucht brandde in zijn longen. Eberhard kokhalsde en moest braken. Telkens weer kokhalsde hij.

Wanhopig keek hij het donker in. Hadden ze hem gehoord? Kwamen ze hem achterna?

Een uiltje krijste. Naast hem ritselde iets en Eberhard dook in elkaar toen er opeens een muis over zijn hand liep. Het beekje kolkte. Hij hoorde niemand meer schreeuwen, niemand meer vechten. Er was alleen het bos. En Eberhard.

Toen het tot hem doordrong dat hij was ontsnapt, liepen de tranen van pure opluchting over zijn wangen. Hij schaamde zich er niet voor, hij was ongelooflijk dankbaar.

Hij had altijd geweten welke risico's hij nam en kon zich nog goed herinneren dat zijn vriendin Isabella hem tijdens een van zijn eerdere smokkeltochtjes op het nippertje had kunnen redden. Ook toen was hij door het oog van de naald gekropen, maar hij was niet zo bang geweest als nu. Misschien was zijn angst nu heviger omdat de douaniers meedogenlozer waren geworden, of misschien konden zijn zenuwen door het voortdurende gevaar veel minder hebben. Of misschien kwam het omdat hij meteen had vermoed dat het uitzichtloos was en dat hij in de val zat. Nog nooit had hij het gevoel gehad dat hij elk moment kon worden aangehouden, zelfs niet toen, samen met Isabella. Het was een wonder dat hij vandaag had kunnen ontsnappen.

Omdat zijn knieën nog steeds hevig beefden, rustte hij nog wat langer uit. Hij kroop weg in het kreupelhout, waar eventuele passerende douaniers of andere smokkelaars hem niet konden zien, en bleef onder de struiken liggen totdat hij weer voldoende op krachten was gekomen om Pepe te gaan zoeken.

Van de weg naar huis kon hij zich later alleen nog flarden herinneren. Het had hem uren gekost om de auto te vinden en hij was pas bij de villa aangekomen toen iedereen al aan het ontbijt zat.

'Eberhard!' had Magdalena geschrokken uitgeroepen toen ze zijn gescheurde broek en al die schrammen en blauwe plekken zag.

Hij had een afwerend gebaar gemaakt. 'Niks aan de hand, Magdalena. Het was erg donker vannacht en ik ben een paar keer gestruikeld. Ik mankeer niks.'

Hij ging niet vertellen wat er was gebeurd, hoewel hij meteen doorhad dat ze dat allang wist. Hij beeldde zich in dat de spoken lang niet zoveel macht kregen als hij ze doodzweeg. En hij had nog iets anders te doen. Hij had zichzelf een belofte gedaan die hij nu moest nakomen.

'Wat ben je aan het doen, Eberhard?' Magdalena kwam naast hem staan, bij het vuurtje dat hij achter de stal had aangestoken en hij schrok op uit zijn gedachten. Eberhard sloeg een arm om haar heen, zodat hij haar dichter naar zich toe kon trekken.

'Ik los een schuld in,' antwoordde hij. 'En ik zorg ervoor dat ik niet in de verleiding kom om mezelf met deze drek te besmeuren.'

Hij kon niet ontkennen dat hij bereid was geweest om de inhoud van dit kistje in te zetten om het vege lijf te redden, maar toen hij zonder die noodgreep was ontkomen, had hij gezworen dat hij het zou vernietigen. Hij wilde er niet meer aan hoeven denken en hij wilde niet opnieuw in verleiding komen om tegen zijn geweten in te gaan, al zat hij nog zo in de problemen. Dit was als een tweede kans, die hij wilde aangrijpen.

Eberhard pakte een vlag met een hakenkruis uit het kistje en gooide die op het vuur. Tevreden zag hij de vlammen aan de stof likken. Ze reikten er langzaam naar, om een tel later de hele vlag te omvatten en die in lichterlaaie te zetten. Foto's van Hitler en al die andere gruwelen volgden. Magdalena, die meteen doorhad hoe het zat, hielp haar man een handje. Samen, met hun armen om elkaar heen, keken ze naar het vuur dat alles verslond.

'Ik hou van je, Eberhard Ahrensberg. Ik ben heel erg bang, maar ik ben ook heel erg trots op je. Je bent een goed mens.'

'Dank je, Magdalena. Dat betekent heel veel voor me. En ik hou ook van jou. Je bent een geweldige vrouw en ik heb bewondering voor je, je bent zo sterk en moedig en je hebt zo'n groot hart.' Eberhard gaf zijn vrouw een innige zoen en zag dat ze tranen in haar ogen had.

'Niet zo verdrietig, Leentje,' zei hij troostend. 'Je weet dat alles weer goed komt met liefde en koffie.'

Magdalena snoot haar neus en glimlachte droevig. 'Ja, Eberhard, dat is waar. Ik wil alleen zo graag moeder worden.'

Haar verdriet trof hem diep in zijn hart. Hij sloeg zijn armen om haar heen. 'Dat gaat ook gebeuren, Magdalena. Nog even geduld. Ik twijfel er niet aan dat wij een kind krijgen.'

Met grote ogen keek Eberhard naar de fonkelende, glanzende trommelbrander. Hij liep eromheen en wreef met een doekje telkens weer over het metaal, hoewel alles er al uitzag om door een ringetje te halen. Hij hoefde geen enkel stofje weg te poetsen, er was nergens een dof plekje te zien.

Jean-Claude had zich aan zijn belofte gehouden. Zijn contactpersoon was de trommelbrander gisteren komen brengen en Eberhard had in alle vroegte meteen een gasfles gehaald. Nu stond hij voor zijn nieuwe schat, met een hart dat bonsde van opwinding.

Voor de allereerste keer in zijn carrière als koffiebrander ging hij professioneel bonen branden. Het zweet stond in zijn handen, zo spannend vond hij dit.

Hij had van Barbara een schoolschrift geleend waarin hij alle belangrijke gegevens wilde noteren: de hoeveelheid bonen, de kwaliteit ervan, de brandtemperatuur, de brandtijd en het uiteindelijke resultaat. Van nu af aan deed hij dit niet langer op hoop van zegen, maar door te plannen en zijn kennis te gebruiken. Klanten zouden in vervoering raken van zijn koffie. Voor minder deed hij het niet. Vol voorpret over zijn trommelbrander was hij al begonnen om reclame te maken voor Ahrensberg Koffie.

Eberhard had Magdalena laten fotograferen gezeten op een stoel in haar mooiste zondagse jurk met een kop koffie in haar hand. Die foto had hij samen met een wervende leus op een affiche laten afdrukken.

Ahrensberg Koffie – die naam staat voor kwaliteit

Die woorden hingen nu op reclameborden en peperbussen in heel Aken.

Zijn vrouw was zo trots en blij geweest toen hij haar had gevraagd of ze voor de foto wilde poseren. En hij was trots geweest op zijn mooie vrouw.

Nadat Eberhard nog een rondje om zijn trommelbrander had gelopen, raapte hij zijn moed bijeen. In gedachten had hij het hele proces al talloze keren doorlopen, en hij kon het apparaat bij wijze van spreken met zijn ogen dicht bedienen.

Hij draaide de gaskraan open en stak de vlam aan. Toen wachtte hij even totdat de trommel op temperatuur was gekomen. Zijn opwinding en ongeduld werden met de minuut sterker.

Hij wilde net de eerste bonen in de trommel gieten toen de deur openging en Magdalena een tikje buiten adem binnenkwam.

'Wacht op mij! Ik wil erbij zijn als je je eerste perfecte bonen brandt.' Ze knipoogde naar hem, ging naast hem staan en moedigde hem aan. 'Toe dan, ik ben er klaar voor.'

Dat liet hij zich geen twee keer zeggen. Hij vond het fijn dat Magdalena zoveel belangstelling voor zijn werk had, afgezien dan van de smokkelreisjes. Hij concentreerde zich weer op de brander en goot er een bakje vol bonen in leeg. Dat moest voor nu genoeg zijn, hij moest het apparaat immers nog leren kennen. Hij deed de trommel dicht. Nu begon het wachten. Hij pakte zijn zakhorloge, keek naar de wijzers en luisterde naar de geluiden in de trommel. Die klonken hem als muziek in de oren.

'Je ruikt het al,' zei Magdalena vol ontzag, bijna fluisterend.

Eberhard knikte. Om er zeker van te zijn dat hij de bonen niet te lang verhitte, haalde hij er telkens een paar uit de brander om ze goed te bekijken. Inmiddels begonnen ze langzaam van kleur te veranderen.

'Nu wordt het spannend. Ik moet niet alleen op de kleur letten, maar ook op hoe het klinkt.'

Magdalena keek muisstil naar haar man, die al zijn aandacht richtte op de brander en op de bonen die daarin langzaam van kleur veranderden.

'Nu,' riep Eberhard een paar minuten later. 'Hoor je dat?'

Magdalena boog iets verder naar voren en knikte even later met een stralend gezicht. 'Het knapt en knispert.'

'Het eerste knakje,' legde Eberhard uit, en hij hoorde zelf hoe opgetogen hij klonk. 'Nog een paar omwentelingen, dan moeten de bonen eruit en kunnen ze afkoelen.' Met besliste bewegingen voerde hij alle verdere handelingen uit, en ten slotte lagen de bonen op een zeef om af te koelen.

'O, Eberhard,' zei Magdalena met een zucht. 'Ik ben zo blij voor je. Dit apparaat is precies wat je nodig hebt. En ik ben ook blij dat je niet meer zo vaak de grens over gaat. Het is veel te gevaarlijk. Gisternacht is een smokkelaar die op de vlucht sloeg zwaargewond geraakt.'

'Dat weet ik, lieverd, ik heb het gehoord. En ik snap wat je bedoelt. In eerste instantie kan ik nu minder winst maken, maar ik kan wel grotere hoeveelheden verkopen en mijn klantenbestand uitbreiden. Magdalena, je zult zien dat het bedrijf sneller gaat groeien dan we ons nu kunnen voorstellen.'

Na zijn bijna-arrestatie had Eberhard samen met Jean-Claude naar een oplossing gezocht en die ook gevonden. Voortaan nam hij de koffiebonen op Duits grondgebied in ontvangst. Dat maakte ze wel duurder, omdat een ander immers het risico nam, maar zelfs dan was de duidelijk betere koffie nog altijd een koopje in vergelijking met het minderwaardige Duitse aanbod. Eberhard moest die Duitse koffie ook nog altijd aanschaffen, om ervoor te zorgen dat de boekhouding klopte en niemand argwaan kreeg.

Natuurlijk was ook een overdracht aan zijn kant van de grens niet zonder risico. Hij was voortdurend op zijn hoede, maar in vergelijking met het risico en de tijd die hij zelf in de tochtjes had moeten steken, stelde het niks voor.

'Ik ben blij dat ik de eerste koffie uit de nieuwe brander mag proeven,' zei Magdalena.

Eberhard kon haar opluchting bijna voelen. Ze was zo blij dat hij niet langer gevaar liep om te worden gearresteerd, en dat ze zijn koffie nu wilde proeven, toonde aan dat ze vrede had met wat hij deed. Vroeger had ze nooit willen genieten van iets waarvoor Eberhard zijn vrijheid en zelfs zijn leven op het spel zette.

'Ik ga overheerlijke koffie voor je zetten, Magdalena,' beloofde hij haar, 'maar je moet nog een paar dagen geduld hebben. De bonen hebben tijd nodig om hun aroma volledig te ontwikkelen. Het beste moment is ongeveer een week of twee na het branden, maar we moeten op zijn minst twee dagen wachten.'

'Je weet er zoveel van, Eberhard, koffie is echt je grote passie. O, dit moet ik je nog vertellen. Ik werd vanmorgen bij de slager door een vrouw aangesproken. Ze herkende me en vroeg of ik de vrouw van die koffiereclame ben. Ze wilde weten wat de openingstijden van Ahrensberg Koffie zijn en daardoor begreep ik dat we echt werk moeten maken van de winkel. Sinds we in Aken wonen, heb jij vooral naar grotere klanten in de horeca gezocht, maar ik denk dat nu het moment is gekomen om regelmatige openingstijden te hanteren en niet langer alleen op afspraak.'

Eberhard wist dat Magdalena gelijk had, maar ze sneed een pijnlijk punt aan. De laatste tijd klonk er steeds meer gemor van klanten die voor een dichte deur hadden gestaan. Helaas kon hij maar op één plek tegelijk zijn. Wanneer hij bestellingen rondbracht, kon hij niet in de winkel staan.

'Je kunt me inwerken, Eberhard. Ik help je graag,' stelde Magdalena voor.

In eerste instantie wilde Eberhard nee zeggen, maar toen hij er iets langer over nadacht, vond hij het niet zo'n slecht voorstel. Het bracht hem in elk geval op een idee. 'Ik zou heel blij zijn als je me in de winkel kunt helpen, Magdalena, maar wel op één voorwaarde, en daarover valt niet te onderhandelen. Als je twee of drie dagen per week koffie gaat verkopen, dan ga je niet langer die vervelende kousen stoppen. Afgesproken?'

Aan haar gezicht was duidelijk te zien dat ze een innerlijke strijd voerde, maar ten slotte knikte ze glimlachend. 'Afgesproken,' zei ze. 'Ik geloof in jou en in je droom, Eberhard. En ik weet zeker dat je met Ahrensberg Koffie gaat bereiken wat je altijd hebt gewild. Daar wil ik graag mijn steentje aan bijdragen door je te helpen.'

Met een opgeluchte lach keek Eberhard zijn vrouw aan, en daarna bezegelde hij hun afspraak niet met een handdruk, maar met een innige zoen.

Hoofdstuk 16

Onder de gordel

Aken • Aachen • Oche • Aix-la-Chapelle • Aquae Granni

Heden: juli

'Hallo, Mia, mijn muisje! Wat fijn dat ik je weer zie,' kweelde Alexander met een verwijtende blik op Corinne. 'Ik vind dat er een wet moet komen die bepaalt hoeveel tijd je met je familie doorbrengt. Ooms moeten minstens één keer per week hun nichtje kunnen zien.'

Natuurlijk kwam Alexander niet met lege handen. Hij had een piepkikker voor Mia bij zich, want ze zat graag in bad en was dol op rubberen dieren. Inmiddels had ze al tien zwemmende piepbeestjes voor in het water.

'Lijkt me geen enkel probleem, maar dan moet je wel een tijdverdrijver voor me regelen, net zo eentje als Hermelien heeft,' luidde Corinnes weerwoord. Ze waren allebei dol op Harry Potter en deden af en toe alsof ze echt in die magische wereld leefden en de beschikking hadden over zo'n toverdingetje waarmee je tijd kon terugdraaien om meer uren te winnen. 'Al denk ik niet dat dreuzels eraan kunnen komen,' voegde ze er schouderophalend aan toe. Ze gebruikte expres het woord waarmee in de wereld van Harry iedereen werd aangeduid die niet kon toveren.

Totdat ze zich opeens kon herinneren dat er een behoorlijke chaos was ontstaan nadat de jonge heks Hermelien van de directeur van de school een tijdverdrijver had gekregen. 'Nu ik er even over nadenk, bedank ik er toch liever voor,' besloot ze. 'Hermelien kreeg daardoor wel erg veel aan haar hoofd.'

Corinne probeerde niet te laten merken dat zij ook het nodige aan haar hoofd had, en dat terwijl ze niet eens door de tijd reisde. Ze konden het later nog wel over haar ergernissen hebben, of misschien ook niet. Wie weet hield ze haar mond, om de vrolijke stemming niet te bederven. Het welzijn van Mia en een leuke tijd met Alexander en Thomas waren belangrijker. Ze had haar broer en zwager immers voor de gezelligheid uitgenodigd.

Voordat ze met hun allen aan tafel gingen, konden ze nog wat met Mia spelen, en na het eten hadden de grote mensen gelegenheid om bij te praten. Het was belangrijk om tijd te maken voor familie en daarom probeerden ze om de paar weken met elkaar af te spreken, ook als ze het heel druk hadden.

Helaas was Corinne vlak voor hun komst op een site over Aken gestuit waarop Öcher Boontje werd genoemd. Ze stopte de gedachte daaraan snel weg en dwong zichzelf om te glimlachen.

'Dreuzel? Wie is er hier een dreuzel?' bemoeide Thomas zich met het gesprek tussen broer en zus. Hij liep naar Corinne toe en omhelsde haar hartelijk. 'Bedankt voor de uitnodiging, Corinne, wat gezellig.' Hij zwaaide een papieren zak voor haar gezicht heen en weer. 'En ik heb iets voor je, zelfgemaakte koffiebonbons. Wat zeg je daarvan, ben ik nu de beste zwager ter wereld? Dacht het wel, hè?' Hij lachte en omhelsde ook Noah. Daarna wendde hij zich net zo vrolijk kirrend tot Mia als Alexander had gedaan.

Mia had echt geboft met haar ooms. Ze waren allebei dol op haar.

Alexander had een tijdje geleden aan Corinne opgebiecht dat Thomas en hij zelf ook over kinderen dachten, maar ze wisten nog niet op welke manier ze dat het best konden aanpakken.

'Als de tijd rijp is, vinden we wel een oplossing,' had Alexander tot slot lachend gezegd, 'dus bereid je er maar op voor dat je tante wordt.'

Corinne had haar armen om hem heen geslagen. 'Een kind dat jullie als ouders krijgt, mag zich heel, heel erg gelukkig prijzen,' had ze tegen hem gezegd, en dat meende ze. Ze twijfelde er niet aan dat die twee een kind onder heel veel liefde zouden bedelven.

Nadat Alexander zijn nichtje aan Thomas had overgedragen, hield hij een mandje omhoog. 'Ik heb ook iets bij me,' meldde hij. 'Zelf...' Hij dacht even na. 'Zelf laten maken,' vulde hij met een lach aan. 'Ik heb Klara overgehaald om een grote schaal oma Lilo-bavaroise te bereiden.' Hij klopte op zijn borst en keek haar vragend aan. 'Heb ik nu ook een eretitel verdiend?'

'Wat is het vandaag met jullie? Willen jullie een lintje of zo?' merkte Noah plagend op. 'Maar het dessert is dus geregeld. Het is maar goed dat wij alleen fruit en ijs in huis hebben. Het duurt nog wel even totdat het tijd is voor het toetje, ik moet eerst de soep nog opdienen, daarna hebben we aardappels uit de oven met kwark, en een gemengde salade van groente en radijsjes uit eigen tuin. Ik hoop dat jullie het niet erg vinden dat er geen vlees als hoofdgerecht is. We hebben ter herinnering aan Sarah al een goedgevulde vleessoep met groenten.'

'Hoor je dat, Mia?' zei Thomas. 'We krijgen lekkere soep. Heb je al trek?'

'Njam,' zei Mia, die naar Thomas' lippen wees.

'Inderdaad.' Thomas lachte. 'Njam.' Hij wendde zich tot de anderen. 'Mia en ik zijn er klaar voor. Onze magen knorren al van de honger.'

'Mia wordt met de dag leuker,' zei Thomas. Nadat ze hun soep hadden gegeten, had Mia in haar ogen zitten wrijven, waarna Corinne haar naar haar bedje had gebracht. Het had niet lang geduurd voordat haar zonnetje met een lach op haar gezicht en haar kroeldoekje in haar armen in slaap was gevallen. Noah zette het hoofdgerecht op tafel, en terwijl ze allemaal van het lekkere eten genoten, kletsten ze over de tuin en het weer. Vervolgens kwam het gesprek vanzelf op het werk. Dat was altijd zo, vroeg of laat ging het over koffie.

'Hoe gaat het met dat project van de stichting, Corinne?' wilde Alexander weten. 'Sinds je uit Brazilië terug bent, heb je nog niet zoveel verteld.'

Daar had hij gelijk in, ze hadden het alleen over de bedorven bonen gehad. Die zending was intussen onder toezicht van de keuringsdienst vernietigd.

Corinne twijfelde er niet langer aan dat er sprake was van sabotage. Fernando had inmiddels een schuldbekentenis en regelde nu een schadevergoeding met de plantage-eigenaar die voor de ellende verantwoordelijk was. Ze hadden besloten om geen aangifte te doen, in de hoop dat ze daardoor rust in de tent konden brengen. Dat besluit leek zijn vruchten af te werpen.

'Het gaat heel erg goed,' vertelde ze snel. 'We hadden een paar problemen, maar mijn bezoek had een gunstig effect en Fernando heeft alles uitstekend opgelost. Ik ben blij dat ik door zoveel fijne mensen word geholpen. Het was een goede beslissing om zelf te gaan kijken, nu kon ik de vrouwen nogmaals uitleggen wat ons doel is en laten zien dat je werk en moederschap met elkaar kunt combineren.'

Ging het hier ook maar zo soepel, dacht ze. Ze had het graag met Alexander en Thomas over haar nieuwste probleem gehad, maar ze wist niet goed hoe ze dat moest aansnijden. Die twee wisten nog niets van het bestaan van Sarahs vermeende broer en zijn eisen.

‘Ik ken je inmiddels een beetje, Corinne,’ zei Thomas, ‘en ik wil je niet beledigen, maar voor iemand die beweert dat alles goed gaat, trek je een wel erg bezorgd gezicht. Er zit je zo te zien iets dwars. Wil je er soms over praten?’

Betrapt. Nu ze zo voor het blok werd gezet, kon ze weinig anders doen dan vertellen wat haar bezighield. Met een zucht stond ze op om de brief van Maximilian Rosenbaum en haar laptop te pakken.

Ze legde eerst de brief op tafel en wachtte totdat Alexander en Thomas die allebei hadden gelezen. Daarna, nog voordat haar broer en zwager haar met vragen konden bestoken, legde ze uit hoe de vork in de steel zat.

‘Deze Maximilian Rosenbaum heeft me ondertussen een kopie van zijn geboorteakte en zijn identiteitsbewijs gestuurd, maar dat zijn geen originele documenten. Volgens hem zijn die bij een brand verloren gegaan. Ik heb tegen hem gezegd dat ik dit allemaal wil natrekken en daar reageerde hij behoorlijk gepikeerd op. Het is echt een verschrikkelijke vent. Hij was al tijdens zijn eerste telefoontje erg onvriendelijk, maar inmiddels is hij compleet onuitstaanbaar. Hij beledigt me en beschuldigt me ervan dat ik zijn erfenis probeer te stelen en de zaak onnodig rek. Hij wil er haast mee maken en beweert dat hij ervoor kan zorgen dat ik achter de tralies beland als ik hem niet geef waar hij volgens eigen zeggen recht op heeft. En dat ik, als ik dwars ga liggen, uiteindelijk nog veel meer kan ophoesten dan het bedrag dat ik heb geërfd.’

‘Je laat je door zo’n type toch niet op de kast jagen?’ vroeg Alexander op duidelijk ontzette toon. ‘Dit hele zaakje stinkt. Ben je al bij de politie geweest?’

‘Nee, en dat wil ik ook niet. In elk geval niet zolang ik nog niet weet of er iets van waar is. Ik wilde aanvankelijk een advocaat inschakelen, maar Noah en ik hebben het erover gehad en er is eigenlijk geen reden waarom ik als eerste stappen zou moeten ondernemen. Als deze man echt de broer van Sarah is en geen vals spel speelt, dan is het aan hem om een advocaat in de arm te nemen en zijn recht te halen. Dan kan ik altijd nog reageren. Ik heb al wat onderzoek gedaan en volgens mij heeft hij nergens recht op, maar ik weet niet of het in Zwitserland anders zit dan hier. Maar ik kan me niet voorstellen dat het echt zo erg kan worden als hij me probeert voor te spiegelen. Ik heb het tot nu toe te druk met mijn werk gehad om me er verder in te verdiepen, maar ik ga het nog bij een jurist navragen. Ik heb die vent ondertussen wel duidelijk gemaakt dat ik niet zomaar toegeef.'

'Goed zo,' prezen Thomas en Alexander haar als één man.

Noah glimlachte. 'Corinne is een taaie, die laat zich niet zo snel in een hoek drijven. Tot nu toe hebben we niks meer van die vent gehoord, dus ik denk dat hij ons niet langer bang wil maken. Hij heeft het geprobeerd en snapt nu wel dat het niet zo simpel is als hij had gedacht.'

Het was belachelijk, maar Corinne werd opeens helemaal week omdat alle drie de mannen haar zo steunden. Ze brak in tranen uit, niet langer in staat om haar zelfbeheersing te bewaren.

'Lieverd, wat is er?' vroeg Noah geschrokken. Hij schoof zijn stoel naar achteren en trok haar van haar stoel op zijn schoot.

'Het spijt me, het wordt me allemaal een beetje te veel. Sinds de dood van Sarah heb ik amper rust gehad, en toen... Ik nam het in eerste instantie niet zo serieus, maar sinds een paar dagen is de omzet van het Boontje fors teruggelopen. Het is vakantietijd, dan zijn er normaal gesproken veel toeristen die als souvenir een zakje Öcher Boontje meenemen. Onze huismelange loopt altijd erg goed.'

'Hoe bedoel je, de omzet is teruggelopen?' wilde Noah weten. 'Heb je cijfers?'

'Het begon met een paar procent minder, maar de omzet van vandaag was de helft minder dan op een gemiddelde vrijdag. We hebben onze vaste klanten, dat aantal varieert niet echt. Maar al die passanten die doorgaans even binnenlopen, die blijven opeens weg.'

'Ligt de straat soms open, zodat de mensen niet bij de winkel kunnen komen?' vroeg Alexander. Dat was kort na de opening al eens gebeurd.

Corinne schudde haar hoofd. 'Nee, dat niet, maar vlak voordat jullie kwamen, heb ik nog even op internet gekeken. Kijk zelf maar even.' Ze klapte haar laptop open en liet de site zien die haar zo'n slecht humeur had bezorgd.

Alexander, Thomas en Noah bogen zich over het scherm en lazen, steeds heftiger hoofdschuddend, de beoordelingen.

In de afgelopen weken had Öcher Boontje keer op keer slechte reviews gekregen. Er werd geklaagd over een slechte hygiëne, veel te dure en tegenvallende artikelen en onbeleefd personeel.

'Dit is ongehoord, Corinne. Het is wel duidelijk dat iemand je dwars wil zitten,' zei Alexander verontwaardigd. 'Dit moeten we van die site zien te halen. Maak je er maar niet druk over, ik neem morgen contact op met de beheerder. Het is wel duidelijk dat het nepreviews zijn. Dit valt onder laster, daar kun je iets tegen doen.'

'Het is soms helemaal niet verkeerd om een IT'er in de familie te hebben, hè?' merkte Thomas op. 'Corinne, laat dit maar aan mij over. Ik ga aan een paar touwtjes trekken en ervoor zorgen dat ik de juiste lui te spreken krijg. Voor je het weet, is dit weer voorbij, geloof me.'

'En we weten denk ik allemaal wel wie hierachter zit. Blijkbaar is onze zogenaamde erfgenaam er niet blij mee dat de buit aan zijn neus voorbij dreigt te gaan. Maar we gaan hem een lesje leren. Hij zal merken dat je de familie Ahrensberg niet ongestraft kunt bedreigen.' Alexander wreef in zijn handen, alsof hij ernaar uitkeek om een flink plak slaag uit te delen.

'Ik geloof dat ik nu echt een toetje moet hebben voor de schrik,' zei Noah, en daarmee was dit onderwerp in elk geval voor vanavond afgesloten. Hij stond op om koffie te zetten, terwijl Corinne kommetjes en lepeltjes uit de kast pakte en de bavaroise en de bonbons op tafel zette. Het vertrouwen van de mannen deed haar goed. Ze was doodop, maar niet meer zo moedeloos als een halfuur geleden. Ze werd door zoveel mensen gesteund en geholpen.

'Lieverd, ik heb je ook nog iets te vertellen,' zei Noah. 'Daar wilde ik je eigenlijk morgen mee verrassen, maar ik denk dat je nu wel wat goed nieuws kunt gebruiken. Ik heb Frieda en Sebastian gevraagd of ze morgenavond op Mia willen passen, dan kunnen wij samen uit.'

Corinne keek hem verbaasd aan en vroeg zich af wat ze daarop moest antwoorden. Ze wist dat Noah haar wilde afleiden en vond dat heel lief van hem, maar haar hoofd stond nu even niet naar een film of uit eten gaan.

Noah keek haar aandachtig aan. 'Ik weet dat je liever thuisblijft om naar oplossingen voor je problemen te zoeken, maar lieverd, je moet af en toe even de zinnen verzetten. Thomas regelt dat internetgedoe voor je, daar kun je verder toch niks aan doen. Toe, gun jezelf eens wat. Ik heb iets heel moois bedacht, geloof me.'

Daar pakte hij haar mee in. 'Wat dan?' vroeg ze nieuwsgierig. 'Licht eens een tipje van de sluier op!'

Noah zette glimlachend een kop koffie voor haar op tafel. 'Je krijgt koffie van me, daar moet je het voorlopig mee doen.'

'Ach toe, wat is dat nu voor aanwijzing?' drong ze nog wat verder aan, maar Noah gaf niet toe en glimlachte alleen maar veelbetekenend.

'Noah, wat geweldig!' Stralend liep Corinne arm in arm met Noah het theater in. '*De Koffiecantate*! Hoe ben je op dat idee gekomen?'

Corinne moest hem wel zoenen. De hele dag had ze zich afgevraagd wat hij in zijn schild voerde, maar hij had alleen maar gevraagd of ze iets chiquers dan gewoonlijk wilde aantrekken. Daaruit maakte ze op dat ze niet zomaar uit eten of naar de film gingen, al had ze geen idee waar hij haar dan wel mee naartoe wilde slepen. Aan een bezoek aan het theater had ze niet eens gedacht.

De Koffiecantate, oftewel *Schweigt stille, plaudert nicht*, was een wereldse cantate van Johann Sebastian Bach voor solisten en orkest, met als onderwerp een kleinburgerlijke vader die zijn dochter wil verbieden om koffie te drinken, zonder al te veel succes.

Corinne had als meisje van twaalf al een keer samen met haar opa een uitvoering van dit stuk bezocht. Ze wist nog hoe trots ze was geweest omdat ze mooi aangekleed tussen al die grote mensen mocht zitten. Het was zo spannend wat er allemaal op het podium gebeurde. In het midden had een gigantische koffiekan gestaan, met links ervan een melkkannetje, groot genoeg om als tafel te dienen. Al had Corinne zich afgevraagd waarom je een kannetje dat aan de bovenkant open was zou gebruiken om iets op neer te zetten. 'Dat is artistieke vrijheid,' had haar opa uitgelegd toen ze ernaar had gevraagd.

Rechts van de koffiekan had een heel grote koffiekop met schotel gestaan. Die had de zanger omgedraaid, zodat de kop als stoel kon dienen. 'Zo'n stoel wil ik ook,' had Corinne later tegen haar opa gezegd. 'Die mag in het huis van een koffiefamilie niet ontbreken.'

'Ja, daar heb je wel gelijk in,' had hij geantwoord, om er knipogend aan toe te voegen: 'Maar welke pottenbakker gaat er zo eentje voor ons maken?'

Corinne had van de voorstelling genoten. Ze leefde ook toen al mee met de jonge vrouw uit de cantate die zo verzot op koffie was, en hoewel ze niet alles even goed begreep, voelde ze zich net een prinses en had ze een heerlijke avond.

En vanavond werd ze er net zo blij van als toen.

Deze enscenering zag er erg modern uit. Een groot orkest ontbrak, er zat slechts een handjevol musici op het toneel zelf. Het decor bestond deze keer niet uit een groot servies, maar uit de toonbank van een koffiebar waarop allerlei verschillende koffiekannen stonden. In plaats van koffiekoppen als stoelen stonden er nu krukken met rugleuningen. Bij de garderobe hing een rek vol kranten, precies zoals in een echte koffiebar.

De muziek en de handelingen waren natuurlijk hetzelfde en boeiden Corinne weer net zo als de vorige keer. Ze genoot met volle teugen en klapte aan het einde bijna haar handen stuk.

Na de uitvoering nam Noah haar mee naar hun favoriete Italiaan. Het was alsof ze op wolken liep. Zo'n fijne avond had ze al heel lang niet meer beleefd.

' *"Ei! Wie schmeckt der Coffee süße, lieblicher als tausend Küsse,"* ' zong Corinne, zo zacht dat alleen Noah het kon horen, en daarna nam ze een slok rode wijn. Ze was zo ontspannen, zo goed had ze zich al weken niet meer gevoeld.

'Mijn idee was blijkbaar een schot in de roos,' zei Noah blij, terwijl hij met haar proostte.

' *"Die Katze lässt das mauhahausen nicht,"* ' zong ze nog, voordat ze uitbundig giechelde en nog een slok nam.

'Ik ben blij dat het tussen ons weer goed zit,' zei ze op een bepaald moment. 'Ik schrok er nogal van toen er opeens zo'n afstand tussen ons leek te zijn nadat ik had besloten om naar Brazilië te gaan.' Ze stak haar hand uit over de tafel en pakte die van Noah vast. 'Laten we het voortaan altijd zeggen als een van ons iets dwarszit. Ook, of juist, als het om ons allebei gaat. We kunnen onze problemen alleen oplossen als we eerlijk tegen elkaar zijn. En we zullen altijd een oplossing vinden, Noah. Daar twijfel ik niet aan. Als we maar met elkaar blijven praten.'

Noah keek Corinne nadenkend aan en wekte de indruk dat hij ergens door werd beziggehouden.

Corinne gaf hem de tijd en at ondertussen nog wat van haar spaghetti.

'Natuurlijk heb ik me zorgen gemaakt, Corinne, je ging immers in je eentje naar Brazilië. En natuurlijk weet ik ook dat dat onzin was. Je bent een sterke vrouw, je loopt niet in zeven sloten tegelijk en je weet hoe je met mensen moet omgaan. En je was niet echt alleen. Dat was dan ook niet de reden waarom ik zo heftig op je reisplannen reageerde, maar dat zag ik zelf later pas in. Het valt niet mee om te moeten toegeven, maar je bekentenis van een paar dagen geleden heeft iets bij me losgemaakt. Ik heb heel veel nagedacht en denk dat ik soms ook een beetje jaloers ben. Op je Boontje, op je werk. Begrijp me niet verkeerd, als ik het over kon doen, zou ik dezelfde beslissing nemen en met mijn eigen branderij stoppen. Voor Mia. Maar ik mis het af en toe om tussen de koffie te zitten. Ik zie hoeveel plezier jij elke dag weer aan Öcher Boontje beleeft, en dan doe je ook nog zoveel goed en waardevol werk met de stichting. Ik ben daarentegen alleen maar de exotische huisman die in de speeltuin, in het zwembad en bij de babygym vooral door de moeders met verbazing wordt bekeken. Moeders die trouwens ook wel zo'n fijne man hadden willen hebben. Eerlijk gezegd word ik daar soms een beetje kriegel van, Corinne. Ze doen alsof ik een medaille verdien, alleen maar omdat ik iets doe wat vanzelfsprekend zou moeten zijn. Misschien moet ik leren breien, dan is het cliché helemaal compleet. Soms heb ik het gevoel dat al die vrouwen me niet eens als mens zien. Ze zien alleen maar een man die ervoor heeft gekozen om huisman te spelen. Kun je je voorstellen dat sommigen al hebben aangeboden om te helpen met koken en wassen en strijken? Staat er soms ergens dat mannen vanaf hun geboorte te dom voor die dingen zijn?'

'Het slaat inderdaad nergens op,' zei Corinne. 'Ik heb klanten die me tijdens de zwangerschap hebben gevraagd wat me bezielt om mijn kind onder de hoede van de vader te laten. En zelfs ik denk soms dat ik geen goede moeder ben. Geef ik mijn kind wel genoeg liefde, zorg ik wel genoeg voor haar? Je kunt je niet voorstellen hoe vaak ik me in Brazilië heb afgevraagd of ik een ontaarde moeder ben.'

Noah en Corinne zaten hand in hand om elkaar steun te bieden. Nu lag de waarheid op tafel. De rolverdeling waarvoor ze zelf hadden gekozen, werkte in het dagelijks leven toch niet zo vlekkeloos.

Wat nu?

Dat wist Corinne niet, maar ze was er zeker van dat ze een oplossing zouden vinden.

Hoofdstuk 17

Nieuwe tijden

Aken • Aachen • Oche • Aix-la-Chapelle • Aquae Granni

Augustus 1949

Eberhard was al sinds het krieken van de dag onafgebroken aan het werk. Hij moest alle bestellingen klaarzetten die vandaag moesten worden bezorgd, opnieuw bonen branden en de voorraden van de andere goederen inventariseren.

Magdalena was tegelijk met hem opgestaan. Na een snel ontbijt had zij de dieren verzorgd, de melk verwerkt en de planten in de tuin water gegeven. Om stipt tien uur had ze de deur van het kleine koffiewinkeltje opengedaan en de eerste klanten begroet die al stonden te wachten.

Eberhard was net bezig om een derde lading bonen te branden toen Magdalena de brandruimte in kwam. Ze droeg een koffiebruin schort met op het bovenstuk de bedrijfsnaam in geborduurde letters. Dat was het werk van Edda, ze had Eberhard met Kerstmis zes schorten met 'Ahrensberg Koffie' erop gegeven. Het beeldmerk stond inmiddels ook op de zakjes voor de koffie. In de afgelopen maanden was Ahrensberg

Koffie uitgegroeid tot een goedlopend, gerenommeerd bedrijf en het einde van de stijgende lijn was nog lang niet in zicht.

'Eberhard, kun je een nieuwe zak naar voren brengen? Ik heb bijna niks meer.'

'Ik kom er zo aan, Magdalena. Zodra ik dit heb gebrand,' zei Eberhard luid, om boven het geruis van de trommelbrander en het geratel van de op en neer springende koffiebonen uit te komen.

'Dank je,' zei Magdalena snel, die meteen weer terugliep naar de winkel.

Het was vanmorgen alweer een drukte van jewelste, en dat terwijl Eberhard in de afgelopen maanden gedwongen was geweest om het aandeel echte koffie te verhogen, en daarmee ook de prijzen. Het was al met al een tijdrovend en moeizaam proces, dat wel een beetje op koorddansen leek. Telkens weer was hij bang dat hij klanten ging verliezen, daarom paste hij de prijzen met heel kleine stapjes aan.

Tot nu had hij daar nog geen nadelen van ondervonden. Ahrensberg Koffie had inmiddels een trouwe klantenkring opgebouwd die niet langer elk dubbeltje om hoefde te draaien. De klanten letten er vooral op dat ze waar voor hun geld kregen. Dat was in het voordeel van Eberhard, want wat er op de zwarte markt als gebrande koffie werd aangeboden, verdiende die naam vaker niet dan wel. Tussen de bonen zaten vaak steentjes of klontjes aarde. De handelaren namen niet eens de moeite om hun koopwaar te controleren, dat zou de prijs alleen maar opdrijven. En die bonen werden niet alleen geleverd met ongewenste extra ingrediënten, ze waren vaak ook nog slecht gebrand. Dat kreeg je ervan als domme leken aan de slag gingen. Je proefde dat ze de klus veel te snel en zonder enige vakkennis probeerden te klaren.

Als je te vroeg ophield met branden, dan kon het aroma van de koffie niet volledig tot uiting komen. Als je te lang doorging, dan werd de koffie veel te bitter. In beide gevallen was er geen sprake van een heerlijk bakje.

Eberhard had daar alleen maar profijt van. Wat hem betreft, bleven die onwetende zwarthandelaren hun slechte koopwaar slijten, want vroeg of laat kwamen de teleurgestelde klanten toch wel bij hem terecht. En hij zorgde ervoor dat ze bleven komen. Bij Ahrensberg Koffie werd geen slecht gebrande of onzuivere koffie verkocht. Eberhards naam stond voor kwaliteit en dat moest zo blijven. Wat bepaalde dingen betreft, wilde hij beslist geen compromissen sluiten.

In het begin had hij eigenhandig urenlang bonen gebrand en ze daarna op de sorteertafel nauwgezet gecontroleerd en alles verwijderd wat er niet tussen de bonen thuishoorde, meestal steentjes.

Dat laatste klusje had Hans inmiddels overgenomen. Dat scheelde Eberhard heel veel tijd en zijn vriend was blij dat hij kon helpen. Hij zat nu ook weer aan de sorteertafel, vlak naast het raam, en schoof de koffiebonen een voor een in de zak die vlak onder de rand van de tafel klaarstond.

Eberhard keek even naar Hans en glimlachte. Misschien was zijn vriend niet alleen opgebloeid door dit werk, maar ook door zuster Mechthild, die voor Hans en de hele familie inmiddels gewoon Mechthild was en deel van hun vriendenkring was geworden.

Ook toen Hans allang weer beter was, had ze haar bezoekjes voortgezet, en toen ze dat niet langer tegenover haar baas kon verantwoorden, was ze in haar vrije tijd gekomen. Mechthild had Hans geholpen met zijn prothese en ervoor gezorgd dat hij het rustig aan deed. De ontsteking mocht in geen geval terugkeren. Dankzij haar vakkundige hulp had Hans goed met zijn kunstbeen leren lopen. Hij had de prothese elke dag een klein beetje langer gedragen en had daardoor stukje bij beetje aan het ongewone gevoel kunnen wennen, zonder zijn stompje meteen te veel te belasten.

Het had niet lang geduurd voordat hun korte rondjes door de tuin steeds langere wandelingen waren geworden. Ze voerden lange gesprekken, lachten veel en haalden gekkigheid uit, maar ze deelden ook intiemere momenten, waarop Hans Mechthild voorlas wat hij had geschreven. Vaak zaten ze onder de appelboom op het gazon voor de villa, waar Eberhard twee bankjes en een tafel had neergezet. Het was een knus plekje waar alle bewoners van de villa graag zaten en 's avonds veel genoeglijke uurtjes doorbrachten.

Eberhard, die vanuit zijn branderij in het personeelshuis uitzicht had op dat deel van het park, vond het altijd fijn wanneer hij uit het raam keek en zijn vriend daar zag zitten.

Hans was veranderd. De verschrikkingen die hij tijdens de oorlog had meegemaakt, stemden hem af en toe nog altijd droevig, maar hij was milder en minder gesloten dan vroeger. Naast duisternis was er in hem nu ook plaats voor licht, en hij wist dat het leven niet alleen bitterheid, maar ook veel zoets te bieden had. Het was net als met koffie, bedacht Eberhard glimlachend. Je moest er op de juiste manier mee omgaan, dan konden alle aroma's tot uiting komen en was de beleving zoals die moest zijn. Eberhard wist zeker dat Hans dankzij deze veranderingen ook beter was gaan schrijven.

Zijn vriend droomde er niet langer alleen maar van om een boek te schrijven, hij was er nu ook serieus mee bezig. Vroeger had hij slechts korte fragmenten op papier gezet die vooral een afspiegeling waren van al die somberheid in hem, maar nu schreef hij meeslepende verhalen.

Aanvankelijk had Hans nog de nodige pagina's verscheurd om vervolgens opnieuw te beginnen. Heel af en toe had hij de familie een klein stukje voorgelezen, en Eberhard was elke keer weer onder de indruk van de krachtige woorden. In het begin had Hans vooral geschreven over verdriet, woede en pijn. In elke regel was zijn haat jegens Hitler en diens hele regime voelbaar geweest. Dat was natuurlijk terecht, dat wist Eberhard als geen ander, en ook daardoor was hij getroffen, zeker omdat hij dezelfde gevoelens koesterde. Maar het was vooral de wanhoop in Hans' woorden geweest die hem naar de keel had gegrepen, die hem diep had geroerd en erg verdrietig had gemaakt. Vaak waren zijn ogen vol tranen gesprongen. Nu begreep hij dat die teksten erg eendimensionaal waren geweest omdat ze alleen maar droefheid hadden verwoord.

Hans' huidige werk bood zelfs in de donkerste passages nog een sprankje licht. Hij vertelde over de verschrikkingen aan het front, maar vergat nooit dat er altijd hoop was op betere tijden. Zijn verhalen waren erg aangrijpend, soms bijna onverdraaglijk, maar hij ving zijn lezers ook op. Hij liet hen niet alleen met hun verdriet zitten, maar pakte hen bij de hand en voerde hen mee naar het licht. Mechthild had niet alleen Hans' lichaam genezen, maar ook zijn ziel.

Terwijl Eberhard aan zijn vriend en diens positieve ontwikkeling dacht, verloor hij de trommelbrander geen moment uit het oog. Hij luisterde aandachtig en begon te tellen zodra hij de eerste bonen hoorde knappen. Nog één keer pakte hij er een paar uit om de voortgang te controleren, en toen was het eindelijk zover. Hij draaide het gas uit en stortte de pas gebrande bonen in de zeef om af te koelen.

Nu had hij tijd om Magdalena voor in de winkel een zak bonen te brengen. Dat was een klusje van niks, alleen ging het minder snel dan hij had gedacht, want het was hierbinnen krap. Omdat hij de bestellingen voor die middag al had klaargezet, stond er van alles in de weg wat hij eerst opzij moest zetten. Toen hij eindelijk bij de zak aankwam die hij naar de winkel wilde brengen, stootte hij ook nog zijn scheenbeen. Een luide vloek rolde over zijn lippen.

Het was toch niet te geloven. Afgelopen jaar was hij er nog van overtuigd geweest dat hij, zodra hij zijn trommelbrander had, het bedrijf zonder gedoe tot bloei kon laten komen, maar nu dienden de volgende problemen zich alweer aan. Het voormalige personeelshuis was voor de snelgroeiende onderneming simpelweg te klein.

Omdat de directe verkoop in het winkeltje zo goed liep, had Eberhard zijn assortiment uitgebreid, net zoals hij eerder in Euweiler had geprobeerd. Toen was het op niets uitgelopen, de mensen hadden nog te veel onder de oorlog geleden en daarna was die ijzige kou gekomen. Iedereen was alleen maar bezig geweest met overleven, niet met luxeartikelen die niet tot de basisbehoeften behoorden.

Sindsdien was er veel veranderd. Zeker sinds de geldhervorming van '48 ging het met het land de goede kant op.

Een paar dagen eerder had een van Eberhards oude zakenpartners hem een oude villa aan de Lütticher Straße aangeboden. Het gebouw moest worden gerenoveerd, maar het was groot genoeg voor een bedrijf in opkomst. Bovendien lag er achter het huis een flink perceel met genoeg ruimte om later bedrijfshallen neer te zetten.

'Je zegt altijd dat we groot moeten denken, Eberhard,' had zijn zakenvriend Gerhard opgemerkt.

Bedrijfshallen. Sinds hun gesprek bleef dat woord door Eberhards gedachten gaan. Gerhard had midden in de roos geschoten. Eberhard had er altijd al van gedroomd om de beste koffiebrander van het hele land te worden. Dat ging hem nooit lukken als hij klein bleef denken. En waarom zou hij de sprong niet wagen?

De zaken liepen uitstekend. De cijfers waren zo goed dat de bank hem zeker geld zou willen lenen. De overheid wilde dat mensen het heft in eigen hand namen en het land weer opbouwden. De economie moest tot bloei komen.

Eberhard had zichzelf een week bedenktijd gegeven. Overmorgen moest hij de knoop doorhakken, maar eigenlijk hoefde hij er niet meer over na te denken. Hij hoefde alleen nog maar te bepalen hoe hij het ging aanpakken.

Hij had een tijdje geleden, herfst vorig jaar, al eens contact gehad met de eigenaar van een grote keten van winkels in levensmiddelen. Die had hem gevraagd of hij koffie kon leveren, maar nadat Eberhard had gehoord welke hoeveelheden ze wilden bestellen en hoe de samenwerking eruit ging zien had hij nee gezegd. Tot zijn grote ergernis was hij toen nog niet zover geweest. Hij had niet willen onderhandelen over afspraken die hij hoogstwaarschijnlijk niet kon nakomen.

Een nieuwe bedrijfsvilla betekende de nodige veranderingen. Met zo'n grote klant durfde hij het risico wel te nemen. En dus had hij de eigenaar van de keten om een nieuwe afspraak gevraagd. Vanmiddag gingen ze de stand van zaken doornemen. En daarna zou Eberhard bepalen of hij de volgende stap durfde te zetten of niet.

De zenuwen gierden door hem heen toen hij aan die afspraak dacht, maar hij wist dat hij, als hij zijn ingeslagen weg wilde vervolgen, deze uitdaging moest aannemen.

Eberhard had een kop koffie gezet en was ermee onder de appelboom gaan zitten. Magdalena zat nog bij de dieren in de stal, Edda en zijn moeder werkten in de tuin en Barbara was naar dansles. Hans had hij nog niet gezien, die was ongetwijfeld met Mechthild op pad.

Eberhard vond het prima, want hij wilde eventjes alleen zijn om te kunnen nadenken en moed te vatten.

Het weer was zacht. Er stond een zwak briesje en de laatste bijen waren haastig op weg naar huis. De avond viel over het park. Het zou niet lang duren voordat de eerste vuurvliegjes verschenen.

Augustus 1949, dacht Eberhard. Is dit misschien de maand waarin ik weet welke kant het op gaat met mijn leven? Hij zag het allemaal zo duidelijk voor zich, net zoals in die dromen die hij als kind al had gehad. Nu moest hij alleen nog de moed vatten om ja te zeggen tegen het aanbod dat het lot hem deed.

Alleen ging dat niet zo gemakkelijk. Het leek allemaal vanzelf te gaan, maar Eberhard wist wel beter. Hij had keihard moeten werken voor deze kans. En hij wist dat het niet zonder risico was. De kaarten waren geschud en gedeeld. En de kaarten die hij in zijn hand hield, waren veelbelovend.

Als hij die nu speelde, koos hij ervoor om een gok te wagen. Hij was na het bijzonder positieve gesprek met de eigenaar van de keten meteen bij zijn bank langsgegaan, die hem zoals hij al had verwacht een lening wilde geven. Daarvoor moest hij wel zijn bezit aan de Preusweg als onderpand gebruiken. De villa en alles wat daarbij hoorde.

Eberhard had er geen probleem mee om zo'n gok te wagen wanneer het alleen om hem ging, maar de villa was in de afgelopen jaren de nieuwe stek van zijn hele familie geworden, waartoe hij Hans en Edda natuurlijk ook rekende. Kon hij dit wel doen? Stel dat die mensen die hem zo dierbaar waren alles zouden verliezen, alleen maar omdat hij zijn droom werkelijkheid wilde laten worden? Zijn hart zei ja, dat risico moest hij nemen, want er was geen andere manier, maar zijn verstand wilde er een stokje voor steken en vroeg of hij stapelgek was geworden. Stel dat het misliep, dan zou hij met een vreselijk schuldgevoel moeten leven.

'Eberhard, wat goed dat ik je hier zie. Ik wil graag iets met je bespreken.' De stem van Hans liet hem opschrikken uit zijn innerlijke strijd. Zijn vriend kwam stapje voor stapje over het gazon naar hem toe. Hij hinkte een beetje, maar hij liep zonder kruk, rechtop en vol zelfvertrouwen.

'Kom maar even bij me zitten, Hans. Waar gaat het over?' Eberhard wilde zijn dilemma graag met Hans bespreken, maar dat moest maar even wachten. Zijn vriend moest hem eerst vertellen wat hij zo overduidelijk op zijn lever had.

'Eberhard,' barstte Hans los zodra hij was gaan zitten, 'moet je horen, ik heb het gedaan. Ik heb Mechthild gevraagd of ze mijn vrouw wil worden.' Hij snotterde even. 'En het idiote is: ze heeft ja gezegd!'

Wat een heerlijk nieuws. Eberhard stak zijn hand uit en feliciteerde Hans vanuit de grond van zijn hart. 'Dat is geweldig, Hans. Mechthild is een fijne vrouw en ze zal zeker weten een goede echtgenote voor je zijn. Wanneer is het zover?'

'We willen op 24 december trouwen,' vertelde Hans. Hij trok een gezicht. 'Het is alleen...' Hij krabde op zijn hoofd.

'Ziet Mechthild het zitten om bij ons in de villa te komen wonen?' vroeg Eberhard. 'Zit je daar soms mee? We zullen het met de vrouwen moeten bespreken, maar wat mij betreft...'

'Dank je, Eberhard, je bent echt een goede vriend. In het begin willen we dat misschien wel, maar we willen ook kijken of we hier in de buurt een huis kunnen vinden. Dan ben ik niet zo lang onderweg naar mijn werk, snap je.'

Een huis, dacht Eberhard. Zou Hans iets voor een bescheiden optrekje voelen? Misschien...

Opnieuw had hij het gevoel dat er iets op zijn plaats viel, dat alles was zoals het moest zijn. Was dit misschien het zoveelste teken dat hij een besluit over de toekomst moest nemen?

'Hans, blijf maar even zitten, dan haal ik de vrouwen. We hebben het een en ander te bespreken.' Hij wilde de beslissing niet in zijn eentje nemen. Ze hoorden allemaal bij de familie Ahrensberg en ze mochten allemaal hun mening geven over zijn plannen.

Eberhard sprong overeind en liep naar binnen. De vrouwen zaten inmiddels in de keuken, zoals hij al had verwacht. Ze waren bezig om de oogst te verwerken. Een deel van de groenten en het fruit aten ze meteen op, maar er werd ook het nodige ingemaakt, zodat ze in de winter genoeg voorraden hadden.

'Magdalena, Edda, moeder, kunnen jullie even naar buiten komen?

Hans en ik willen iets met jullie bespreken. Neem ook maar iets te drinken mee, een flesje wijn, en misschien wat kaas en fruit? Ik heb best wel honger.'

Als op bevel begon zijn maag hoorbaar te knorren.

Tien minuten later zaten ze allemaal op de bankjes op het gazon. Hans had net zijn heugelijke nieuwtje verteld en werd omhelsd, gekust en gefeliciteerd.

'Waar is de gelukkige bruid?' wilde Magdalena weten.

'Mechthild wilde dat ik het eerst aan jullie vertelde, zodat jullie de kans hebben om het allemaal vrijuit te bespreken.'

Eberhard slikte snel een blokje kaas door dat hij net had gepakt. 'En ik heb er inderdaad iets over te zeggen. Ik heb Hans aangeboden om samen met Mechthild bij ons in de villa te komen wonen, maar Hans wil natuurlijk dat jullie het daar ook mee eens zijn.' Hij werd meteen door de vrouwen onderbroken, die allemaal enthousiast ja zeiden. 'Ho, ho, niet zo snel,' remde hij hen af. 'Ik heb ook nog een ander idee, maar daarvoor moet ik het een en ander regelen.'

Hij vertelde over de villa en bijbehorende grond die hij kon kopen om daar het bedrijf te vestigen. De vrouwen zaten vol verbazing te luisteren. 'Om een gefundeerde beslissing te kunnen nemen moet ik eerst het antwoord op een paar andere vragen hebben. Een dergelijke verandering is alleen mogelijk als Ahrensberg Koffie een minimale omzet draait en genoeg afzetmogelijkheden heeft. Daarom heb ik vandaag nog een paar gesprekken gevoerd. Het sluit allemaal heel mooi op elkaar aan. Als ik wil, kan ik vanaf volgende maand aan de winkels van Frisch & Co leveren. We beginnen met twaalf filialen hier in de regio, maar als het goed loopt, kunnen we dat uitbreiden. Het doel is om uiteindelijk aan winkels in het hele land te leveren. Dat is dus veelbelovend. Ik wilde natuurlijk weten of ik daarvoor voldoende financiële middelen heb en daarom ben ik vanmiddag meteen met de bank gaan praten. Die wil me een lening geven voor de aankoop van het onroerend goed en de inrichting van de nieuwe bedrijfsruimte en de branderij. Als ik zulke grote hoeveelheden moet leveren, dan is één enkele trommelbrander niet langer voldoende. Maar er is een bepaalde voorwaarde die het allemaal wat minder zonnig maakt, en daarom moeten we met zijn allen beslissen of we dit risico willen nemen.'

Eberhard viel stil. Hij vond het niet zo eenvoudig om hardop te zeggen wat het probleem was.

'Ze willen deze villa als onderpand,' zei Magdalena zacht. 'Dat bedoel je toch, Eberhard?'

Hij had altijd al geweten dat hij een pientere vrouw had die hem begreep. Dat bewees ze telkens weer. Hij knikte en slaakte een zucht.

'Ach, jongen, zeg nu niet dat je begint te twijfelen,' zei zijn moeder kordaat.

'Dat wilde ik ook al zeggen, Johanna. Het is toch logisch dat de bank een onderpand wil? Maar je gelooft in jezelf, en in je droom,' voegde Edda er op even kordate toon aan toe.

Eberhard probeerde Magdalena in de ogen te kijken. Het was al aan het schemeren, maar hij zag dat ze glimlachte en knikte. 'Ik geloof in jou en in je plannen. We gaan hier een succes van maken.'

Ook zij was het ermee eens. En ze zou hier een grote rol in spelen. Hij ging dit niet alleen doen, dit deden ze samen.

'Jullie zijn geweldig,' zei Eberhard. 'Dank jullie wel voor jullie steun. Tja, dan is de kogel door de kerk. Ik ga morgen de contracten tekenen.'

Hij pakte een volgend blokje kaas en een schijfje peer en stak die allebei in zijn mond. Hij kauwde, nam een slok wijn en zei bijna vrolijk: 'Dan gaan we het nu over echt belangrijke dingen hebben.' Hij knipoogde naar Hans. 'Door de verhuizing van Ahrensberg Koffie komt het personeelshuis vrij. Is dat geen mooi plekje voor ons pasgetrouwde paar? Ik vind dat Hans en Mechthild daar moeten gaan wonen. Dan zijn ze nog altijd deel van onze familie, maar hebben ze ook genoeg plaats om samen een mooi bestaan op te bouwen. Het moet wel lukken om vóór de bruiloft de verhuizing en de verbouwing te regelen. Wat zeg je ervan, Hans?'

Zijn vriend staarde hem heel even zonder iets te zeggen aan, maar toen sloeg hij zijn armen om hem heen. Eberhard voelde dat zijn vriend zat te beven, zo aangedaan was hij. Hij zei maar twee woordjes, maar het was duidelijk dat die recht uit zijn hart kwamen. 'Dank je.'

'En, ben je gelukkig?' vroeg Magdalena twee dagen later. Ze lagen al in bed. Eberhard had de complete papierwinkel geregeld en kon bijna niet geloven welke spannende toekomst hem te wachten stond.

'Ik kan niks bedenken wat me nu nog gelukkiger zou kunnen maken,' zei hij, en hij sloeg een arm om Magdalena heen. Haar wangen bloosden, want ze hadden net gevreeën.

Ze kwam op haar ene elleboog overeind en keek hem ingespannen aan. 'Ik denk dat ik wel iets weet, Eberhard.'

'Magdalena, haal je nou niks in je hoofd,' zei Eberhard. 'Ik ben volgens mij al de gelukkigste man op aarde. Het zou onbeleefd zijn om nog meer te willen.'

Magdalena keek hem met een warme glimlach aan. 'Dan hoop ik dat je evengoed blij bent met mijn cadeau, al duurt het nog even voordat het wordt bezorgd.' Ze pakte zijn hand vast en legde die op haar buik. 'Over zeven maanden, om precies te zijn.'

Het duurde een paar tellen voordat hij begreep wat ze bedoelde. Eerst keek hij haar met stomheid geslagen aan, maar toen pakte hij haar voorzichtig vast en hield hij haar teder tegen zich aan. Het sloeg nergens op, dat wist hij, maar hij werd opeens gegrepen door de onwerkelijke angst dat hij iets kapot kon maken.

‘Nu ben ik echt de gelukkigste man op aarde,’ fluisterde hij. ‘Ik ga heel goed op jou en op ons kind passen, Magdalena. Dat beloof ik je.’

Hij bezegelde die belofte met een innige zoen.

Hoofdstuk 18

Een frisse wind

Aken • Aachen • Oche • Aix-la-Chapelle • Aquae Granni

Heden: juli

Corinne haalde de koffiemolens uit het rek, stofte ze af en zette ze weer neer. Ze nam er de tijd voor, ze schoof de molens een stukje naar rechts, speelde met de afstand ertussen en keek of ze nog goed werkten. Het was belachelijk, die overdreven nauwgezetheid, dat wist ze zelf ook wel, maar ze moest zichzelf op de een of andere manier bezig zien te houden. De bonen had ze al gebrand, de voorraden waren aangevuld, het magazijn lag vol. Zoveel hoefde ze trouwens niet te branden, want er kwamen amper nog klanten. Nadat ze de molens op allerlei mogelijke manieren had neergezet, ging ze verder met de plank eronder, waar de kaartjes en bordjes met de spreuken over koffie lagen.

Frieda was met een klant bezig en Corinne hoorde even later het belletje boven de deur dat aangaf dat de vrouw de winkel uit liep.

'Je weet toch wel dat je al de hele dag aan het afstoffen bent, hè?'

'Wat?' Corinne schrok op en keek Frieda verbaasd aan. Haar

werkneemster keek haar deels geamuseerd, deels gepikeerd aan. Corinne was zo in gedachten verzonken geweest dat ze helemaal niet in de gaten had gehad dat Frieda naar haar toe was gelopen.

'Sorry, Frieda, het is niet persoonlijk bedoeld. Ik weet dat je de winkel prima bijhoudt, maar ik heb die molens vandaag toch al drie keer afgestoft.' Corinne voelde zich meteen schuldig. Dat ontbrak er nog aan, dat ze met haar zinloze gewapper met de stofdoek Frieda tegen de haren in streek. Ze keek haar werkneemster en vriendin met een verontschuldigende glimlach aan.

'Ja, dat is me niet ontgaan,' antwoordde Frieda zogenaamd verontwaardigd, maar ze vervolgde meteen vol begrip: 'Die hele toestand vreet aan je, dat zie ik. Maar het helpt echt niet als we hier met ons tweeën in de winkel blijven staan en elkaar gek maken.'

Daar had ze natuurlijk gelijk in, maar Corinne kon zich er ook niet toe zetten om aan haar bureau te gaan zitten.

'Kun je niet beter even naar boven gaan en wat voor de stichting doen?' stelde Frieda voor. Ze sloeg haar arm om Corinnes schouder.

Het was lief bedoeld, en Corinne wist dat het een slim idee was, maar alleen al bij de gedachte aan de administratie voelde ze weerzin in zich opkomen. Daar wilde ze nu niet eens aan denken. 'O, Frieda, dat is lief van je, maar boven voel ik me nog beroerder. Hier heb ik ten minste nog wat afleiding. En ik heb voor de stichting toch niet veel te doen. Beatrice zit overal bovenop en neemt me heel wat werk uit handen, precies zoals ik had gehoopt.'

'Goed zo, want je stak er de laatste tijd toch al veel meer uren in dan je aanvankelijk van plan was geweest. Nou, dan kun je dus geen formulieren gaan invullen of aanvragen behandelen. Daar zou ik onder normale omstandigheden blij van worden, want dat betekent dat je vaker hier beneden kunt helpen. Het is soms best zwaar om het fort alleen te moeten bewaken. Helaas is er de laatste tijd maar weinig normaal, en als ik je nog langer om die rekken heen zie scharrelen, dan word ik gek. Daarom heb ik een voorstel: neem de rest van de dag vrij. Noah en Mia vinden het vast fijn om vanmiddag iets met jou te doen. Je mist je kleine meid heel erg, dat weet ik.'

Na die laatste woorden sperde Corinne haar ogen open. Ze keek Frieda verwonderd aan. Hoe wist Frieda dat ze moeite had met de balans tussen werk en privé?

'Kijk niet zo verbaasd, Corinne. Ik zie toch dat je meteen begint te stralen als Noah hier met Mia langskomt? En dat je gezicht betrekt als we het over Mia hebben, omdat je haar zo mist. Dat overduidelijke gezucht van je spreekt boekdelen. Waarom maak je geen gebruik van de vrije tijd die ik je net heb aangeboden?'

Toen Corinne naar het voormalige personeelshuis liep, zag ze Noah en Mia in de tuin zitten. Ze hoorde Mia al van verre kraaien, en toen ze de hoek omsloeg, zag ze ook waarom haar kleine meid zoveel plezier had. Ze bleef even staan om naar het spel van de twee dierbaarste mensen in haar leven te kijken.

Noah had Mia in de babyschommel gezet en gaf haar voorzichtig een duw. Ze bewoog haar voetjes op en neer, klemde haar handjes rond de touwen en gooide haar hoofdje achterover.

'Duu!' riep ze enthousiast, elke keer dat ze naar Noah terugzwaaide. Het woord 'duwen' was nog te moeilijk voor haar, maar ze wisten inmiddels wat ze hiermee bedoelde. Mia was dol op schommelen.

Haar papa deed twee keer braaf wat ze vroeg, maar bij de derde keer ving hij de schommel op en hield hij Mia vast. 'Je papa is moe, lieverdje. Ik kan niet meer duwen. Misschien lukt het weer als je me nog een kusje geeft.'

Mia sloeg met haar handjes tegen Noahs wangen en gaf hem een natte zoen op zijn neus.

'Dat was precies wat ik nodig had,' zei Noah blij. Hij liet Mia en de schommel lachend weer los. Toen ze weer naar voren zwaaide, trok hij snel zijn shirt omhoog om haar speeksel van zijn gezicht te vegen.

'Duu,' klonk het opnieuw uit Mia's mondje.

Corinne had nog uren zo kunnen blijven staan om naar haar twee lievelingen te kijken. Het was gewoon onroerend, zo innig als de band tussen Noah en Mia was, maar ze voelde ook de felle steek van jaloezie. Ze vermande zich snel, liep naar het tweetal toe en riep: 'Verrassing!'

'Corinne, wat doe jij zo vroeg thuis?' Noah draaide zich met een ruk om en keek haar verbaasd aan.

Mia stak allebei haar handjes naar haar mama uit en riep: 'Duu!'

'Het was zo stil in de winkel dat ik dacht: weet je, ik kan vandaag wel wat eerder naar huis gaan en samen met jullie een beetje spelen. Vinden jullie dat leuk?'

Noah sloeg een arm om haar heen en trok haar dicht tegen zich aan. Met zijn andere hand gaf hij Mia weer een duw. 'Ja, wat een goed idee van je!'

Corinne lachte. 'Vond ik ook. Het is typisch zo'n gevalletje limonade, maar hé, beter limonade dan helemaal niks, hè?'

'Eh...' In Noahs ogen, blauw als korenbloemen, dansten gouden vlekjes. Corinne zag dat hij geen flauw idee had wat ze bedoelde.

'Je weet wel, dat het leven je soms citroenen geeft,' legde ze uit. 'Momenteel krijg ik elke dag weer nieuwe, en tot nu toe heb ik me daar vooral aan lopen ergeren. Ik liep zeg maar telkens met een zuur gezicht rond. Maar vandaag besloot ik om van die citroenen limonade te maken. Het was jammer genoeg niet druk in het Boontje en daar word ik nogal kriegel van. Ik kan die extra tijd beter aan iets leuks besteden, bijvoorbeeld aan jou en Mia.'

'Logisch. Absoluut.' Noah lachte. 'Ik ben onder de indruk van je verbeelding, maar ik snap wat je bedoelt. En dan zijn Mia en ik als het ware de suiker in jouw limonade, hè? Als dat geen liefde is,' zei hij plagend.

'Lach me niet uit, ellendeling.' Corinne deed haar best om hem een boze blik toe te werpen, maar dat lukte niet. Er vonkte zoveel warmte en tederheid in zijn ogen dat ze alleen maar stralend kon terugkijken.

'Duu!' Mia liet weer van zich horen.

'Mag ik?' vroeg Corinne, en Noah droeg de taak aan haar over.

'Ah, zitten jullie hier!' klonk opeens de stem van Alexander. Hij liep, net als Corinne een paar minuten geleden, om de hoek van het huis heen de tuin in.

'Alexander, is er nog nieuws?' vroeg Corinne bij wijze van groet.

'Mag ik eerst even mijn lieve kleine Mia begroeten? Dan vertel ik het je daarna.' Zonder op antwoord te wachten liep Alexander naar de schommel om Mia op te vangen. 'Dag, muisje van me. Hoe gaat het met je?'

'Duu,' droeg Mia hem op. Ze kreeg maar geen genoeg van het schommelen.

'Ik ga even koffiezetten,' zei Noah. 'Komt Thomas ook?' wilde hij weten.

Alexander knikte. 'Ja, straks. Hij moest nog even iets belangrijks afmaken.'

'Als ik dit had geweten, was ik even bij Susan taart gaan halen,' zei Corinne.

'We hebben nog wat fruit dat Klara heeft ingemaakt,' zei Noah. 'Zal ik er wat wafels bij bakken? Die zijn zo klaar.'

'Goed idee,' vond Alexander, die al over zijn buik wreef.

'Als jij nog even met Mia schommelt, help ik Noah met beslag maken,' stelde Corinne voor.

'Niet te veel snoepen,' riep Alexander haar na, 'en daarmee bedoel ik niet alleen het beslag!' Hij schoot in de lach toen Corinne zich omdraaide en snel haar tong naar hem uitstak. Ze zorgde er wel voor dat Mia dat niet zag; ze moest een goed voorbeeld geven en zulke kinderachtige neigingen onderdrukken, maar ze was nu eenmaal Alexanders zusje en er zat nog steeds iets van een klein meisje in haar.

Misschien zou Mia ook ooit meemaken hoe het was om met een broer op te groeien. Die gedachte kwam zo plotseling in haar op dat ze met een ruk bleef staan. Hoe kwam ze daar nu bij? Tot nu toe hadden ze het nog nooit over een tweede kindje gehad. Corinne schudde haar hoofd. Op dit moment waren er genoeg andere zaken die om haar aandacht vroegen. Nog een kind erbij zou alles alleen maar ingewikkelder maken.

Corinne rekte zich gapend uit en liep de kinderkamer uit. Ze had net Mia naar bed gebracht en haar een verhaaltje verteld. Het liefst was ze naast haar dochtertje in bed gekropen en had ze even haar ogen dichtgedaan. Gelukkig sliep Mia intussen in een ledikant met spijltjes, waardoor Corinne niet aan haar verlangen kon toegeven.

'Over tien minuten is de pizza er,' meldde Noah. Ze hadden besloten om vanavond niet zelf te koken, ze wilden hun tijd liever gebruiken om uit te zoeken hoever ze met hun onderzoek waren gekomen.

'Ik heb inmiddels het IP-adres kunnen achterhalen, maar vraag me niet hoe. Het belangrijkst is dat ik erachter kon komen. De volgende stap is het achterhalen van zijn naam en adres, daar ben ik al mee bezig. Als het meezit, krijg ik die informatie vandaag nog, en anders ergens in de komende paar dagen. Wie er ook achter zit, erg slim is hij niet, want anders had ik met mijn beperkte middelen geen schijn van kans gemaakt.' Thomas pakte zijn wijnglas. 'Laten we drinken op domheid.'

'Wat goed dat je iets hebt kunnen vinden, Thomas.' Noah knikte goedkeurend. 'Ik was al bang dat het op niets zou uitlopen. Vandaag de dag is het relatief gemakkelijk om je identiteit verborgen te houden.

Je hoeft maar via de cloud te werken en je hebt al een paar sporen uitgewist.'

'Nou, dan ben ik blijkbaar niet erg slim,' merkte Alexander op, 'want dit is de eerste keer dat ik over dat soort dingen hoor.'

'Willen jullie elkaar soms computerhulp gaan bieden?' vroeg Corinne. 'Of een wedstrijdje doen wie het slimst is? Of kunnen we misschien verdergaan met waar we het over hadden?'

'Sorry, Corinne,' zei Alexander meteen, 'je hebt gelijk. Ik heb vandaag met Hartmann overlegd.'

'Maar...' begon Corinne verbaasd. Ze hadden immers afgesproken om nog geen volgende stappen te zetten.

'Rustig maar, krullenkop,' stelde Alexander haar gerust. 'Zonder jouw toestemming gebeurt er niets. Maar Hartmann kent ons al zo lang en heeft al zoveel met ons meegemaakt dat het me vanzelfsprekend leek om hem om advies te vragen.'

Corinne ademde diep in en uit en wachtte totdat haar polsslag weer tot bedaren was gekomen voordat ze ten slotte vroeg: 'En wat zei hij ervan?'

Alexander lachte tevreden. 'Weet je, je kunt rustig iets aan je grote broer overlaten.'

Corinne rolde met haar ogen. 'Wat zei hij?' vroeg ze nogmaals.

'Hij vindt net als wij dat het hele zaakje stinkt. Normaal gesproken stapt iemand die recht op een erfenis denkt te hebben naar een jurist. Als deze vent het testament wil aanvechten waarin jij als erfgename vermeld staat, dan moet hij dat persoonlijk of via een jurist doen. Maar dat met die brief, en daarna die brutale telefoontjes, dat is meer iets voor een oplichter. Als hij echt ergens recht op zou hebben, dan zou hij niet zijn spierballen hoeven laten zien.'

'Goed, dan waren onze vermoedens waarschijnlijk juist. Maar wat doen we nu?'

Er kwam een auto aangereden en Noah stond op om nog voordat de pizzakoerier kon aanbellen en Mia wakker kon maken de deur open te doen.

Ook Thomas stond op om borden en bestek te pakken. Terwijl de beide mannen bezig waren, haalde Alexander een brief uit zijn zak die hij voor Corinne op tafel legde.

'Deze heeft Hartmann opgesteld, zonder enige verplichting. Lees hem maar even rustig door, en als je het ermee eens bent, stuurt hij hem voor je op.' Alexander legde zijn hand op die van haar en keek haar indringend aan. 'Als je het mij vraagt, is het de hoogste tijd om deze kerel een lesje te leren. Je hebt al veel te veel van hem moeten slikken.'

Corinne gaf geen antwoord, maar pakte de brief op en begon te lezen. Hartmann had in een paar korte zinnen de zaken duidelijk uiteengezet. Maximilian Rosenbaum kon als vergeten broer officieel aanspraak maken, waarbij het de vraag was of de rechtbank hem in het gelijk zou stellen, of hij kon het opgeven. Een andere keuze was er niet. Hartmann verbood hem bovendien om ooit nog contact met haar op te nemen.

Verder stond er nog:

Indien u ondanks deze duidelijke uitleg toch nog behoefte hebt aan een nadere toelichting, dan sta ik als de jurist van de familie Ahrensburg-Engel tot uw beschikking. U kunt mij tijdens de gebruikelijke kantooruren bereiken. Mocht u ondanks mijn dringende verzoek om geen contact op te nemen mevrouw Ahrensberg-Engel toch nog lastigvallen, dan zie ik mij genoodzaakt om juridische stappen te ondernemen.

Met vriendelijke groeten,
mr. Waldemar Hartmann

'Kom, dan eten we eerst iets, anders wordt de pizza koud,' zei Alexander, die een punt met paprika en ham op zijn bord legde.

Corinne was blij dat hij haar de tijd wilde geven om over de brief na te denken. Ze glimlachte naar haar broer en nam een punt met spinazie en schapenkaas, plus wat van de gemengde salade die Noah ook had besteld.

'Heb je er nog over nagedacht of je een detective wilt inhuren?' wilde Thomas weten.

Corinne knikte. 'Ja, maar ik heb besloten om het niet te doen. Als deze man een bedrieger is, dan komt dat vroeg of laat toch wel aan het licht. Waarom zou ik dan al die moeite doen en er geld aan uitgeven? Als ik een detective inhuur, dan eerder vanwege die slechte recensies op internet. Ik weet niet wie daarvoor verantwoordelijk is, maar hij heeft zijn doel bereikt. Onze omzet is fiks teruggelopen.'

'Kan dat het werk zijn van een andere kleine branderij?' vroeg Alexander. 'Vaak is jaloezie in dit soort gevallen de reden. Heb je mot met iemand, Corinne? Of misschien heeft het met de stichting te maken? Heb je onlangs nog iemand afgewezen?'

Noah kauwde, slikte en zei toen: 'Wat een detective betreft: ik herinner me nu dat ik net op een interessante site was gestuit toen Mia me stoorde. Dat was ik bijna vergeten door het luiers verschonen en het schommelen. Wacht even, dan pak ik de laptop.'

Hij schoof zijn bord een stuk opzij om plaats te maken voor de computer. Terwijl hij het apparaat uit de slaapstand wekte, schoof hij nog snel een punt pizza naar binnen. Daarna begon hij al kauwend te klikken en te scrollen. Corinne zag alleen de zwarte achterkant van de laptop en had geen idee waarnaar Noah op zoek was. Ingespannen sloeg ze hem gade, en ook Alexander en Thomas hielden hun blik op hem gericht.

'Ik heb het!' riep hij opeens zo onverwacht dat Corinne van schrik haar vork liet vallen. Noah mompelde zachtjes 'Sorry', maar bleef uiterst geconcentreerd de tekst lezen, met een flinke frons tussen zijn wenkbrauwen.

'Mensen, dit vraagt om een glas sekt,' riep Noah een paar tellen later. 'We hebben hem.' Hij klikte nog een paar keer, stond op en liep naar de koelkast om een fles sekt te pakken, die hij aan Alexander gaf. 'Maak die maar open, Alexander. Ik pak de glazen.'

'Kun je voordat we proosten misschien vertellen wat je hebt ontdekt? Het zou leuk zijn om te weten waar we op drinken,' zei Corinne.

'Momentje nog,' zei Noah. 'Je weet dat onze printer tijd nodig heeft om op te warmen.'

Dat was waar, maar Noah had die woorden nog niet uitgesproken of Corinne hoorde al het bekende gezoem van de printer. Ze stond op en draafde naar de kamer ernaast om te zien wat Noah had gevonden.

'Niet te geloven, Noah, hoe ben je hierachter gekomen?' riep ze uit, om vervolgens van haar eigen kreet te schrikken. Ze was helemaal vergeten dat Mia sliep en dat ze beter niet al te veel lawaai konden maken. Met het vel papier in haar hand liep ze terug de keuken in. Daar vertelde ze Alexander en Thomas wat Noah had ontdekt. 'Sarah had inderdaad een broer. Hij moet een halfbroer zijn geweest, want hij is na de dood van haar vader geboren. Dat maakt trouwens niet uit, want Maximilian Rosenbaum is al als tiener overleden. Kijk hier maar: "Onze geliefde zoon, broer en neef is wreed uit het leven weggerukt." ' De tranen welden op in haar ogen. 'Arme Sarah. Ze heeft zoveel ellende meegemaakt en zoveel mensen verloren die haar dierbaar waren.'

'Op Sarah!' Noah had intussen een glas sekt voor haar neergezet en hief het zijne.

'Op Sarah,' viel iedereen hem meteen bij.

'Die kerel is dus echt een oplichter die jou de erfenis wil aftroggelen. Wat doen we nu?'

'Naar de politie stappen om aangifte te doen,' zei Noah zonder te aarzelen.

Corinne twijfelde nog. 'Ik weet niet of we wel onomstotelijk kunnen bewijzen dat hij de boel wilde oplichten. Hij lijkt me gewiekst genoeg om zich hieruit te redden, en dan halen we ons met die aangifte ergernis op de hals die we ons beter kunnen besparen.'

Thomas' telefoon begon te piepen. Hij keek even op het schermpje, verontschuldigde zich en nam op. 'Hoi, Hendrik,' zei hij, 'heb je iets voor me?'

Hij luisterde, knikte, zei een paar keer 'Hm' en hing na een 'Hartelijk dank' op.

'We kunnen wel stellen dat het net zich sluit.' Hij keek tevreden in het rond.

'Hoe bedoel je?' vroegen Noah en Alexander op hetzelfde moment. Corinne wachtte gespannen af, met haar glas sekt in haar hand. Ze had het sterke vermoeden dat haar problemen weleens heel snel opgelost konden zijn en was benieuwd naar wat Thomas had ontdekt.

'Die slechte recensies op internet zijn inderdaad het werk van die zogenaamde Maximilian Rosenbaum,' legde hij uit. 'Met hulp van een vriend heb ik ontdekt welk mailadres er bij die postjes hoort.'

Corinne sloeg van pure verbazing haar glas in één keer achterover. Dit was bijna niet te geloven. Waarom zat die vent haar zo dwars?

'Als dat geen reden is om aangifte te doen!' zei Noah. Zijn ogen vonkten van woede.

'Ach Noah, is dat al die moeite wel waard?' vroeg ze. Alleen al de gedachte om naar de politie te stappen en aangifte te doen, waarbij ze elk detail uit de doeken zou moeten doen, maakte haar doodmoe. 'Waarom laten we hem niet gewoon weten dat we doorhebben waar hij mee bezig is en eisen we dat hij die slechte reviews verwijdert? Ik twijfel er niet aan dat hij me dan voortaan met rust zal laten. En we kunnen hem natuurlijk ook die brief van Hartmann sturen.'

'Ik snap heel goed waarom je er zo over denkt, Corinne,' zei Noah. Hij stond op, ging achter haar staan en sloeg een arm om haar heen. Dat deed haar goed, en ze draaide zich met een glimlach naar hem om. 'Maar stel je eens voor hoe dit verder zou kunnen gaan. Misschien is dit iemand die aan de lopende band anderen probeert op te lichten. Wie weet heeft hij zijn volgende slachtoffer al in het vizier. Is het niet beter om ervoor te zorgen dat zo'n figuur dit niet nog eens kan doen?'

'Wat ben je toch slim en verstandig...'

'En onhandig,' vulde Alexander lachend aan. 'Eerlijk gezegd ben ik het wel met Corinne eens, Noah. Straks zitten jullie uren op het politiebureau, en waarom? Ik heb eerlijk gezegd geen idee of hij wel een strafbaar feit heeft gepleegd.'

'Nee, Alexander, Noah heeft gelijk,' zei Corinne. 'Dit is genoeg bewijs, hier kan hij zich niet meer uit praten. En hoewel ik het een vreselijk idee vind om hier nog meer tijd en aandacht aan te besteden, heeft Noah wel een punt. Als we deze oplichter niet aangeven, maakt hij misschien nog meer slachtoffers, en dat willen we toch niet op ons geweten hebben.'

'Ik ben kapot,' zei Frieda hijgend. Ze knoopte haar schort los en trok het over haar hoofd. 'Wat een stormloop. Volgens mij moeten we morgen opnieuw branden.'

Corinne lachte. 'Daar lijkt het wel op,' beaamde ze. Ook zij was moe. Haar voeten deden pijn, haar hoofd tolde, maar ze was heel erg dankbaar en blij.

Samen met Noah had ze een advertentie opgesteld die ze in alle kranten in en rondom Aken hadden geplaatst. In een paar woorden had ze uitgelegd dat Öcher Boontje het slachtoffer van laster en oplichting was geworden en dat de dader inmiddels in hechtenis zat. Corinne had zich rechtstreeks tot haar klanten gericht en gevraagd of ze haar en de branderij wederom hun vertrouwen wilden schenken.

Sinds de advertenties waren verschenen, liepen de klanten de deur plat, maar dat was nog niet alles. Ook verslaggevers van kranten en tijdschriften en de regionale tv hadden door dat er iets aan de hand was.

Corinne had de advertenties in eerste instantie niet eens willen plaatsen. Ze had de bedrieger ontmaskerd en hij zou zijn rechtmatige straf krijgen, dus was het dan nog wel nodig om hem publiekelijk aan de schandpaal te nagelen? Bovendien was ze bang geweest dat er iets van de narigheid aan haar zou blijven kleven en dat haar Boontje er eerder schade dan voordeel van zou ondervinden.

Gelukkig was juist het tegengestelde gebeurd. Ze had alleen maar positieve reacties gekregen, er bleef niets aan haar kleven en ze was de stralende heldin van het verhaal. Zo had de redacteur van de *Aachener Nachrichten* haar in elk geval genoemd.

Ze waren inmiddels twee weken verder en het was nog nooit zo druk geweest.

'Gelukkig is het vandaag zaterdag,' merkte Corinne op. 'We kunnen morgen bijkomen. Dus hup, naar huis jij. Ga lekker douchen, dan zien we elkaar over twee uur bij mij thuis. Vandaag is het feest.' Ze trok ook haar schort uit. 'Ik ga nu kijken of Noah nog hulp nodig heeft.'

Terwijl Frieda haar spullen bij elkaar zocht, sloot Corinne de kassa af, wierp ze een laatste blik in de winkel en deed ze het licht uit. Nadat ze haar jas en haar tas had gepakt, liep ze een paar minuten na Frieda het Boontje uit.

Ze ging graag te voet naar haar werk, maar vandaag had ze de fiets gepakt, zodat ze sneller thuis bij Noah en Mia was. Ze keek nu al uit naar vanavond.

'Ik ben thuis!' riep ze even later toen ze na een verkwikkende rit door de stad de gang van hun knusse huis in liep.

'Wat fijn dat je er al bent.' Noah liep naar haar toe en begroette haar liefdevol.

'Je bent erg ontspannen, zeker als je bedenkt dat het hier straks feest is,' stelde ze vol verbazing vast.

In de keuken klonk het gekletter van borden. Noah keek Corinne glimlachend aan. 'Mia slaapt nog. Klara heeft de scepter in de keuken overgenomen, daar kon ik niks tegen beginnen. De drankjes staan koud en ik mag straks met de barbecue aan de slag, maar nu is er even niks te doen. En daarom...' Hij pakte haar hand en trok haar mee.

'Noah, wat ben je van plan?' vroeg ze lachend.

Het was al een hele tijd geleden dat haar man haar zo enthousiast naar de slaapkamer had gesleept.

Noah wierp haar over zijn schouder een verlekkerde blik toe. 'Wat haal jij je in je hoofd?' zei hij met een knipoog. 'Ik dacht dat mijn vrouw veel te moe was, maar als je per se wilt, dan kunnen we natuurlijk...'

'Noah,' zei Corinne streng, 'je vrouw is inderdaad moe en je mag haar daarom niet uitlachen.' Ze klonk zogenaamd verontwaardigd.

'Ik zou het niet durven. Ik dacht alleen dat je misschien zin had in een voetmassage.'

'O.' Meer kon ze niet uitbrengen. Noah speelde het telkens weer klaar om haar met zijn liefde en aandacht te verrassen.

Een paar minuten later lag Corinne op hun bed en zat Noah op een kussen ervoor. Teder en toch stevig masseerde hij haar voeten. Tussendoor zoende hij ze of beet hij speels in een teen.

'Lieverd, ik heb eens zitten denken,' begon Corinne. Ze wachtte al dagen op het juiste moment en dat leek nu eindelijk te zijn aangebroken.

'Je mag eigenlijk niet nadenken als ik je aan het verwennen ben,' merkte Noah op.

'Klopt, maar ik heb een idee dat ik graag met je wil bespreken. Het is belangrijk voor me.'

'Ga uw gang, schone jonkvrouw, en spreek,' zei Noah spottend, waardoor Corinne in de lach schoot.

'Je weet vast nog wel waar we het laatst over hadden, dat we ieder onze eigen bezigheden hebben en soms jaloers op elkaar zijn,' begon ze.

Noah maakte een instemmend geluidje, maar zei verder niets.

'En jij hebt gezegd dat je je branderij best wel mist,' vervolgde ze.

Hij knikte. 'Soms wel, ja.'

'Toen ik in verwachting was van Mia, hebben we er lang over nagedacht en dachten we een goede oplossing voor ons nieuwe gezin te hebben gevonden.'

'Daar hoef je me niet aan te herinneren,' zei Noah. 'We hebben nachtenlang zitten praten. Het was lastig om de juiste beslissing te nemen.'

'Dat klopt. En we hebben toen een oplossing gevonden die op dat moment voor ons allebei werkte. Daar ben ik trots op. Alleen merk je soms dat iets in de praktijk minder goed werkt dan het in theorie leek. En dat je soms het een en ander moet aanpassen.'

Noah liet Corinnes voeten los en kwam naast haar op het bed zitten. 'Wat is er, Corinne? Wat bedoel je precies?' vroeg hij. Ze zag aan hem dat hij gespannen was. Ze wist dat hij nog altijd niet helemaal aan zijn rol als huisman gewend was en dat hij misschien wel vreesde dat ze hem van vermijdbare fouten wilde beschuldigen.

'We moeten niet denken dat de oplossing die we toen hebben bedacht de enige juiste is. Als we geen van beiden honderd procent gelukkig met de situatie zijn, dan mogen we het een en ander wijzigen totdat we dat wel zijn. Ik heb heel erg veel en lang nagedacht over wat er de laatste tijd allemaal is gebeurd. Wat zou je ervan zeggen als we onze taken niet meer zo duidelijk opdelen in werk en kind, maar van allebei een deel doen?' flapte Corinne eruit. Ze hield haar adem in.

Ze zag haar woorden langzaam tot Noah doordringen. Hij trok eerst een sceptisch, maar daarna een nieuwsgierig gezicht en vroeg ten slotte: 'Wat had je precies in gedachten?'

'Ik denk dat we toentertijd goed aan hebben gedaan om met maar één branderij verder te gaan, maar dat hoeft niet te betekenen dat jij niet meer achter de toonbank staat om klanten te bedienen en geen bonen meer brandt of koffiezet. We kunnen de taken verdelen. Ik ga drie dagen in de branderij werken en jij zorgt voor Mia, en dan ruilen we en sta jij drie dagen in de branderij en zorg ik voor Mia. Het werk voor de stichting kan ik deels thuis doen en deels tijdens mijn drie dagen in de branderij. Frieda en Beatrice zijn fantastische werkneemsters, die kunnen ons natuurlijk ook het nodige uit handen nemen. Op die manier kan er een frisse wind door ons leven waaien. Wat vind je ervan?'

Noah was nog wat sceptisch. 'Het is jouw branderij, Corinne. Vind je het niet vervelend als ik een deel van jouw werk daar overneem?'

'Ik heb erover nagedacht en heb een besluit genomen: ik wil graag dat we allebei in gelijke mate de leiding over Öcher Boontje nemen. We zijn een goed team, Noah, dat waren we vanaf het allereerste moment al, en ik vind dat het nu tijd wordt om te laten zien dat we dat op zakelijk gebied ook zijn. Bovendien heeft een opzet als deze nog een voordeel,' voegde ze er glimlachend aan toe.

'Ik ben benieuwd.' Noah keek Corinne aan en ze slikte even. Die blik kende ze. Als ze niet uitkeek, kon ze dadelijk geen woord meer uitbrengen omdat hij haar gek maakte met zijn zoenen.

'Als ik niet meer fulltime werk, kunnen we er eens over nadenken of Mia misschien een broertje of een zusje kan krijgen,' zei ze.

'Corinne, ik hou van je,' antwoordde Noah, terwijl hij haar ingespannen aankeek. 'Vandaag nog meer dan gisteren, en morgen nog meer dan vandaag. Ik ken niemand van wie ik zoveel hou. En ik zeg ja.'

Eigenlijk had Corinne nu meteen willen bespreken hoe ze hun dagen het best konden verdelen, maar zoals ze al had vermoed, lukte het haar niet langer om haar aandacht erbij te houden. Noah drukte zijn warme zachte lippen al in haar hals. Hij liet zijn mond steeds verder naar beneden gaan en schakelde haar verstand uit.

'Ben je zover?' vroeg Noah een hele tijd later. Hij stak zijn hand naar haar uit.

Corinne legde haar hand in de zijne en zei: 'Ik ben er klaar voor als jij dat bent.'

Samen liepen ze naar beneden om de eerste gasten te begroeten. Klara kwam met Mia op haar arm de keuken uit.

'Mama,' zei Mia, en Corinnes ogen schoten vol tranen. Het was de eerste keer dat Mia haar heel bewust zo aansprak. Haar kleine schatje stak haar armpjes naar haar uit en Corinne pakte haar van Klara aan. Noah sloeg zijn armen om zijn beide vrouwen heen. Ook bij hem sprongen de tranen van geluk in zijn ogen.

'Papa,' zei Mia. Ze keek haar vader stralend aan en gaf hem een natte kus.

Epiloog

De cirkel is rond

Aken • Aachen • Oche • Aix-la-Chapelle • Aquae Granni

Februari 1999

De zon scheen schuin door de pas gewassen ruiten. Eberhard zat diep in gedachten verzonken aan zijn bureau. Er was zoveel wat hem bezighield, uit het verleden en met het oog op de toekomst.

Wanneer hij zijn kleindochter Corinne zag, wist hij dat zijn passie voor koffie niet verloren zou gaan. Ze was nog een kind, maar ze was al in de ban van koffie. Net zoals hem in zijn jonge jaren was overkomen.

Eberhard grinnikte bij de gedachte aan Corinne. Andere kinderen vroegen om een pony of om rolschaatsen, maar Corinne begon te stralen als ze met haar opa mee mocht naar de zaak. Wanneer ze samen met hem van de koffie proefde, deed ze dat met een ernst waarvan hij diep onder de indruk was. Nu wist ze al meer over het product dan menig brander.

Terwijl Eberhard aan zijn bureau zat om eindelijk iets te doen wat hij al heel lang in gedachten had, speelde Corinne boven op zolder. Ze vond het heerlijk om al die oude spulletjes te bekijken die daar werden bewaard en soms al waren vergeten. Ze vroeg denkbeeldige gasten op de koffie en speelde dat ze bonen brandde.

Eberhard slaakte een diepe zucht en begon te schrijven.

Mijn naam is Eberhard Ahrensberg. Ik ben de oprichter van Ahrensberg Koffie, maar ik ben vooral een man die terugkijkt op een druk en vervuld leven van nu bijna zeventig jaar. Terugblikkend wil ik zeggen: het was een goed leven en dat maakt me heel dankbaar. Maar er zijn ook donkere tijden geweest, vol pijn en verdriet; ook daaraan zal ik altijd terugdenken.

Nu ik het bedrijf heb doorgegeven aan mijn zoon Günther, heb ik eindelijk de tijd om al mijn herinneringen vast te leggen. Ik wil opschrijven wat mij belangrijk lijkt, brieven en foto's aanvullen met mijn persoonlijke gedachten en samenvatten wat verloren lijkt.

Voordat ik aan dit project begon, heb ik me natuurlijk afgevraagd waarom ik dat eigenlijk wilde. Dat heb ik mijn hele leven gedaan als ik aan iets nieuws begon. Ik wil niet lukraak ergens aan beginnen, maar doelbewust, volgens mijn levensmotto: alles is wel ergens goed voor. Die lijfspreuk heb ik overgenomen van mijn moeder, die me daarmee in de moeilijkste tijd van mijn leven - en in de zwartste tijd van Duitsland - moed insprak, zelfs als ze niet bij me was.

Bedankt, moeder. Ik weet dat je over me waakt en draag de herinneringen aan jou bij me, en ook daarvan wil ik er een aantal vastleggen.

Maar waarom? Het antwoord is complex en belicht niet alleen de zonnige kant van de familie. Ik voel me medeplichtig aan de misdrijven en gruweldaden van mijn vader. Ook al weet ik vanuit het perspectief van nu dat ik ze niet had kunnen voorkomen, toch bloedt mijn hart nog steeds als ik erover nadenk.

Als mijn verhaal, mijn herinneringen ertoe kunnen bijdragen dat ook maar één mens anders gaat denken, nadenkt over zijn daden voordat hij handelt, zijn haat overwint en openstaat voor anderen, dan is het belangrijk en goed dat ik dit boek schrijf.

Ik denk dat Corinne op een dag in het bezit van dit boek zal zijn. Ik weet dat ze het zal bewaren en zal weten hoe ze ermee om moet gaan.

Mocht tegen de verwachting in een ander familielid of zelfs een vreemde mijn schrijfsels in handen krijgen, dan vraag ik om respect. Wie het ook zal zijn, hij zal er het juiste mee doen.

Machtige chocoladetaart

Uit de roman *Drei Schwestern am Meer* door Anne Barns

Deze taart biedt een ware overvloed aan chocolade en smaakt extra krachtig door het gebruik van espresso.

Ingrediënten:

Beslag

- 320 g zachte boter
- 320 g suiker
- 6 eieren
- 400 g crème fraîche
- 350 g zelfrijzend bakmeel of 350 g meel en 1 theelepel bakpoeder
- 80 g cacao
- 1 tl zout
- 250 ml espresso
- 250 g pure chocolade

Topping

- 100 ml slagroom
- 300 g pure chocolade
- fijngehakte nootjes voor de decoratie

Ook nodig:

Een springvorm van 28 cm doorsnee

Bereiding

Verwarm de oven voor op 160 °C.

Mix de zachte boter en suiker in een beslagkom door elkaar en voeg een voor een de eieren toe. Mix dan de crème fraîche er voorzichtig doorheen.

Meng in een tweede kom het zelfrijzend bakmeel of het meel en bakpoeder met de cacao en het zout en roer het eiermengsel hier in porties doorheen.

Doe de espresso in een pannetje en laat de pure chocolade hierin langzaam smelten. Voeg het espresso-chocolademengsel toe aan het beslag en meng alles voorzichtig door elkaar.

Giet dit beslag in een ingevette ronde springvorm en bak 60 tot 70 minuten.

Laat de taart afkoelen en bereid dan de topping. Warm de slagroom op in een pannetje en laat de chocolade erin smelten. Bestrijk de taart met dit mengsel en garneer het geheel met de nootjes.

Mijn dierbare vriendin en collega Anne Barns schrijft niet alleen prachtige romans, maar bakt ook heel erg graag de heerlijkste taarten.

Dank je wel, Anne, dat ik jouw recept met mijn lezers mag delen.

Bronvermelding

‘De dood is helemaal niets:
ik ben slechts weggegleden naar de volgende kamer.
Ik ben ik en jullie zijn jullie.
Waarom zou ik uit jullie hart zijn,
omdat ik uit het oog ben?
Wat we voor elkaar waren,
dat zijn we nog.
Speel, glimlach, denk aan me.
Leven betekent alles
wat het ooit betekende.
Er is niets veranderd,
ik wacht op jullie,
ergens
heel dicht bij jullie.
Alles is goed.’

Deze tekst wordt vaak toegeschreven aan Annette von Droste-Hülshoff, maar is in werkelijkheid afkomstig van Henry Scott Holland (1847-1918). Er bestaan allerlei variaties op.

Dankwoord

Hiermee is de cirkel rond, ik heb het volledige verhaal van de familie Ahrensberg verteld. Het was een erg spannende, ontroerende en soms ook heftige tijd. Vooral het onderzoek naar de Tweede Wereldoorlog en de jaren daarna zijn me niet in de koude kleren gaan zitten, maar het was al die tranen waard. Ik ben heel erg dankbaar dat ik dit verhaal mocht schrijven, en voor al die mooie momenten.

Ik had er erg veel plezier in om het muzikale duo Mrs. Greenbird een rol in mijn verhaal te geven. Het kwam heel goed uit dat de singer-songwriters Sarah en Steffen in het voorjaar van 2020 zelf zijn getrouwd en ter gelegenheid daarvan een nummer voor hun bruiloft hebben geschreven. Toen de wereld kort na hun prachtige feest op zijn kop kwam te staan vanwege COVID-19, besloten ze om dat nummer en fragmenten van hun bruiloftsvideo, die eigenlijk privé hadden moeten blijven, te delen met de vele stellen die vanwege de pandemie hun eigen feest in het water zagen vallen of gedwongen waren om het in heel kleine kring te vieren. Heel erg bedankt, lieve Sarah en Steffen, dat we mochten meegenieten, en ook bedankt voor de inspiratie die jullie prachtige video bood. Ik sta te popelen om jullie eindelijk eens in het echt te zien en te horen. 'Love You to the Bone' is te vinden op https://youtu.be/M96CxvjQ5hQ en op www.mrsgreenbird.bandcamp.com/music.

Natuurlijk mag een link naar 'Everyone's the Same', dat Noah zo graag voor Mia zingt, niet ontbreken. Hoe klein ze ook is, met dat nummer maakt hij haar al jong duidelijk dat je jezelf mag zijn en dat je je niet te veel naar anderen moet schikken. Zie https://youtu.be/YGcRjoudxjA.

Dat nummer maakt deel uit van het initiatief Inklusion Schaffen Wir!, en over dat belangrijke thema vind je meer op www. mittendrin-koeln.de.

Weten jullie nog dat ik in het dankwoord van deel 1 vertelde over misschien wel de humeurigste koffiebrander die er in heel Duitsland te vinden is? Ik ben daarom blij dat ik mijn trilogie kan afsluiten met een verhaal over misschien wel de hartelijkste koffiebrander van heel Duitsland.

Petra Oster heeft samen met haar man Michael de Norder Kaffeemanufaktur, een bedrijf waar ze hun ziel en zaligheid én de nodige vakkennis in steken. In het voorjaar van 2021, kort voordat ik met het derde deel van mijn koffietrilogie wilde beginnen, bracht ik tweeënhalve week door in Oost-Friesland om mijn serie over de wolwinkel af te ronden en een decor voor een nieuw verhaal te zoeken. Het was puur toeval dat ik op hun branderij stuitte, maar ik wist onmiddellijk dat ik aan het juiste adres was. Ik ben naar binnen gestapt, heb vers gebrande koffie ingeslagen – de huismelange van de Norder Kaffeemanufaktur is een aanrader! – en heb meteen gevraagd of ze iets meer wilden vertellen over hun werk en een paar vragen wilden beantwoorden. Petra Oster was net bezig om cakebeslag te maken, maar ze was zo vriendelijk om me in een paar woorden uit te leggen hoe het een en ander in zijn werk gaat en nodigde me uit om later nog eens langs te komen. Die uitnodiging nam ik graag aan, en ons gesprek was bijzonder inspirerend. Petra Oster beantwoordde niet alleen vragen over het vak, maar nam ook de tijd om samen met mij over projecten voor de stichting na te denken.

Ter afsluiting van mijn bezoek mocht ik een kijkje nemen in het prachtige café op de eerste etage, recht boven de branderij. Wat een schitterende plek. Daar wil ik graag nog eens, met uitzicht op het voetgangersgebied, aan een verhaal werken. Ik kom in elk geval nog eens terug, en heel erg bedankt voor jullie hulp.

Nieuwsgierig geworden? Alles over die geweldige koffie is te vinden op www. norder-kaffee.de.

De vereniging Wege gegen das Vergessen en de stichting Zurückgeben, waaraan Corinne op aanraden van haar vriendinnen een bedrag doneert, bestaan allebei echt. Ik vond het fijn dat ik Corinne juist deze goede doelen kon laten steunen en daarmee de aandacht op hun goede werk kon vestigen.

www.stiftung-zurueckgeben.de
www.wgdv.de

Ik vind het uitermate belangrijk dat we de herinnering aan alles wat onze voorouders op hun geweten hebben levend houden. Het is onze erfenis, onze plicht om ervoor te zorgen dat de gruwelen niet worden vergeten en nooit meer kunnen plaatsvinden. #nooitmeer #tegenhetvergeten

Ik wil iedereen bedanken die heeft geholpen om van een klein idee een groot verhaal te maken. Als eerste natuurlijk dank aan mijn literair agent, Beate Riess. Het is altijd een feest om met jou te mogen samenwerken.

Ook dank aan het hele team van HarperCollins voor hun steun. Mijn redacteur Christiane Branscheid is er altijd voor me. Ze spoort me aan en houdt, als het echt nodig is, zelfs mijn handje vast. Dank je, lieve Christiane. Ooit gaan we samen koffiedrinken.

Natuurlijk mag ik mijn man Bernd niet vergeten. Hij staat altijd voor me klaar, verliest nooit zijn geduld en zorgt ervoor dat het me aan niets ontbreekt wanneer ik weer eens helemaal opga in het schrijven. En dank aan mijn zoon Tobias, die tijdens onze gezamenlijke wandelingen vaak helpt om bepaalde knopen in het verhaal te ontwarren.

Dank aan mijn geweldige vriendin en proeflezeres Kerstin. Bij elk boek leeft ze vanaf het allereerste hoofdstuk intens mee en dient ze als mijn klankbord. Dank je, je bent fantastisch.

En natuurlijk zoals altijd, en ook heel belangrijk: bedankt, lieve lezeressen en lezers. Ik vind het een eer dat jullie het levenspad van Corinne en Eberhard een stukje hebben gevolgd.

En vergeet niet, met liefde en koffie komt alles goed.

Lees ook deel 1 en 2 uit *De koffietrilogie!*

ISBN: 978 94 027 0822 6

ISBN: 978 94 027 0887 5

Het aangrijpende verhaal over een bijzondere familie en hun koffiebedrijf.

Voor meer informatie: **www.harpercollins.nl**

HarperCollins Holland @harpercollins_holland